漂えど沈まず

新・病葉流れて

白川道

Shirakawa Toru

幻冬舎

漂えど沈まず

新・病葉流れて

装幀　多田和博

写真　Getty Images

1

暑かった夏も終わり、街角に黄色い銀杏《いちょう》の葉が舞いはじめた十一月の初め、会社は渋谷から赤坂に移転した。

その一週間ほど前から、移転の準備作業に追われて、テンヤワンヤの忙しさだった。

新築のビルの所有者は、どこかの大手不動産会社らしかったが、それでも青山通りに面した十階建てのそのビルのすべてを会社が借りていて、知らない人が見れば、自社ビルを建設したとおもわれるにちがいない。

ビルの半地下にはコーヒーショップ、一階には来客のための広いロビーと受付、二階から八階までをそれぞれのセクションが、そして九階と最上階の十階は、役員室や応接室、会議室などで占められている。

私の所属するマーケティング局は、八階だったが、単独のフロアではなく、奥の一角には、PRやイベントを企画する部門も同居している。

マーケティング局というのは、地味な存在であると同時に、いつも比較的静かな雰囲気なのだが、PRやイベントに携わる社員たちは、どこかガサガサとして落ち着きがなく、それに人の出入りも多い。

同僚たちのなかには、これまでとはちがうそのやや騒がしい雰囲気を嫌う人もいたが、私はむしろ歓迎していた。静かな広告会社など、広告会社らしくないし、これまでの、どこかお通夜をおもわせる空気があまり好きではなかったからだ。

　このように、外観も内部も見栄えがよくなったが、そこにいる社員の陣容が変わったわけでもなく、私から言わせると、張子《はりこ》の虎《とら》みたいなものだった。移転による最大のメリットは、対外的な箔《はく》づけと、社員のモチベーションが若干上がったことぐらいなものだろう。

　事実、この会社に骨を埋《うず》めようとおもっている生っ粋のサラリーマンの人たち――その代表格と言ってもいい松崎課長などは、毎朝出社すると、自席の真新しいデスクを、まるで鏡を磨くかのように、嬉々《きき》として、乾いた布で拭《ぬぐ》っている。つまり松崎課長のような人は、この私とちがって、会社にとっては絶対に必要な人材であって、忠誠心の塊の善人なのだ。

　真夏の八月からのこの三ヶ月の間に、私の周辺でもいろいろな出来事――というより、変化があった。

　まず第一に、会社の移転が正式に告示された十月の初旬、私もまた、下北沢のアパートから、六本木に引っ越しをした。

　下北沢から渋谷へは井の頭線一本ですんだのに、赤坂となると地下鉄に乗り換えねばならない。ただでさえ、朝の満員電車にウンザリとしていたのに、また更にスシ詰めの地下鉄に乗るという苦痛に耐えられる自信がなかったからだ。

　家賃は倍以上になったが、私は人の知らない大金を抱えているのだ。それに、八月になって一千万を投じて買った株は、この好景気を背景に、すでに二割近くも利を生んでいた。

六本木に住居を選んだのは、特にこれといった理由はない。あえて挙げるなら、水穂《みずほ》の姉の佳代ママが開いていた、あの狸穴《まみあな》の秘密麻雀荘《マージャンそう》のあった界隈《かいわい》の落ち着いた雰囲気が気に入っていたことと、赤坂までは、タクシーでワンメーターとすこしで行けるという点だった。

１ＤＫで、十数万の家賃。六本木の繁華街からすこし離れているとはいえ、こんな所に住んでいる社員などいるわけがない。人事部には住所の変更届を出したが、ベティ以外の会社の人間にはもちろん、教える気などサラサラなかった。

引っ越しをしたのは、会社と私ばかりではなかった。ベティもまた、九月に入って、田園調布の実家を飛び出して、自由が丘に部屋を借りた。義父は、引き止めるどころか、むしろホッとした顔をしたらしいが、母親はただ泣くばかりで、オロオロしていたとのことだ。

私は、ベティが自由が丘という街を選んだところに、彼女の強い意志を感じ取った。これまでの複雑な家庭のしがらみから解放されて、自由に自分の生きたいように生きる。自由が丘という地名は、正に彼女の気持ちを代弁しているかのようだ。

水穂もまた、この夏を越えて、新しい一歩を踏み出していた。

グアム旅行から帰ってきた彼女は、声をかけられた三つのプロダクションそれぞれから、詳しい話を聞き、結局、原宿でスカウトに声をかけられた、あの大手芸能プロダクション――「ギャラント・プロモーション」に、籍を置くことになった。

話によると、現役女子大生三人組のユニットを結成し、モデル業を皮切りに、いずれはタレント業にも進出する計画があるらしい。そのために彼女は、学業の合間を縫って、さまざまなレッスンを課せられていた。

　特に理由もなく、六本木のマンションの小部屋を借りたのだが、考えてみれば、これは絶妙の選択だったかもしれない。

　私に恋人の一人や二人できたところで、なにも言うはずのない姫子だが、彼女の住むマンションは四谷の若葉町で、そこから、赤坂の会社までは、タクシーで数分で着く。水穂の住居は、三軒茶屋。そしてベティは、自由が丘。すべて、赤坂の会社を中心にして、分散しているのだ。おまけに、佳代ママが新しく開いた秘密麻雀クラブは、私の部屋からは、車で、五分もかからない。

　桜子《さくらこ》と最後に麻雀を打って以来、私は佳代ママの麻雀クラブには一度も顔を出していなかった。水穂の話では、その後も、週に一、二回ぐらいは、桜子がのぞいているらしいが、水穂が「ギャラント・プロモーション」に籍を置くようになってからは、佳代ママは、水穂の麻雀クラブでのアルバイトを禁止した。賢明な判断だ。もしなにかがあったときは、水穂の夢まで潰《つぶ》しかねない。

　純平の一件もあって、赤の他人に大金を任せるわけにもいかない。水穂の手助けがなくなって、どうやら今では、週末の土、日だけ、営業しているらしかった。

2

その日、松崎課長から、食事に誘われた。四月に入社して以来、もうすでに半年以上も経《た》つのに、これまでに松崎課長と酒席を共にしたことなど、一度もなかった。

松崎課長は、超のつく真面目《まじめ》人間で、仕事が終われば、たまに親しい人たちと安い麻雀をすることがあるぐらいで、たいていは、一直線に帰宅している。すくなくとも、私はそうおもっていた。

連れて行かれたのは、会社の裏手にある、サラリーマン相手の、安い居酒屋だった。ビールで乾盃《かんぱい》したあと、課長が言った。

「入社して以来、こうして一緒に酒を飲むのは初めてだよな。気にはしてたんだが、きみは、どうやら私とはちがう人種みたいなんで、遠慮してたんだ。悪かったな」

「とんでもありません。そんな心遣いは、無用でしたのに」

「じつは、もうひとつ、理由があったんだ」

課長がビールを飲み、善人の顔に笑みを広げた。

「ちょっと、きみという人間を観察してみよう、とおもってたんだ。きみの話を聞いて、正直、うちの会社も、二、三ヶ月で辞めるんじゃないか、と疑っていた。なにしろ、あまりにも、勤め人にはむかない体質をしているからな」

「すみません」

「なに、きみが謝ることじゃない。謝らなきゃならないのは、私のほうだ。これまで、真面目に勤めてくれたし、仕事だって、責任を持ってきちんとやってくれている。私の誤解だったよ」

どう応《こた》えていいか、私は返事に窮してしまった。

たしかに、無断欠勤どころか、自己都合での休みだって一度も取ったことはない。それに、課長に命じられた仕事も、一生懸命にこなしてきたという自負がある。

しかしその反面、私は、課長には内緒で、有村部長の内職仕事を、これまでにもう、三回もやっているのだ。これは会社はむろんのこと、松崎課長に対しての裏切り行為以外の何物でもない。

「きょう、誘ったのは、じつはもうひとつ、きみに謝らなきゃならないことがあるからなんだ」

酒の肴《さかな》のメザシを頬張《ほおば》り、課長が気拙《きまず》そうな顔をした。

「そんなこと……、僕が謝らなければならないことはあっても、課長には、なにひとつとしてありませんよ」

「それが、あるんだよ。じつは、断ってしまったんだ」

「断った？　意味がわかりませんが……」

「数日前、営業から、きみを名指しで、要求されてしまった。面白そうな人間だし、営業むきだ、と言ってね」

有村部長、知ってるだろ？　と課長が訊《き》いた。

なるほど、そういうことか。内心、私はすぐに理解した。

有村部長なら、知っています、と私は答えた。

「同期のやつに誘われて、何回か麻雀をしたことがありますから」

「彼と麻雀をやったのか。とんでもないレート、だったろ?」

「ええ、まあ……」

私は苦笑いしながら、言葉を濁した。

「彼の麻雀の腕は、プロはだし、という噂《うわさ》だし、私なんて、どんなに誘われたってやらないよ。だいいち、そんな高額な賭《か》け麻雀なんて、やれる身分じゃない」

もっとも、きみならできるよな、と言って、松崎課長は笑った。で、成績はどうだった?と訊く。

「トン、トン、でした」

「じゃ、やっぱりきみの腕も、プロ並みなんだ」

話が脱線したな、と言って、課長が表情を戻した。

「八月にやってもらった、例の分譲住宅のアンケート調査。あれは有村部長の部下の仕事だったんだが、あの調査報告書も秀逸だったし、他の部署からも、きみは優秀だとの声があるから、是非に、との部長からの強い要望があったんだよ」

説明する課長の顔には、すこし訝《いぶか》る色がある。

無理もない。調査報告書に対する評価は、有村部長のヨイショだとしても、他の部署から私への賞賛などありようがない。なにしろ私は、入社以来、他の部署の社員と接触するような仕事は、なにひとつとしてやってはいないのだ。

　この裏についてはは想像がつく。あの「ほめっこクラブ」というやつのせいだ。有村部長がたきつけたのだろう。

「でも、私は断ってしまった。有村部長が言うように、私もきみは、営業むきだとおもっている。でも、あと二、三年は、私の所から出す気はない。理由は、二つある」

　松崎課長が、私の空のグラスにビールを注《つ》いでくれた。

「ひとつは、きみが私の大学の後輩で可愛《かわい》いからだ。もうひとつは、まだ広告業も、会社の実態もよく知らないのに、このまま営業に出してしまえば他の営業社員と同じような、薄っぺらな人間になるんじゃないかと案じるからだよ。もしそんなことにでもなったら、きみの身柄を預かった私が悔いを残すことになるからね」

　課長のおもってもみなかった言葉に、私はおもわず胸が熱くなってしまった。

　しかし、なんと生真面目《きまじめ》な先輩なのだろう。やはり、離れ小島のようなマーケティング局にいるせいで、会社の実態をあまりにも知らなすぎる。

「課長、そんなに心配してくれて、感謝の言葉もありません。でも、断ってくれてよかったですよ。僕も、二、三年は、他の部署に移る気など、更々ありませんでしたから」

　私は胸のなかで、このロクデナシ野郎、と己を嘲《あざけ》っていた。

3

十二月も半ばをすぎると、急激に寒さが増してきた。

深夜の二時。私はほぼ出来上がった広告企画書にもう一度目を通してから、ペンを置いた。広告企画書は、有村部長から頼まれた、四度目の内職仕事だった。クライアントは、在阪の大手食品メーカーで、宣伝対象品目はインスタントラーメン。

すこし気が楽だったのは、この広告企画書が、矢木のプロダクションからうちの会社に還流してくるものではなく、うちとはライバル関係にある他の広告会社の発注であるということだ。

つまり有村部長は、うちの会社ばかりではなく、他社の仕事もコッソリと引き受けていることになる。

有村部長からこの話を聞いたとき、さすがの私も、驚きを通り越して呆《あき》れてしまった。しかも部長は、現在うちの社と取引のあるインスタントラーメン製造メーカーのA社の内部資料まで、私に手渡したのだ。

部長も部長だが、この部長に仕事を依頼したライバル広告会社の人物も相当のワルだ。だが、今の広告業界では、こんなことはきっと氷山の一角なのだろう。乱れに乱れているのだ。

私はデスクを離れて、ホテルの十六階の窓から、夜の赤坂の街を見下ろした。

世の中は好景気に沸いて、深夜の二時を回っているにもかかわらず、赤や黄色のネオンが輝いている。たぶんその下では、酔客が溢《あふ》れ返っているだろう。

私が今、泊まっているのは、外堀通り沿いにできたばかりの外壁の赤いことで知られるシティホテルだった。有村部長が手配してくれたのだ。むろん、その費用は部長持ちだ。

部長から頼まれた最初の仕事こそ、自宅でやったが、二度目と前回は、部長がこうしてシティホテルの一室を取ってくれた。

それは、私が楽だろう、と考えてのこともあるだろうが、部長の狙《ねら》いは、二つあったともっている。

ひとつは、こういう贅沢《ぜいたく》に慣れさせることで、私を抜き差しならない状態に追い込む。もうひとつは、これは私にとっては利点でもあったが、部長直々《じきじき》に顔を出して、私に広告の仕組みや、メディアプランニングの実際を教えることにあった。むろんそうすれば、これからの私は、部長にとって益々《ますます》役に立つ存在となる。

そのおかげで、私は、部長から頼まれたこの四つの仕事をこなしているうちに、広告業務のほぼすべてを理解するようになっていた。

もし地道に、コツコツと働きながらやっていたら、理解するのには、二、三年はかかっていただろう。その意味からすると、毒食らわば皿まで、の覚悟で部長と接触しはじめた私ではあったが、部長はこの世界での私の師匠ということになるのかもしれなかった。

水割りを飲みながら、ホテルの窓から、夜景を見つめつづけた。

今、こうしてホテルの一室で仕事をしていることなど、今年の初めには想像すらもできなかった。

人間の縁というのは、つくづく、ふしぎなものだ、とおもった。

もし私が、大阪の入院先のベッドで静かにしていれば、砂押《すなおし》と会うこともなかったし、たとえ砂押と会っても、私が胸襟を開かなければ、彼との縁もそれで終わりだったろう。

それればかりではない。もし私に、なにかをやりたいという人生の目標があったなら、たとえ砂押が勧めても、私は今の広告会社には入社しなかっただろう。

私は、この広告会社に入社したことは正解だった、と今ではおもっている。

私が最も嫌う、束縛という二文字とは無縁だし、もうひとつ私の嫌いな、退屈という二文字からも遠い。それに、広告企画書を制作するために、今の日本の実情や、これからの日本の趨勢《すうせい》を考えるための勉強も必要とされている。

つまり砂押は、私という人間の本質を瞬時にして見抜いて、私のためのベストな道を拓《ひら》いてくれたと言える。

私同様、この昭和四十四年という年は、年の初めからいろいろなことがあった。

大学改革をスローガンにした東大闘争では、安田講堂を占拠した学生を相手に機動隊が導入されて、そのテレビ実況に国民の目は釘付《くぎづ》けになった。しかし、学生たちのそのスローガンは、やがて、既成の秩序総体との永続的な対決の色合いを帯びはじめて、学生運動はしだいに勢いを失ってゆく。

五月になると、東名高速道路が全線開通して、日本の経済成長の速度は益々加速し、その翌月、経済企画庁は、日本のGNPはアメリカに次いで、世界第二位になったと発表した。終戦からわずか二十年余で、日本は自他共に認める経済大国になったのだ。

こうした経済の躍進を背景に、企業で働く社員には、「企業戦士」なる呼称が与えられて、テレビでは、その活躍にエールを送るような「オー、モーレツ」なるCMが大流行した。広告費は、経済成長率とほぼ同じく、毎年二十パーセントの伸び率を示して、チャールズ・ブロンソンやオードリー・ヘプバーン、アラン・ドロンなどの大物外国俳優の起用もあり、広告業界は我が世の春を謳歌《おうか》しはじめた。

そしてアメリカは、七月に「アポロ11号」で人類史上初めての月面着陸を成功させて狂喜し、その一方で、ベトナムからの撤兵も益々加速させている。

経済大国第一位の国は、地球の片隅で人々を殺す戦争を行いながら、月にロケットを飛ばし、経済大国第二位の国の学生たちは、既成の秩序に抵抗する反面、この肥大化する経済社会に乗り遅れまいとする。

つまりは矛盾と混沌《こんとん》の年、それが昭和四十四年、という年だった。そして、私はその只中《ただなか》にいた。

クリスマスなんて女子供たちのもの、とおもっている私にとって、イブの夜をどうすごすか、などさしたる興味もないのだが、水穂やベティにとっては、やはりそれなりの意味を持つようだった。

その夜に、男と一緒に食事をし、プレゼントを交換し合って、場合によったらそのまま一夜をすごす。つまりは、人々の前で、わたしたちは恋人なんです、とアピールしたいのだろう。そのあたりの心境が、男の私には理解し難い。私なら、できるだけ、人の目を避けて、こっそりとすごすことを願ってしまう。

自分のほうから誘うことはしない、と宣言したくせに、イブは特別だから、と言って、ベティは私と会いたがった。

水穂は水穂で、当然、その日は私とすごすものと決めてかかっていて、ディナーはどこかの豪華ホテルがいい、などと勝手なことを言っている。

正直、私は少々、弱っていた。どちらか一方に、別れを宣告すればいいのに、今の私は、その決断ができないでいた。

モデル業に本腰で取り組みたいという水穂は、日々のレッスンと、彼女を取り巻く環境のせいか、会うごとに、垢抜《あかぬ》けて、美しさに研《みが》きがかかってきている。

営業に異動となったベティは、仕事にやりがいを覚えたのか、顔は活《い》き活《い》きとして、会うだけで、私に活力を与えてくれる。それに、ベティはなかなかの博識で、会話にも飽きがこないのだ。

二兎《にと》を追う者は一兎をも得ず、か……。虫の良い話だが、私は正に、そんな状態だった。

しかし、そんな私の迷いは、水穂からの一本の電話によって、消えてしまった。

イブの前日から、泊まりがけで二日間、東京を留守にすることになったというのだ。福岡の博多で、なにかのイベントがあり、大学生三人組のユニットが急遽駆り出されることになったのだという。

マー君、ごめんね、と水穂は謝ったが、私の気持ちは晴れ晴れとしていた。気にせずに、精いっぱい頑張るんだな、という私の言葉に、なんか、せいせいしてるみたい、と水穂がすぐに反応する。愛してるよ、と自分でも歯が浮きそうな言葉を口にして、私は受話器を置いた。

すぐに私は、ベティに社内電話をかけ、イブの夜は、六本木の「キャンティ」にでも行こうか、と誘った。六本木の「キャンティ」といえば、今、若者たちに大人気の食事スポットだ。

たぶん周囲の目があったのだろう、かけ直す、と言ったベティが、どこかの公衆電話から、電話をしてきた。

梨田《なしだ》クン、もっと世情を勉強しなさい。「キャンティ」になんて入れるわけないじゃない。半年前から予約でいっぱいよ。それよりわたしの新居でお祝いしましょ。おいしい手料理をいっぱい作ってあげるわ。

むろん、私に断る理由などない。ベティの料理の腕は、下田で味わって知っている。喜んで、と私は言った。

4

イブの前日、歌舞伎町の姫子のクラブにむかった。夜の街は、この好景気とクリスマスのせいか、熱気で溢れ返っていた。

当然、姫子の店も大混雑しているだろうが、相談事があったのでしかたない。

昼間、四谷の彼女の家に顔を出せばいいようなものだが、たぶんクリスマス週間とやらで、帰宅は連日、朝の四時、五時だろう。となれば、目覚めるのは夕刻。そして、起きたら起きたで、すぐに店に出る準備に追われてしまう。つまりは、今のこの時期は、彼女の店をのぞくよりしかたがないのだ。それに相談事といったところで、深刻な話でもなく、酒を飲みながらで、十分に用の足りるものだった。

案の定、客席は満杯だった。

私を知っている店長が、スミマセン、いっぱいなんですよ、と平謝りに頭を下げる。

今は八時を回ったばかり。一時間後に出直すので席を取っておいてほしい、と言ったとき、私の姿を見たのだろう、客席から姫子がやってきた。今夜の彼女は、見た目も艶《あで》やかな、金糸の織り込まれた和服姿だった。

「久しぶりじゃない。電話の一本ぐらい寄越《よこ》しなさいよ。死んじゃったんじゃないか、と心配するでしょ」

「俺が不死身なことは知ってるだろ。けっこう真面目に仕事をしてたんだ」

一時間後に出直すよ、と言うと、時計を見た姫子が、五分だけ、そこで待っていて、とカウンターを指差した。

「誰かを追い出すんなら、遠慮しとくよ」

「ちがうわよ。他所《よそ》に出掛けるの」

姫子の笑いは、楽しそうだった。

カウンターで、バランタインの水割りを飲んでいると、すぐに姫子が戻ってきた。

店長を呼び、あれこれ指示を出したあと、十一時ごろまでには帰ってくるから、と言い残して、姫子は私を連れて店を出た。

「いいのかい？　看板のママがいなくなったら、お客、怒るんじゃない？」

「怒るんだったら怒ればいいわ。わたしだって息抜きが必要なのよ」

「で、どこに行くわけ？」

「赤坂よ」

空車の姿はない。店の外に立っていたポーターに、車を用意するよう言って、姫子は彼に数枚のお札を握らせた。

やってきたのは、セドリックの高級車だった。

運転席の、半分やくざ風の男が、ママいつもご贔屓《ひいき》に、と愛想を言う。

後部座席に乗り込む。赤坂の「ミカド」にやって、と姫子は男に伝えた。

「ミカド」の名は知っている。赤坂でも有名なキャバレーで客席も多く、フルバンドの入った華やかな店ということで、各界の著名人も数多く利用しているらしい。

「『ミカド』に行く、と言ったって、この時間じゃいっぱいで入れないんじゃないの?」

車が走りだしてから、私は姫子に訊いた。

「心配ないわ。いったい何年、わたしがこの世界にいるとおもうの」

姫子が鼻で笑った。

「ミカド」のお偉いさんに知り合いがいるから、席ぐらい用意させるという。

「そんなことより、この忙しいときに顔を出したということは、わたしに、なにかの用事があってのことでしょ?」

「じつは、そうなんだ。用事というほどのことでもないんだけど……」

きょうの午後、赤坂のTホテルのロビーに来るよう、有村部長から言われた。

新たな内職仕事の説明を受けたあと、部長が切り出した。

銀座をはじめとした夜の世界は、暮れの二十八日から年末年始の休みへと突入する。その休みを利用して、私と麻雀を打つことを桜子が熱望しているというのだ。

有村部長と桜子はデキている。一緒に麻雀をやろう、ということだから、財布は別なのだろう。

しかし私はすでに、自分の主義として、男と女の関係にある二人と同じ卓では麻雀を打たないのだ、と部長にはこの前説明している。

だが部長は、今度の一回だけは、と言って、執拗《しつよう》に私に食い下がった。

「店に着いてから、話すよ」

私は運転席の男の耳を警戒した。

大きな博打事《ばくちごと》が問題になるのは、こういう、ちょっとした気の緩みによって、第三者の耳に入ることから端を発するケースが多い。

運転手には聞かせたくない話と察したのだろう、姫子がうなずいて、セーラムのたばこに火を点《つ》けた。車内に薄荷《はっか》特有の匂《にお》いが広がった。

店の前に横づけされた車から、姫子と一緒に降りた。

勝手に帰るから、と言って、姫子が車を追い払う。

入り口の前で出迎える黒服に、姫子が誰かの名前を告げると、男は緊張の面持ちで、私と姫子を店内に案内した。

フルバンドの奏でるマンボの曲が店内いっぱいに響き渡っていた。

正直、私は驚いていた。大きなキャバレーだとは聞いていたが、ここまでとは想像もしていなかった。

ステージの前では、マンボの曲に合わせて何組かのカップルが踊り、やや薄暗い店内には、ざっと見ただけでも華やかな衣装姿のホステスたちが、二、三百人はいる。

黒服が予約の立て札のあるテーブルに私と姫子を座らせて、立て札を取り去る。

「すこし、お待ちください」

慇懃《いんぎん》に頭を下げると、黒服が姿を消した。

「ここ、誰かの予約席だったんじゃない？」

姫子に訊くと、シニカルな笑みを浮かべて、それが世の中というものなのよ、と彼女は言った。

すぐに、五十前後のスーツ姿の男がやってきた。水商売というより、どこかの大企業の役員という雰囲気がある。

「ママ、お店のほうがお忙しいでしょうに、わざわざありがとうございます」

男が私を値踏みするような目で見ながら、姫子に挨拶《あいさつ》をする。

「うちのお店なんて、どうでもいいのよ。でも、噂どおりに、すごい盛況ね。羨《うらや》ましいわ」

如才なく言ってから、姫子が私のことを、古くからの友人なの、と男に紹介した。

「古くから？　でも、まだ、お若いでしょ」

「だから、貴方《あなた》は駄目なのよ。人間の持つ時間の密度なんて、人それぞれでちがうの。彼は若いけど、他人の五年を一年ぐらいのスピードで生きてるわ」

「わかりました」

男は苦笑し、今夜はお店のほうからシャンパンを一本プレゼントします、ごゆっくり、と言うと、引き下がった。

「マー君にとっては、水商売の世界のことなんて興味がないでしょうけど、ここは一度、閉館に追い込まれて、それを神戸の業者が買収して立て直したのよ。でも、そのときに、銀座中のクラブやキャバレーから、ホステス、マネージャー、バーテンダー、ボーイなどを引き抜いて大問題になったことがあった。彼とは、そのとき以来のつき合いよ」

姫子はそれ以上詳しいことは言わなかったが、その口振りから、そのときになにかと力を貸してやったことがうかがえた。

ボーイがアイスペールに入ったシャンパンを運んできた。

バンドミュージックは、チャチャチャチャに変わっていた。フロアでは何組ものカップルが踊り狂っている。

「賑《にぎ》やかな店だね」

「そうね。それが関西商人のウリだもの。でも、よく見ておきなさい。こんなのがいつまでもつづくわけがないわ。大きなハコというのは、リスクと背中合わせなの」

姫子がシャンパンのコルクを指先で弾《はじ》いた。ポーン、という勢いのいい音は、バンドのチャチャチャチャのミュージックによってかき消された。

「マー君、お酒のこと、あまり知らないでしょ？　これからの人生で、知ってても損はないわ。これは、ドンペリのピンク、というの。見栄《みえ》を張るには、もってこいのシャンパンよ」

姫子が笑って、私のシャンパングラスに、ドンペリを注いでくれた。

「じゃ、ひと足早く、メリークリスマス。もっとも、マー君には、クリスマスなんて関係ないか」

姫子とシャンパングラスをぶつけて、乾盃をした。

姫子と知り合ったのは、大学の一年生のときだから、もうかれこれ五年近くにもなる。だが、こういう店で、こんなふうにして一緒に酒を飲むのは、初めてだった。

「で、話というのは、なんなの？」

シャンパングラスを置き、セーラムに火を点けながら、姫子が訊いた。

近くのテーブルから投げかけられるホステスの視線に、私は気づいていた。

贔屓目抜きに、今夜の姫子は、その存在が輝いていた。金糸の織り込まれた和服が、より一層、彼女の美しさを際立たせている。

「じつは、例の麻雀だよ」

「狸穴にあるという、あの秘密麻雀クラブ？」

「今はもう、狸穴にはないんだ。麻布十番に移転してしまった」

純平の事件のとき、姫子に三百万を用立ててもらった。その使い途《みち》についても話してはある。

「でも、その水穂という娘《こ》が、マー君のお気に入りじゃなかったら、そこまではしなかったんでしょ？」

「たぶん」

私も笑った。

「その娘とは、もう寝たの？」

一瞬、迷ったが、うん、と私は素直に認めた。

「なによ、その躊躇《ちゅうちょ》した顔は。わたしに気を遣ってるつもり？」

「別に、そうじゃないけど……」

「バカね。言ったでしょ？　マー君は、わたしを気にせずに、いろんな女の子とつき合いなさい、って。わたしは、マー君がどんなふうになるのか、それを見ているのが楽しいんだから。それで、話というのは、その水穂という娘のこと？」

「まさか。女の子の問題は、自分で処理するよ。じつは、だね……」

私は、有村部長と桜子のことを説明した。

「別に、部長にどうおもわれようと、関係ないんだが、デキてる二人と麻雀をするのは、どうも、ね。断ったんだが、どうしても、と言うんで、代打ちでもよかったら、と言ってしまった。いつかママは、自分もあの麻雀をやりたい、と言ってただろ？」

「面白そうな話じゃない。しばらく麻雀をやってないから、腕がなるわ。わたしとその二人以外の、もうひとりは？」

私は坂本の名を挙げた。

「大阪で、アルサロとか、東京でも旅行会社をやってる男だけど、話をすれば、まず間違いなく、参加するとおもう」

たぶんもう、ロスアンゼルスから帰っているはずだが、私は姫子の了解を得た上で、連絡するつもりだった。

「で、いつ、やるわけ？」

姫子が訊いた。

姫子の店は、三十日まで営業するらしい。

「歌舞伎町は、銀座とはちがうのよ。なにしろ、不夜城の街だから、遊び人たちがゴロゴロいるからね」

「そうか……。二十七日で終わりじゃないんだ。弱ったな」

有村部長の希望は、二十九日の夕刻から、翌日の三十日まで、というものだった。三十一日の大晦日《おおみそか》は、用事があるらしい。

「いいわ。二十九日の夕刻からで。店のほうは、わたしがいなくたって平気よ。それで、マー君は、どうするの？　顔を出すんでしょ？」

「ママを代打ちに立てるのに、顔を出さないわけにはいかないよ。俺は見学させてもらう」

「その、水穂という娘、麻雀屋の手伝いをしてるんでしょ？」

瞬間、姫子の瞳が妖《あや》しく光ったようにおもった。

「彼女、もう、手伝いはしていない。姉の佳代ママが辞めさせた」

水穂の話はあまりしたくなかったが、スカウトされて、彼女は今、芸能プロダクションで、モデルやタレントとしてのレッスンを受けている、と私は言った。

「なるほど……。その娘、相当に可愛いみたいね。でも、マー君は、香澄《かすみ》ちゃんといい、そっちの世界に縁があるみたいね」

「彼女は彼女さ。俺の生きる道とは、関係ない」

「本気なの？　その水穂という娘と」

「正直、わからない」

私は姫子のシャンパングラスに、ドンペリを注いであげた。

「じつは、もうひとり、気になる娘がいる」

「やるわねぇ、マー君。で、誰なの？」

「会社の娘なんだ」

姫子といると、なんでも喋《しゃべ》りたくなってしまう。

私はベティとのことを、簡単に説明した。

「なるほどねぇ……。大企業の社長さんの娘さん、というわけだ。で、水穂という娘は、その正反対なんでしょ？　姉が水商売のママをやってるぐらいだから」

「まあ、そうだね」

私は水穂のことも、ベティ同様に、簡単に説明した。

「いいんじゃない。二人、同時併行で。なにも、マー君が悩むことはないわ。女、ってのは、わかりやすい動物よ。別れるときは、むこうから勝手に去ってゆくわ」

シャンパンを一気に空けると、踊ろうか、と姫子が私を誘った。

「俺は踊れないよ」

「いいのよ、足腰を勝手に動かしていれば」

バンド演奏は、それまでとは打って変わって、スローな曲になっていた。だいぶ前に大ヒットした歌謡曲、「誰よりも君を愛す」だった。

5

イブの日は、朝から小雨が降りつづいていた。

めっきりと寒くなったのに、小雨はまた一段と大気を冷やし、冬が本格的になることを教えていた。

この時期になると、会社のなかはもう完全に、今年は終わり、という雰囲気で、社員たちの顔にもどこか解放感が見られた。

ベティとの約束は、夜の七時に、自由が丘の駅前で、というものだった。彼女のマンションは、駅から歩いて十分ほどの所にあるらしい。

五時に会社を出た私は、有村部長が待つTホテルのロビーにむかった。

会社の下のコーヒーショップで用は足りるのだが、このところ、部長は私と会うのに周囲の目を気にしているフシがある。理由については、私は関心はなかった。

ホテルの玄関には、大きなクリスマスツリーが飾られ、色とりどりの豆電球とモールが、小雨に打たれて輝いている。

ロビーには、有村部長の横に女がひとりいた。桜子だった。

二人に頭を下げると、部長が横の喫茶ルームに私を誘った。

喫茶ルームのなかにもクリスマスツリーが飾られ、ウェートレスもクリスマス風のファッションに身を包み、店内のＢＧＭも「ジングルベル」だった。

注文を聞き終えたウェートレスが消えると、桜子が私に言った。

「わたしは、貴方《あなた》と打ちたいのに、どうして嫌なの？」

私は部長の顔をチラリと見た。どうやら部長は、その理由を彼女には教えていないようだ。

「別に、貴女《あなた》と麻雀をやるのが嫌なんじゃありませんよ。俺の主義なんです」

「主義？　どんな？」

「部長には教えています。あとで、部長から聞いてください」

「まあ、いいから」

有村部長が割って入って、それでどうなった？　と私に訊いた。

「ＯＫですよ。二十九日の夕刻から、三十日のお昼ごろまで、ということで了解を得ました」

「どんな相手なんだ？」

代打ちを探す、と言っただけで、他にはなにひとつとして話してはいなかった。

「歌舞伎町でクラブを営業《や》っているママですよ。年齢も、桜子さんと同じぐらい。麻雀の腕も桜子さんと同じぐらい。女性としての魅力については、俺の口からはなんとも言えない。お二人で判断してください」

当日は、私も見学する、と私は言った。

「もうひとりは、この間の、旅行会社の社長ということだな」

「ええ」

きょうの昼、坂本に電話して、彼の了解も取りつけていた。

一緒に食事をしないか、という有村部長の誘いを、僕にもイブの夜がありますから、と笑って断り、私は二人を残して喫茶ルームを出た。

食事の誘いを断ったときの桜子の目線が私の脳裏にはこびりついていた。とても妖しげで、敵意に満ちていた。

私は若く、女の経験だって、両手の指で数えるぐらいしかないが、麻雀同様、女が男を好きになるかどうか、それを瞬時に見極められるという、妙な自信があった。

それから言うと、桜子が有村部長とつき合いだしたということが、どうにも解せないでいた。有村部長は絶対に桜子の好みのタイプではない。

小雨はまだ降りつづいていた。

自由が丘へは、地下鉄で渋谷に出て、東横線に乗り換えるのだが、ベティへのクリスマスプレゼントをまだ用意していないことに気づいた。

今はまだ五時半で、約束の七時までには時間がある。

私はホテル前に駐《と》まっていたタクシーに乗り込んで、表参道にやってくれるよう、言った。

イブのせいか、この雨にもかかわらず、表参道の沿道は、着飾った大勢のカップルでいっぱいだった。沿道のどの店先にも、クリスマスツリーが飾られている。

かつて香澄と同棲《どうせい》していたとき、一度だけ、イブの夜を二人で祝ったことがある。その日は、香澄の舞台の稽古《けいこ》も早く終わり、吉祥寺のシチューの専門店に出掛けた。香澄はシチューが大好物だったからだ。

香澄は私に、クリスマスプレゼントだと言って、毛糸のマフラーを渡してくれたが、私は前日からの徹夜麻雀のせいもあって、なにも用意はしていなかった。

いいのよ、それがマー君だから、と言って、香澄が怒ることはなかった。

香澄は舞台女優になることだけが夢で、金銭欲にしろ物欲にしろ、欲と名のつくもののすべてに興味がない女の子だった。

あのとき香澄は、シチューをおいしそうにすすりながら、次の公演舞台のことを、目を輝かせながら語ってくれた。

今でも私は時々おもう。香澄が心を病んだのは、私と知り合ったからだろうか。それとも、舞台女優への道が閉ざされたからだろうか。

はっきりしていることがひとつある。心を病む人間は、心が真っ白なのだ。その証拠に、私は心を病むこともせずに、未《いま》だにこうして生きている。

華やかなブティックのショーウィンドゥの前で、タクシーを降りた。

ちょっと気恥ずかしかったが、女性客に交じって、マフラーを選んだ。

ベティには、白が似合うような気がした。

プレゼント用のリボンをつけてもらい、それを手に、私はふたたびタクシーに乗った。

6

自由が丘の駅に着いたのは、約束の七時ちょうどだった。

改札口を出た所にいたベティが、私の姿を見て手を挙げる。

彼女の服装は、赤いパンツに白のセーターというものだったが、大勢の乗降客のなかにあっても、ひときわ目立った。

「私生活はアバウトなのに、時間には正確なのね」

「ひとつぐらいは取り柄がないとね」

私が手にした簡易傘を広げようとすると、相合傘《あいあい》で行きましょ、と言って、ベティが自分の傘を広げた。花柄模様の、お洒落《しやれ》な傘だった。

「小雨のなかの相合傘というのを一度してみたかったのよ」

すこし気恥ずかしかったが、私は黙って、ベティの差した傘に身を入れた。すぐにベティが腕を絡めてくる。

街の名前はむろん知っていたが、自由が丘に来たのは初めてだった。しかしその名称どおり、なかなか小洒落《こじやれ》た雰囲気の街だ。小さなお店のひとつひとつが、どこか垢抜けている。

そして、どの店先にも小さなクリスマスツリーが飾られていた。

「なかなかすてきな街だ。ベティにピッタリだよ」

「でしょ？　梨田クンも、絶対気に入るとおもってたわ」

商店街を抜けると、静かな住宅街の一角になった。

「あそこよ」

ベティが指差したのは、白い外壁の、小さな造りのマンションだった。

「大家さんの入居許可条件が厳しくてね。入居できるのは、独身の女性だけなの。だから怪しい男は、近づけないので、セキュリティは万全」

「男を引っ張り込んじゃ、拙いんじゃないのかい？　それに、まだ入居してから浅いんだし」

「大丈夫よ。わたし、大家さんに好かれているし、信用も絶大なんだから」

それ以上ベティは言わなかったが、きっと、彼女が大明製菓の社長の娘だということは、教えているのだろう。

まだ築数年の新しそうな四階建てで、エントランスは、狸穴にあった佳代ママのマンションと同じく、自動ロックシステムになっていた。

玄関脇《わき》の自動ロックシステムにキーを差し込み、どうぞ、と言って、ベティが傘を折り畳みながら、私を誘った。

エレベーターに乗ると、ベティの匂いがした。以前はそれほど意識しなかったのだが、近ごろは、時々ベティに会うと、とても大人《おとな》っぽくなったように感じてしまう。それが私を少々、落ち着かない気分にさせた。

ベティの部屋は、三階の一番奥の角部屋だった。

表札は空白で、わざとそうしているのかどうかまではわからなかった。

ベティがドアを開けると、部屋のなかから、料理をしていたとおもわれる、香ばしい匂いが漂ってきた。

「ちっちゃな部屋だけど、どうぞ」

靴を脱いだベティが、私を誘う。

1DKの造り。玄関の先にはひと部屋だけだが、ベティが言うほど小さくはなく、優に八畳ぐらいの広さはありそうだった。

ちょっと意外だったのは、家財道具の類《たぐい》はほとんどなく、隅にはシングルベッドと鏡台、小さな丸椅子《いす》、そして中央にもやはり小さめのテーブルが置かれているという、とてもシンプルな部屋だということだ。

「なにもない部屋、とでも言いたげな顔ね」

ベティが笑って、でも大丈夫、いろいろな仕掛けのあるマジックルームだから、と言った。

「マジックルーム？」

「そうよ。ここを気に入ったのも、それが理由のひとつ」

そう言って、ベティが部屋の壁についたノブを引っ張った。

「へぇ……」

開いた壁のなかには、たくさんの服が吊《つ》るされ、本棚までが入っている。

「埋め込み式のクローゼットなのよ。これだと部屋のなかが散らからないでしょ」

「なるほど」

うなずく私に、料理を並べるのを手伝って、とベティが言う。

「いいよ。それぐらいしないとね」

私はコートを脱ぎ、ベティと一緒にキッチンに入った。

ほどほどの大きさの冷蔵庫と食器棚。キッチンだってそこそこの広さがある。

「これ、1DKというより、ほとんど2DK並みだな」

「でしょ？　大家さんが、独身女性のために特別に工夫を凝らしてくれたのよ。大金持ちらしいから、半分道楽なんじゃない」

冷蔵庫のなかにも、食器棚のなかにも、すでに出来上がった料理を載せた皿が並んでいた。

「テーブルが小さいから、全部一緒には置けないわ」

そう言ってベティは、テーブルに置く料理を私に指示した。

「どれも、すこしずつだから、食べ終えたらどんどんチェンジ。なにしろ、イブの夜は長いから」

私はベティに言われた料理の載った皿をテーブルに運んだ。

ベティがベッド脇に置いてあった蠟燭《ろうそく》の台をテーブルの中央に置く。

「よし。あとはシャンパンね」

テーブルをちょっと眺めてから、ベティが得意そうに、右手の指先を弾いて、パチン、と小気味のよい音を鳴らした。

ベティがキッチンから、シャンパンとシャンパングラスを二つ、持ってきた。

「これ、大奮発したのよ」

ベティが手にしているのは、昨夜、姫子と飲んだのと同じ、ピンクのドンペリだった。

「ピンドンか……」

私がつぶやくと、なに？　それ、とベティが訊く。

「ピンクのドンペリは、バーやクラブじゃ、そう言うんだよ」

「さすが、金持ちの梨田クン。そんな場所にもしょっちゅう顔を出してるんだ」

昨夜、姫子から教わったばかりなどとは言えない。私は笑って、誤魔化した。

部屋の明かりを小さくして、ベティがテーブルの上の蠟燭にマッチの火を移した。その蠟燭の灯りが、私に昨夜のことをおもい出させた。

姫子の誘いに乗ってフロアで踊っていると、身体《からだ》を密着させた彼女は、これから一時間をわたしのイブにしたい、とささやいた。私を見つめるその目は、いつになく妖しかった。

「ミカド」を出た私と姫子は、そのまま歌舞伎町裏のラブホテルの門をくぐった。

わずか一時間ほどの抱擁。しかし、姫子はかつて見せたことがないほどの乱れ方で乱れた。

いいこと？

マー君。若い彼女はいくら作ってもいいわ。でも、時々は、わたしをこんなふうに抱いて
……。

「なに、ボンヤリしてるのよ。シャンパン、梨田クンが開けてよ」

「ゴメン」

ベティの言葉に、私は昨夜のことを頭から追い払って、ドンペリを手に持った。栓を指先で弾く。ポーン、という音が部屋いっぱいに響き渡った。

「メリークリスマス。梨田クン、いろいろとありがとう。来年もよろしくね」

シャンパングラスにドンペリを注いでやると、ベティが白い歯を見せた。

「メリークリスマス」

来年もよろしく、とは私は言わなかった。男と女の仲なんて、イエス様だってわかりはしない。

「メリークリスマス、だけ？　なにか気の利いた台詞《せりふ》のひとつぐらい加えてよ」

ふくれっ面をしたベティに、私は足元に置いた袋から、リボンのついた箱を取り出した。

「これ、俺からのクリスマスプレゼント。迷うことなく、これを選んだんだ」

「ありがとう」

ベティが顔を上気させ、クローゼットのなかから、やはりリボンのついた小箱を持ってきた。

「いちにの三、で同時に、見せ合いっこしましょうよ」

「いいよ。じゃ、いちにの三だ」

ベティがくれたのは、ネクタイとタイピンのセットだった。

私がプレゼントしたマフラーを見て、ベティが喜色を満面に浮かべた。

「わたし、マフラー買うの、我慢してたんだ……。絶対に、梨田クンが、クリスマスプレゼントでくれる、とおもってたから」

白いマフラーを首に巻きつけ、似合う？　とベティが私に訊いた。

「とびっきり、似合うよ」

ベティのその姿に、私は香澄を重ね合わせていた。

ふしぎなもので、どんなに高級な酒でも、飲む場所と飲む相手によっては、その旨《うま》さが伝わらない。

昨夜、姫子と飲んだドンペリは、フルバンドの演奏の騒音によって、ただのシャンパンと化してしまった。

しかし、今夜こうして飲むドンペリは、なるほどこれがピンドンか、とおもわず唸《うな》ってしまうほど、旨かった。香りが鼻腔《びこう》をくすぐり、ほどよく炭酸の効いた甘い味わいが喉元《のどもと》を潤わせる。

もし仮に、姫子が私と一緒に暮らすことを望んだら、たぶん私は応じるだろう。もし彼女が、他に若い彼女を作るな、と言えば、それもまた、私は素直に受け容《い》れるだろう。他の人が聞いたら理解不能だろうが、私と姫子の関係は、そういうふしぎな関係だった。

だが、そういう関係は、空気のようだ、と言えば聞こえはいいが、なにもないに等しい。愛してなくはないが、愛というには、どこかがちがう。私は姫子と会っているときは、まるで、異性の私の分身と会っているような気がしてしまう。だから、酒にしろなんにしろ、なにか刺激が足りないのだ。

テーブルに置いたベティの作った料理は、料理というよりは、酒のつまみのような品々だった。

コンソメのスープ、タイのカルパッチョ、生ハムのサラダ、カラスミ、薄切りにしたチーズや各種のサラミ――。

「どう、おいしい?」

ベティがカルパッチョをフォークでつつきながら、私に訊いた。

「うん、旨いよ。でも、このなかで料理と名のつくものは、このコンソメのスープとカルパッチョだけだな。あとは、買ってきたやつを切っただけだし」

「まあ、それはそうだけど、良い材料を買ってくるのだって、ひと苦労なんだから」

ちょっとプライドを傷つけられたかのように、ベティが頬をふくらませる。

「そう、ふくれるなよ。どれも最高さ。メインディッシュを期待してるよ」

私は笑って、ベティのシャンパングラスに、ドンペリを注いでやった。

「ねえ、クダらないことを訊いてもいい?」

「なんだい?」

「イブの夜を女の子とすごすのは、何回目?」

「知性と教養に溢れたベティにしては、とても陳腐な質問だな。だから、陳腐な答えをするよ。二回目だよ。一回目は誰？　なんて質問は更に陳腐だぜ」

「ＯＫ。しないわ。二度目がわたしなんて、光栄だわ。ねえ、梨田クン、もうひとつのクリスマスプレゼント、ちょうだいよ」

そう言ってベティが目を閉じ、唇を私のほうに突き出した。

そのベティの表情を見て、うん、これなんだ、と私はおもった。姫子は、間違ってもこんな態度は私に対してとらない。

目を閉じて突き出すベティの唇に、軽く触れるようなキスをした。それ以上すると、抑えが利かなくなってしまう。

「梨田クン、って、キスが慣れているのね」

「映画を観《み》て、覚えただけさ」

「じゃ、そういうことにしといてあげる」

笑ったベティが、私にドンペリを注いでくれた。

「でも、きょう、部屋に来てくれて、とてもうれしかった。もしかしたら、あの子とすごすんじゃないか、とおもっていたから」

「あの子、って？」

「とぼけちゃって。ほら、水穂という子よ」

「なるほど。気にしてたわけだ」

私はシャンパングラスを口に運んで、はぐらかした。

「別に、梨田クンが彼女とつき合っていたって、わたしはヘッチャラ。現に、こうしてイブの夜は、わたしと一緒にいてくれたんだから。でも、彼女、すごくきれいになったわね」

瞬間、ベティの目が光ったように見えた。

「どこかで会ったのかい？」

「雑誌で見たのよ。彼女、モデルとしてデビューしたみたいね」

先週発売の女性週刊誌のファッションコーナーで、女子大生ファッションを紹介していて、そのモデルは水穂だったらしい。

「知らなかったよ。モデルにスカウトされたという話は聞いてたけどね」

この話題はやめようよ、と私は言った。

「今はこうしてベティと、イブの夜をすごしているんだし、その話は似つかわしくないだろ」

博多に発《た》つ二日前、水穂から電話があった。きょうの深夜に、博多から電話するから部屋にいてほしい、と言っていた。

「了解。撤回するわ。ところで、梨田クン。ちょっと早いけど、来年の大阪万博、わたしと一緒に行かない？」

来年の春、大阪で万国博覧会が開催される。オリンピックにつづいての、国を挙げての一大イベントだ。戦後復興を果たした我が国が、それを世界にアピールするのに、これ以上ふさわしい舞台はない。今は高度成長の真っ只中だが、これを機に、益々経済成長を遂げることになるだろう。

当然のことながら、参加する大企業をクライアントに持つ広告会社は多忙を極めている。うちの会社でも、追われている担当部署はあるが、私のいるマーケティング局は、まるで、蚊帳《かや》の外に置かれたように静かだった。

しかし数日前、総務からの通達が流れた。強制ではないが、万博を見学に行く社員には、特別有給休暇と、奨励金を提供するという内容だった。

「万博か……。ひどい混雑だろ？」

「そういう問題じゃないわ。広告会社に勤務する以上、絶対に観ておくべきよ。わたしは、自分の将来のために、行くと決めているの」

私を見つめるベティの目は活き活きとしていた。

ベティは、イベント企画やコンパニオンの派遣をする会社をいずれは起業するつもりでいる。それならば、万博だけは、どんなことがあっても、一度は観ておくべきだろう。

私はといえば、将来なにをやるべきかの目標は立てていないが、これからの日本の将来を見据える上では、やはり役に立つ。

「わかった。一緒に行こう。でも、うちの社員も大勢行くだろうから、一緒だと見られる惧《おそ》れもあるぜ」

「へっちゃらよ。梨田クンは、嫌《いや》なの？」

「俺のことはどうだっていい。心配してるのは、ベティのほうさ。妙な噂が流れるかもしれないぜ」

「凡人は、ほっとけばいいのよ」

そうと決まれば――、シャンパングラスをかかげて、ベティが乾盃と私に言った。

「ところで、梨田クン。年末年始は、どうするの？」

「まさか、俺と一緒にすごそうというんじゃないだろな？　それは駄目だぜ。ベティは、実家に帰るといい。せっかく、アパートでのひとり住まいを許してもらったんだ。嫌でもそれぐらいはしてやらないと、お母さんが泣くぜ。俺は、今年一年の、自分へのご褒美をやるつもりだよ。自分でも驚くほどに、真面目に仕事をしたからね」

「ご褒美、って？」

「博打ざんまいさ。麻雀に競輪。このところ、ずっと封印してたからね。俺の身体の半分は、博打体質になっている。時々は、水をやらないと、俺という人間が枯れてしまうだろ」

会社が終わった二十九日と三十日は、有村部長や姫子たちがやる麻雀を見学する。そしてたぶん、そのまま私は、新宿あたりのフリーの雀荘で、見知らぬ相手と麻雀をやることになるだろう。

十八歳のときに大学の寮に入って以来、私はふつうの人たちと同じように、年末年始を家族とすごす、という生き方をしたことがなかった。いつもきまって、徹夜の麻雀か、競輪場通いだった。そしてそれが今では、身体に沁《し》みついてしまっていて、他のすごし方は考えられない。そうしていることが、一番、自分らしくもあった。

「そんなに、ギャンブルが好きなの？」

「ああ、好きだね。人生はギャンブルだ、みたいなありきたりの言葉を使うつもりはないけど、先が見えない世界にドップリと浸っていると、なぜか落ち着くんだ」

「やめよう、とおもったことはないの？」

「ないね。俺は、この世の中にあるものは、すべて肯定する主義なんだ。だって、不必要なものは、自然と消滅していくんだし、残っているということは、なにがしかの意味があるとおもっている。立派とか、立派でない、とかいう意見は、俺には不用だから、俺を諭《さと》そうとしたって、それは無理だよ」

そろそろベティには、私の本性を晒《さら》しておく必要がある。私は、自分の考えを、なんの躊躇もなく、口にした。

「わかってるわよ。梨田クンを諭そうなんて気は、これっぽっちもないわ。それに、大体が、人の意見を聞く人でもないでしょ」

笑ったベティが、立ち上がる。メインディッシュの準備をするという。

「牛のフィレステーキよ。七面鳥なんて気持ち悪いだけだし、代用品のチキンでは、あまりにも見すぼらしいじゃない」

「なるほど。異議ナシ。なにか、手伝えることは？」

「じゃ、テーブルの上の食べ終えたお皿を片づけてくれる？　なにしろ、おひとり様用のちっちゃなテーブルだから」

空の皿を片づけてキッチンに運ぶと、エプロンを掛けたベティが、フィレステーキを焼く準備をしていた。

「エプロン姿、若奥様みたいだ」

「その気もないくせに。そういうことは、若い女の子に軽々しく言っちゃ駄目よ。後々、トラブルになるんだから」

ベティが私をひと睨《にら》みし、これでも飲んでて、と言って、食器棚のなかから、封の切ってないウィスキーを取り出した。バランタインだった。

「至れり、尽くせりだな」

「どう？　殿様気分でしょ。わたしが気の利いた女の子でよかったわね」

「売り込みに聞こえるな」

「だって、そのつもりで言ったんだもの」

ベティが冷蔵庫のなかから、氷とミネラルウォーターも出してくれた。

バランタインの水割りを作って飲んでいると、キッチンのほうから、肉の焼ける音と一緒に、香ばしい匂いがしてきた。

手持ち無沙汰《ぶさた》気味に、あらためて部屋のなかを見回していると、テレビのないことに気づいた。

広告業に就いている以上、テレビというのは必需品のはずだ。各社のコマーシャルをチェックする必要があるし、営業に異動となったベティにとっては、尚更《なおさら》のことだ。

「テレビは、見ないのかい？」

キッチンのベティに声をかけた。

「見ないわ。部屋では、本しか読まないの。営業のフロアには、テレビが沢山置いてあるでしょ？　あれで、十分よ。そうだ、梨田クンに話があるのよ」

「なんだい？」

「あとで話すわ」

ベティが、焼き上がったステーキを載せた皿を運んできた。てのひらほどの大きさで、肉汁がしたたっている。

「これは、旨そうだ」

「でしょ？　焼き方、渋谷にあった、あのイタリアンレストランのシェフから教わったんだから」

7

そのとき、インターフォンの音が鳴った。

「誰かしら？　こんな時刻に……」

すでに九時近くになろうとしている。

インターフォンに出たベティが、ママ、と声を発して、私を見た。

「どうしたの？　突然……」

インターフォンに、ベティが狼狽《ろうばい》した声を出す。そして、わかったわ、と言って、玄関のオートロックの鍵を外す。

「梨田クン、どうしよう、お母さんが来ちゃったわ」

「ジタバタしたってしょうがないよ。ベティの好きなように紹介してくれたらいい」

「落ち着いてるのね」

「別に悪いことをしてるわけじゃない。でも、なんだって、こんな日に突然」

「家で喧嘩《けんか》して、飛び出してきちゃったんですって」

ドアがノックされた。

覚悟を決めたように、ベティが玄関にむかう。

「めぐみ、ごめんね」

謝りながら顔を出したベティの母親が、私を見て驚きの表情を浮かべた。

「お客さんだったの？」

「いいのよ。入って。紹介するわ」

五十に届くかどうか。母親はベティと同じように、目のクルッとした、上品な顔立ちをしている。困惑した表情で、入ってきた。

私は立ち上がって、母親に軽く頭を下げた。

「ママ、この男《ひと》、会社の同僚で、梨田クン。手っ取り早く言うと、わたしの恋人」

好きなように紹介していい、と言った私の言葉へのベティの答えは、恋人だった。

「初めまして。梨田です」

私は今度は、丁寧に頭を下げた。

「ごめんなさいね。突然、お邪魔しちゃって」

めぐみの母です、と言ってベティの母親も丁寧な挨拶を返してくれた。そしてベティに、出直そうか、と訊く。

「いいわよ、今更。ママが喧嘩して、家を飛び出してきたことも話しちゃったから」

ベティの母親が困惑気味の顔を、気拙そうなものに変える。

「もし、お母さんがお嫌でなかったら、ご一緒にどうですか？　僕はあと一時間ほどで、帰るつもりだったんです」

ベティと目が合った。明らかに不服そうな顔をしている。

「本当にいいの？　めぐみ」

「いいも悪いもないわ。来ちゃったんだから、しょうがないじゃない。とにかく、座ってよ」

小さなテーブルには椅子が二つしかなく、ベティは自分が座っていた椅子に、母親を促した。

「めぐみはどうするの？」

「わたしは、これで十分」

ベティが鏡台の前の丸椅子を持ってきた。

「喧嘩して飛び出してきたということは、食事はまだなんでしょ？」

「わたしのことは気にしないで」

「もうひとり分の準備はできるから、遠慮は要《い》らないわ。せっかくだから、今夜はパッといきましょ」

ベティがもうひとつ、シャンパングラスを持ってきて、残りのドンペリを注いで、母親の前に置く。

「では、ママ。イブの夜に乾盃」

「妙な具合になってしまって、ごめんなさいね」

乾盃、と言って、ベティの母親がシャンパングラスをかざした。

「ママ。このステーキ、先に食べててよ。冷めちゃうと、おいしくなくなるから」

「なんか、邪魔しちゃったようで、悪いわね」

「すごく、悪い。でも、イブだから、許してあげる」

もう一枚、ステーキを焼いてくる、と言って、ベティがキッチンに立った。

「じゃ、ベティ、遠慮なく、先にいただくよ」

私はナイフとフォークを手に取った。

「ベティ？」

母親が怪訝《けげん》な顔をした。

「すみません。彼女、会社の人気者で、そう呼ばれているんです」

「どうして、ベティなの？」

「たぶん、目がクリッとしていて、中学校の英語教科書に出てくる、ジャック＆ベティのベティに似てるからだろう、と……。僕も詳しくは知りません」

急に母親が笑いだした。

「そう言われれば、似てるわね。でも、仕事の上では、ちゃんと本名で呼ばれてるんでしょ？」

「社外では別だけど、社内では、もっぱらベティさんよ」

キッチンから、ベティが声を出す。

「あら、そうなの。それじゃ、まるで、学校の延長じゃない。会社って、もっと厳粛なものじゃないの？」

「広告会社というのは、他の一般企業とはすこしちがうんですよ。自由というか、開けっぴろげ、というか……」

母親は、たぶん夫が社長を務める大明製菓のことが頭にあるのだろう。私は、社内でベティと呼ばれる背景を簡単に説明した。

「だから、パパは、広告会社に勤めることに反対したのよ」

「また、その話。いいかげんにしてほしいわ」

ベティが自分用の焼き上がったステーキをテーブルに置いた。

「それで、誰と喧嘩になったのよ。パパ？　それともお義兄《にい》さん？」

「そんな話、梨田さんの前で、できるわけないじゃない」

母親が気拙そうに、フォークの手を止めた。

「まったく、大の大人が、喧嘩で家を飛び出すなんて、さ。ねぇ、梨田クン、お笑いでしょ？」

私は苦笑いするしかなかった。

「二人は、いつからつき合っているの？」

話題を逸《そ》らすかのように、母親が訊いた。

「この夏ごろからよ」

ベティがステーキを頬張りながら、アッサリと答える。

「じゃ、下田に行ったのは……」

「そうよ。梨田クンと一緒だった。でも、質問はこれで終わり。男女の関係に、親が口を挟むと、ロクなことがないから」

ベティがピシャリと決めつけた。

人づき合いの苦手な私だが、とりわけ親族とのつき合いが一番の苦手だ。

赤の他人なら、気に入らなければ無視を決め込めばいいが、なまじ血が繋《つな》がっているがために、対応に悩んでしまう。事実、両親とは断絶状態だし、親戚《しんせき》と名のつく人たちとの交流だって皆無だ。

別にベティと結婚しているわけでもないし、彼女の母親に気を遣う必要はないのだが、食事の間中、私は話の糸口を摑《つか》めずに、少々窮屈なおもいをしていた。

それは、ベティの母親も同じようだった。私との関係の質問はするな、とベティに釘を刺され、まさか身内の喧嘩話を話題にするわけにもいかないのだろう。

「なによ、二人共、黙り込んじゃって。もっと気楽にしましょ。これじゃ、お通夜みたいじゃない」

ステーキを食べ終えたベティが、あ〜、おいしかった、とわざとらしくおどけた声を出す。

「めぐみ、片づけをしようか？」

母親が空の皿に手を伸ばす。

「ここは、わたしの部屋よ。ママはお客さん。黙って、座ってて」

ベティがテキパキと、テーブルの上を片づけて、空の皿をキッチンの流しに運ぶ。

私は母親のシャンパングラスにドンペリを注いであげようとしたが、もう空だった。

「僕は、これを飲んでいるんですが……」

私はバランタインに目をやって、ウィスキーでも大丈夫ですか？　と母親に訊いた。

「ありがとう。いただくわ。ムシャクシャしてるから、酔っ払ってもいいわ」

母親がそう言って、私に笑みを見せた。

「そうよ、酔っ払っちゃいなさいな。あんな家にいるから、ストレスが溜《た》まるのよ」

後片づけを終えたベティが、ウィスキー用のグラスを母親の前に置く。

私は母親のグラスに氷を入れ、バランタインの水割りを作ってあげた。

わたしも、と言うベティにも、同じように水割りを作ってやる。

「じゃ、あらためて、乾盃」

ベティがはしゃいだ声を出したが、彼女もまた、この微妙な空気に閉口しているようだった。

「さっき、俺に話があるようなことを言ってたけど……」

母親の前では、とおもいはしたが、私は話題に窮して、ベティに訊いた。

「ああ、あれね」

うなずいたベティが、水割りを飲んでから言った。

「わたし、前からおもってたんだけど、梨田クン、小説、好き？　つまり、中学、高校時代から、読んでたか、っていうこと」

「まあ、人並みには。でも、どうしてだい？」

唐突なベティの質問に、私は目を細めた。

「梨田クン、ギャンブルもいいけど、暇なときは、もっと小説を読んだらいいわ」

ベティが大きな目を瞬《まばた》きもさせずに、私を見つめる。

「あら、梨田さんは、ギャンブル好きなの？」

母親もベティに似た大きな目で私を見る。しかしその目は、ベティとはちがって、ちょっと棘《とげ》が含まれているように、私は感じた。

「ママ。ギャンブルへの偏見は捨てるべきよ。洋の東西を問わず、ギャンブル好きの文化人は沢山いたわ。ドストエフスキーだって、今、注目されているサガンだって、ギャンブル好きみたいよ」

「めぐみは、小説狂だから、肩を持つのよ」

この子は、小さなときから、大の本好きだったのよ、と母親が言う。

なるほど、と私はおもった。さっき、クローゼットを開けたときに、なかにはビッシリと本が詰まっていた。

「読むのは、まあ、いいけど……。でも、どうしてだい？」

バランタインの水割りを飲みながら、私はベティに訊いた。

「わたし、こう見えても、人の本質を見抜く目には自信があるのよ。これまで、梨田クンといろいろ話してきて、貴方《あなた》には、小説を書く才能がある、とおもったの。その場その場のシチュエーションで、その場その場の、気の利いた台詞回しができるじゃない？　それって、小説を書く上では、絶対に必要な才能なのよ。わたしは小説好きだから、自分で書くことにもチャレンジした。だけど、駄目だった。でも梨田クンには、それを感じるの」

「それは、買い被《かぶ》りだね。俺は、自分で小説を書いてみようなんてこと、ただの一度もおもったことはないよ」

「まあ、いいわ」

ベティが、水割りに口をつける。

「でも、今夜は特別な日だから、特別な予言をしてあげる。きっと梨田クンは、これからも、ふつうの人にはないような経験をいっぱいするわ。だけど、そうしたすべては、いずれ、役に立つ。小説を書く上でね」

未来の小説家に乾盃、と言って、ベティが水割りグラスを、私のグラスにぶつけた。

「あなたたちって、会うときはいつも、こんな会話をしてるの？」

母親が呆れたような顔をしている。

「ママは、主婦業の一生。わたしたちは、今の時代の申し子なのよ。わたしは、主婦でなんて一生を終えないわ。チャレンジするの。そして、パパを、きっと見返してやるんだから」

「また、はじまった……」

母親が私に、バツの悪そうな表情を見せた。

私はそっと時計を見た。そろそろ十時になろうとしていた。

「ベティ。今夜はありがとう。それと貴重な予言もね」

私は笑って、そろそろ帰るよ、とベティに言った。

腰を上げた私に、

「今度、また、三人で一緒に食事をしましょうよ」

と、母親が言った。

社交辞令かとおもったが、母親の表情は多分に本気に見えた。

「ママ。梨田クンを表まで送ってくるから」

ベティと一緒に部屋を出た。

「ごめんね。とんだイブになっちゃって」

「そんなことはないよ。楽しかったよ」

「うそよ。梨田クン、気拙そうな顔してたじゃない。会話にも冴《さ》えがなかったわ」

「まあ、ね」

私は苦笑した。

マンションの玄関で、ベティが私の首に両腕を回した。

「大家さんが見たら、追い出されるぜ」

「追い出されたら、梨田クンの部屋に転がり込むわ」

軽いキスのつもりだったが、ベティはなかなか唇を離さなかった。

「困っちゃった。梨田クンのことが、どんどん好きになっちゃった」

「それはありがとう。でも、冷めないお茶はないよ」

「なに、それ？　色男ぶっちゃって」

ベティが私の額を指先で弾くと、じゃまたね、と言って、クルリと背をむけた。

雨はすでに上がっていた。

私は濡《ぬ》れた路面を、トボトボと歩きながら、自由が丘の駅にむかった。

商店街の店の大半のシャッターは下りていて、片づけるのを忘れたかのような小さなクリスマスツリーのいくつかが、その閉じられたシャッターの前に置かれていた。

それが私に、急に寂しさを覚えさせた。

俺はベティを本気で愛しはじめているのだろうか。自問をクリスマスツリーにぶつけてみたが、なんの答えも見出《みいだ》せなかった。

電車が渋谷駅に着いたのは十時半で、自由が丘の駅前とはちがって、渋谷の街は、雨上がりも手伝ってか、大勢の若者たちが路上で騒いでいた。その何人かは、パーティー帰りなのだろうか、金銀の紙シールで飾られたトンガリ帽子を被っている。

私と同世代の若者たち。だが私は、こういうノリで騒いだことはない。照れるというより、シラけてしまうのだ。

ベティはよく、私のことを変わっている、と言う。私から言わせてもらうと、他の人たちが変わっているようにおもえてしまう。

タクシーを飛ばして帰れば、博多からの水穂の電話は受けられるだろう。

空車を拾って、私が告げた行き先は、新宿の歌舞伎町だった。

フリーの雀荘。知らない相手と打つ麻雀。私には、それが一番、心安まるイブの夜になりそうな気がした。

8

今年最後となる二十八日。午前中は、各自が自分のデスク周りの整理をし、それが終わると、新木局長から、今年一年の労《ねぎら》いの言葉が披露されて、会社は終業を迎えた。

私は松崎課長や同僚たちへの挨拶もそこそこに、退社したその足で、銀行にむかった。越年資金を用意するためだった。

五百万を下ろした。あしたの二十九日、有村部長、桜子、姫子、坂本――この四人での麻雀がある。私は参加しないが、博打事にはなにがあるかわからない。念のためだった。

下ろした五百万は、自宅のベッドの下に、新聞紙で包んで隠して置いた。隠す、といったところで、泥棒が入れば、なんの意味もない。まあ、気休めみたいなものだ。

たばこを吸っていると、電話が鳴った。水穂からだった。

――会社に電話したけど、もう帰ったあとだった。まさか、家に帰ってるなんて、おもわなかったわ。この間の償いに、夕食を奢《おご》ってよ。

イブの夜、私の自宅に電話した水穂は、私が不在だった理由を、誰かと一緒だったのではないか、としつこく追及した。新宿で麻雀をしていた、と言っても半信半疑だった。

「いいよ、なにが食べたい？」

――六本木に、いいお店があるのよ。会員制なんだけど、うちのプロダクションがよく使うお店だから、入れるわ。

「ミホは、すっかり業界人になったというわけだ」

――なによ、その言い方。嫌味に聞こえるわ。

七時に、六本木の交差点にある喫茶店で、ということで電話を切った。

本当は、今夜はベティと食事をするつもりだったのだが、彼女は田園調布の自宅に帰らなければならなくなってしまった。

どうやら、イブの夜の母親の一件は、想像以上に、家庭に波風が立っているらしい。あの日、母親は午前零時すぎまでベティの部屋にいて、それから帰ったとのことだった。あれこれと話したらしいが、私には関係のないことだと言って、ベティは私になにも教えようとはしなかった。

ベティの言葉に触発されたというわけではなかったが、一昨日、私は書店に寄って、小説を十冊ほど買い求めてきていた。そのどれもが、松本清張と黒岩重吾の小説だった。

高校生のころは、もっぱら外国の小説ばかりを読んでいたが、大学に入学して、酒や博打事に興味を覚えて以来、カタカナの名前の主人公に対して、まったくと言っていいほど、シンパシイを感じなくなってしまったのだ。

約束の七時前まで、ベッドに横になって、買ってきた小説に読み耽《ふけ》った。

貴方《あなた》には、小説を書く才能がある……。

そんなわけないだろ。そうおもいつつも、私の頭のなかでは、ベティのあの言葉がこびりついて離れなかった。

約束の七時ちょっと前に六本木の喫茶店に顔を出すと、すでに水穂の姿があった。赤いニットのセーターに白のパンツという装いは、とても目立つ。

私がむかいの席に腰を下ろすと、水穂が口を尖《とが》らせた。

「女の子を待たせるなんて、最低よ」

「今はまだ、七時二分前だぜ」

私は腕の時計に、オーバーなしぐさで目をやった。

「約束の時間より、すくなくとも五分前には来てるべきよ」

「だんだん、女王様になってくるな」

「嫌味な言い方。仕事をするようになって、そう教え込まれたのよ」

「俺とのことは、仕事じゃないぜ」

私は少々、ムッとした。

「それはそうだけど……」

コーヒーを頼もうとする私に、出ようよ、と水穂が言った。

「わかった」

伝票を手に、レジで水穂のコーヒー代を払った。

どうにも調子が狂う。すべて水穂のペースだ。

「で、どこなんだい？　その、いいお店というのは」

「星条旗通りよ」

「星条旗通り？」

「あら、知らないの？　米軍の宿舎がある通りのことよ。タクシーで、二、三分で着くわ」

暮れで、空車は皆無だった。

「歩いてゆきましょ。十分もかからないわ」

言うやいなや、水穂が私の腕に、腕を絡めてきた。

通りすがりの若い男たちが、チラチラと水穂を見る。私にはまったく関心がないようだった。

派手できれいな女の子を連れているのを自慢したがる男は多いのだろうが、私にはそんな趣味はない。

私は顔を伏せるようにして、歩いた。

「マー君、わたしとの約束を破ったわね」

「また、その話か。もう、謝っただろ」

「イブの夜の話じゃないわよ。あした、わたしの嫌いな、あの桜子という女の人と麻雀をするんでしょ？　姉から聞いたわ」

「なんだ、そのことか。ママの店で麻雀をするのは事実だけど、俺はやらないよ。替わりに、俺の知り合いに打ってもらう。だから、見学するだけだ。まさか、替わりにやってもらうのに、放《ほ》ったらかしにはできんだろ？」

メンバーは、だな――、と言って、私は坂本と有村部長の名前を挙げた。

「替わりの人、って？」

「ほら、純平が不始末をしでかしたときに、新宿からお金を借りてきただろ？」

姫子の名前は伏せ、歌舞伎町でクラブをやっているママだよ、と私は言った。

「そのママ、って、いくつぐらいの女性《ひと》?」

絡める私の腕に、水穂が力を込めたような気がした。

「ミホの嫌いな、あの桜子と似たような年齢だよ」

「マー君とは、いつごろからの知り合い?」

「学生時代からだよ」

「お店のママとお客さん、という関係?」

私は足を止め、水穂の絡める腕を解《ほど》いた。

「なんだい。まるで尋問だな」

「なによ。怒って。だって、気になるんだもの」

水穂が悲しそうな表情を浮かべた。

「たしかに世の中は、男と女で成り立っている。でも、男と女の仲を、すべて一眼的な目で見るのはやめたほうがいい」

後ろめたさを押し殺して、私は言った。

「ごめん。もう訊かないわ。でもわたし、あした、レッスンが終わったら、その麻雀を見学しに行く」

「勝手にするさ」

たぶん自分の目でたしかめたいのだろう。最初のころはそうも感じなかったのだが、近ごろの水穂は、ずいぶんと嫉妬《しっと》深くなったような気がする。

さすがにこの季節ともなると、夜風は冷たい。ニュースでは寒波がくるようなことを言っていたが、そのせいかもしれない。

話を変えるように、私は言った。

「そのコート、自分で選んだのかい？　とても似合っているよ」

目立つ赤のニットのセーターと白のパンツ姿の水穂をくるんでいるのは、黒のハーフコートだった。まるでマントを思わせるようなデザインだが、二十そこそこのあどけなさと、大人の女性の中間にいるような、そんな雰囲気がある。

「ほんと？　うれしい」

水穂がコートの襟を立てて、気取ったポーズをしてみせた。

「自分で選んだ、と言いたいところだけど、残念。事務所には、専属のスタイリストさんというのがいて、その人が選んでくれたのよ。もちろん、費用は、こっち持ち。というより、マー君からいただいた、軍資金でね」

「なるほど。軍資金は足りているのかい？」

「上を見たらキリがないもの。とりあえずは、我慢しなくちゃね」

笑った水穂が、寒いから急ごうよ、と言って、ふたたび私の腕に腕を絡ませてきた。

それから数分、歩いた。六本木の表の繁華街とはちょっとちがう静かな下り坂だった。

「あれが、さっき言った、米軍の宿舎よ」

水穂が指差した一画に、塀に囲まれた建物が見える。

「ここよ」

水穂が小洒落た三階建ての建物の地下階段を、勝手知った顔で下りてゆく。

私も水穂のあとに尾《つ》いて行った。

階段を下り切った所にはドアがひとつだけあった。だがそのドアには店名などなく、「会員制」というプレートだけ貼《は》ってある。これでは何の店かもわからず、一見《いちげん》の客はまず退散してしまうはずだ。

「ねっ、変わってるでしょ？」

笑った水穂が、ドアの横のインターフォンを押す。そして、「ギャラント・プロモーション」の者ですけど、と言う。

すぐにドアが開き、スーツにネクタイ姿の若い男が顔を出した。水穂を見て、笑みを浮かべる。

「どうも、いらっしゃい」

どうやら水穂とは何度か会っているようだった。

男の背後の店内からは、バイオリンを奏でる音がした。

「どうぞ」

男が私と水穂を招き入れた。

それなりの広さの店だが、店内は薄暗い。奥の小さな舞台の上では、スポットライトを浴びた女性バイオリニストが演奏していた。

ソファテーブルがいくつかあり、そのテーブルには、何組かのカップルと、ホステスらしき女性が座っていた。

「個室になさいますか？」

男が水穂に訊いた。

「マー君。どうする？」

「どっちでも」

言われて見ると、店内の左右には、個室らしき仕切った部屋がある。

「じゃ、そこのテーブルでいいわ」

空いているソファテーブルを指差して、水穂が男に言う。

そのしぐさは、これまでの水穂とはちがって、どこか堂々としていた。

「マー君。バランタインなんでしょ？」

笑った水穂がバランタインの水割りを二つと、きょうのお薦めの食事をちょうだい、と男に言う。

男が頭を下げて消えるのを見て、私は水穂に言った。

「業界の水に、すっかり溶け込んだようだな。順応性が高いのに、驚いたよ」

「一生懸命に、ゲタを履いてるのよ。安く見られないように、ね」

「なるほど。俺にはそうは見えないけど」

内心私は、水穂の変わりように、舌を巻いていた。水穂と関係を持ったのは、ついこの間の春のことで、まだ半年ほどしか経っていない。あのころの水穂は、まだ女子大生の匂いがプンプンとしていたが、今の水穂には、その面影を見出すことのほうが難しい。

「ねえ、マー君。あのソファにいるの、女優の桐嶋《きりしま》景子よ」

言われて見ると、たしかに桐嶋景子のようだった。彼女は今、清純派女優として、マスコミで引っ張りダコの売れっ子だった。

バランタインの水割りをホステスが運んできた。しかし私が見慣れている、いかにもホステスという雰囲気はなかった。きれいな顔立ちだが、水商売の匂いがしないのだ。

ホステスが笑みを残して引っ込むと、水穂が言った。

「ここで働いている娘《こ》は、全員がタレントの卵なのよ。いろんなプロダクションから来ているわ」

「ふ〜ん。ミホみたいに、空いた時間を、レッスンとかに充《あ》ててないのかい?」

「わたしはスカウトされたのよ。彼女たちは、タレントになりたくて、プロダクションに応募した娘たち。ここで働くことによって、チャンスを待っているのよ。なにしろ、業界の人たちが多く顔を出す店だから」

水穂の口調は、まるで自分は選ばれし者、とでも言いたげで、すこし鼻高々のような気がしないでもなかった。

「じゃ、あのバイオリニストも、タレントの卵かい?」

演奏しているのは、「雪の降る町を」という、むかしからの名曲だった。十二月のこの季節に合わせて、選曲しているのだろう。しかし久しぶりに聴くその曲は、妙に私の心のなかに浸《し》み入ってきた。

「知らないけど、音大とかの学生じゃないかしら。きれいな女性だから、興味あるの？」

「馬鹿馬鹿しい。俺がそんなにドンファンタイプに見えるかい？」

「隅に置けないタイプ、ということだけは、はっきりしてるわ」

ベティは、こんなことは間違っても言わない。私が誰とつき合っていたってヘッチャラよ、と言って笑う。現に、この水穂のことだってあまり気にしていない。

それが本心かどうかは別にして、ベティが他の女の子に対して鷹揚《おうよう》に構えるのは、すくなくとも、自尊心を保ち、私との関係を近視眼で見ていないということだ。

お薦めだという食事が選ばれてきた。

コンソメのスープに、前菜のサラダ、それに牛フィレ肉のステーキだった。

私は、イブの夜のベティの部屋での食事をおもい出した。あのときとソックリだ。

「こんなモン食べて、身体がデブっちゃわないか？　タレント志願者にとっては、デブになるのは鬼門じゃないのかい？」

「なによ、デブ、デブ、って。わたし、そんなに太った？　あとで、その目でたしかめてよ」

どうやら水穂は、今夜は最初からその気らしい。そういえば、水穂と寝たのは、もう二週間近くも前だ。

じつは、今夜、ベティと食事をしようとおもったのは、先日のイブの夜に、彼女を抱きそこなったせいだった。今の私は、この水穂よりも、ベティのほうに心が傾いているのを自覚していた。

バイオリン演奏のあとは、すこし時間を置いて、今度はチェロの独奏だった。

「ここは、いつもこういう音楽ばかりなのかい？」

「この店は、会話を主体にした社交場なのよ。エレキやドラムを鳴らされたら、話が耳に入らないでしょ。気に入らないの？」

水穂が不服そうな顔をした。

「いい店だよ。いい店すぎて、お尻がムズムズするくらいだ」

姫子の店や、クラブにだって顔を出す。しかし、私が一番落ち着くのは、学生時代によく行った、ごくありきたりの飲み屋だった。客に、作った気配がなく、地のままで飲み、騒ぎ、くつろいでいる。

八時を回ると、急に店内が混《こ》みはじめた。入ってくる客のなかには何人か、私も知っているタレントや俳優たちもいた。

その誰もが似たような匂いを発散させている。つまり、さっき水穂が見せた、自分は選ばれし者、という表情だった。

そしてその都度、水穂は、あれは誰々さんよ、と私に教えるかのようにつぶやく。

「いいよ、ミホ。俺は、タレントや俳優の顔を見たくて来たんじゃないんだ。酒を飲めれば、それで、ＯＫ」

「でも、こんなに近くで、あの人たちを見られることなんてないのよ」

私はなにも言わずに、話を打ち切った。

今の水穂は、こうした世界に入ったことがうれしくてたまらないのだ。これまでの学生生活や、姉の麻雀屋でのアルバイトをしていた生活とは、百八十度もちがう世界。そしてその世界の末席に、彼女自身、足をかけようとしている……。

正直なところ、私にはまったく興味のない世界だった。

かつて知っていた流しの四郎さんは、今や演歌歌手として活躍している。しかし四郎さんは、芸能界に入りたかったのではなく、自分の歌を歌いたかったのだ。そして、それを叶《かな》える場が芸能界だったというにすぎない。

四郎さんの妹の香澄。彼女だってそうだ。彼女は舞台女優になりたかった。演技をすることで、自分を表現したかったのだ。そしてその表現を可能にする場が、芸能界だったということで、芸能界に憧《あこが》れて舞台女優を目指していたわけでは、決してない。

だが、水穂は……。

「どうしたの？　楽しくないの？」

水穂が私の顔をのぞき込む。

そのとき、店の一角で、歓声が上がった。見ると、私も見たことのある男優が、「ハッピー・バースデー」を歌いながら、シャンパンを開けるところだった。

彼らは他人の目に晒されることに、快感を覚えているにちがいなかった。

「ミホ。出ようか」

私は水穂の返事も聞かずに、腰を上げた。

店の勘定を聞いて、呆れてしまった。五万円とすこしだった。姫子の店だって、この半分もしない。

客もエリート風を吹かせるなら、店までもエリート風を吹かせている、とおもった。むろん、そんな内心の腹立たしさなど微塵《みじん》も見せず、私は鷹揚な態度を装って支払った。

店を出た水穂は、不満げだった。

「なによ、急に席を立っちゃって。気に入らなかったの？」

「ああいう雰囲気は、俺の性分に合わない。芸能人がそんなに偉いのかい？」

「なによ。ヒガンじゃって。マー君らしくないわ」

「なによ、なによの、なによ節はいいよ。それに、俺はヒガンでなんてないぜ。もしミホがもっといたいのなら金を渡すから、戻ればいい」

「まったく、もぅ……。勝手なんだから」

水穂が口を尖らせ、道に落ちていた小石をヒールの先で蹴《け》った。

「もしかして、マー君、わたしが、この業界に入ったのがうれしくないの？」

「うれしくも、悲しくもないよ。ミホの人生だから、好きにしたらいい。ただ、俺の好きなカラーじゃないことだけはたしかだ」

「つまり、うれしくない、ということじゃない」

「だから、言ったろ？　うれしくも悲しくもない、って」

ああ、面倒臭《くせ》えな、と私は少々、うんざりとした。こんな感情を水穂に対して抱くのは初めてだった。

「なんか、気分が悪いから、わたし、今夜は帰る」

水穂がチラリと私を見て、通りかかった空車に手を挙げた。

「じゃあ、な」

私は引きとめもせずに、水穂に背をむけた。

すこし歩いていると、後ろから、駆け足の音が追ってきた。

「マー君、ひどすぎない？　なんで、帰るな、って言わないのよ」

「だって、帰りたいんだろ？　それに、あした、また会えるじゃないか」

「まったく、もう……。女心が、これっぽっちもわかってないのね。デブかどうか、たしかめてよ」

水穂がまた、空車に手を挙げた。

押し込むようにして、私をタクシーに乗せ、行き先を言って、とつぶやく。

じつは、今夜は、食事を終えたら適当な口実で部屋に帰るつもりだった。読みかけの小説がとても面白く、つづきを早く読みたかったからだ。そして、もうひとつつけ加えるなら、本当は今夜は、ベティと寝るつもりだった。そんな気持ちで水穂を抱くのは、水穂とベティの二人共を侮辱するような気もしていたからだ。

しかし、そんな綺麗事《きれいごと》の理屈は、若い私の身体が許しはしない。

私は運転手に、赤坂のシティホテルの名を告げていた。

9

ルームサービスの朝食を摂《と》ったあと、十時すぎにホテルを出た。

久々だったせいか、嫉妬心に駆られてか、昨夜の水穂はすごかった。初めて伊東の温泉宿で抱いたときは、恥じらいで顔を赤くしていたのに、そんなことなど忘れたかのように、彼女のほうから積極的に求められてしまった。つまり、水穂は、あっという間に大人の女性へと変貌《へんぼう》してしまったのだ。

乗ったタクシーを見送ってから、部屋に戻り、小説のつづきを読んだ。今、読んでいるのは、黒岩重吾の小説で、陰のある謎の男と、大阪北新地のホステスとが繰り広げるサスペンス恋愛ドラマだ。

読んでいると、大阪時代のことがおもい出され、あれほど大阪の記憶を消し去りたいと願っていたのに、当時のことが妙に懐かしくおもえてくるから不思議だ。これはたぶん、この作家の持つ、天性の色気のある文章と語り口のせいだとおもった。

麻雀荘「赤とんぼ」の和枝《かずえ》。彼女は店を売り払って、新宿に舞い戻ったらしい。今ごろ、新宿のどこで、なにをしているのだろう。麻雀の腕もたしかだったが、姫子と同じように、竹を割ったような性格だった和枝。

麻雀好きの人間は、麻雀から離れられるものではない。新宿の雀荘に顔を出していれば、いつか、ひょんなときに、彼女に会えそうな気がした。

五時になって、厚手のセーター姿という、ラフな格好に着替えて、部屋を出た。

姫子は麻布十番にある佳代ママの秘密麻雀クラブの場所を知らない。五時に迎えに行く、と私は彼女に伝えていた。

マンションの前には、「迎車」の表示の出たタクシーが駐まっていた。

インターフォンを押すと、見慣れた和服姿ではなく、薄手のセーターにスラックスというでたちの、姫子がすぐに顔を出した。

「やっぱり、そういう格好も似合うんだな。クラブのママには見えないよ」

「これが、わたしの戦闘服よ」

笑った姫子が、コートを手に取った。コートは、いかにも高級そうな毛皮で、これはもう、クラブのママ丸出しだ。

「あの空車、呼んでたのかい？」

「そうよ。待たされるとイライラするでしょ？　勝負事の前のイライラは、負けが約束されたようなものだから」

タクシーに乗るなり、麻布十番に行ってくれるよう、運転手に言った。

「ところで、その紙袋、なに？　お金？」

「そうだよ。念のために、五百万用意しておいた」

「でも、マー君、麻雀やらないんじゃないの？」

「だから、念のためさ。ママは、いくら準備したんだい？」

「同じよ」

姫子がやや大きめのバッグを、軽く叩《たた》いた。その右手の指には、大きなダイヤの指輪がはめられている。

麻布十番に近づいたとき、私は姫子に言った。

「ママには、いちおう、話しておくよ」

「なんの話？」

「じつは、前に少し話した水穂……彼女が妙に最近、嫉妬深くなってってね」

「わたしとマー君の仲を疑ってるって、わけね」

姫子が、さもおかしそうに笑った。

「まあ、そういうことなんだ。別に俺は、認めてもいいんだけど、さ」

「バカね。揉《も》め事は、勝負の場では、絶対に駄目。任せておきなさいな。そんなそぶりは、これっぽっちも見せやしないから。でも、その娘《こ》、大人の女性には、まだもう一歩ね。マー君、まあ、せいぜい苦労しなさいな」

そう言って、姫子がまた声を出して笑った。

マンションの前で、タクシーを止めさせた。六時十分前だった。

インターフォンを押すと、佳代ママではなく、水穂の声が返ってきた。もう来ているようだ。

玄関のドアを開けた水穂が、私の後ろの姫子に、素早く視線を走らせる。

「いらっしゃい。もう皆さん、お見えですよ」

「なかに入ってから、紹介するよ」

私は姫子と一緒に、リビングにむかった。

「おう、来たか」

有村部長が上機嫌な顔を私たちにむけた。

ソファに座っていた桜子も、笑みで私たちを迎えたが、彼女の目は笑っていなかった。姫子にむけるその目は、値踏みするかのように、鋭い。

「おう」と、坂本も手を挙げる。

「この女性《かた》ね」と、姫子に笑みを見せて、佳代ママ。

「紹介するよ」

私は、全員に目をやってから、言った。

「新宿の歌舞伎町で、『クラブ姫子』をやってる、姫子ママだ」

「よろしく。姫子です」

さりげなく頭を下げる姫子だったが、その姿は、私から見ても、堂々としていて、どこか風格すら感じさせる。

有村部長を皮切りに、全員が、姫子に自己紹介をした。

「その節は、どうも」

佳代ママが、姫子に言った。

「なんだ、二人は知り合いなのかい？」

有村部長が訊いた。

「いろいろ、とね」

佳代ママがはぐらかした。

私はチラリと水穂の表情をうかがったが、姫子を見つめる彼女の目は、姫子をどう判断していいのか、戸惑っているふうに感じられた。

「それで、梨田さん」

佳代ママが私に言った。

「もう、預かり金のチップ制というのはやめにしたのよ。人手がないから、皆さんの責任で、現金でやっていただこうとおもって。でも大丈夫よ、こっちのほうは」

佳代ママが指先を丸めて、額に当てた。裏の筋がよく使う、警察を指すしぐさだ。

「そのときは、一蓮托生《いちれんたくしょう》だよ」

有村部長が、大きな声で笑った。

「ルールは、姫子ママに説明しておいた」

私は、全員の顔を見ながら、言った。

「それで、梨田さん」

桜子が私に言った。

「貴方《あなた》は、今夜は、見《ケン》をするのね」

「そのつもりだけど、ご心配なく。俺が手の内を見るのは、姫子ママの後ろからだけだから」

半分、皮肉を込めて、私は桜子に応えた。

「なにはともあれ、早くやりましょうや」と有村部長。

「お腹《なか》が空《す》かれたら、下の寿司屋から出前を取りますから、おっしゃってください」と佳代ママ。

「コーヒー、その他の雑用は、わたしに言ってください」と水穂。

坂本だけは無言で、私を見る目が笑っていた。水商売のプロでもある坂本は、桜子と私、姫子と私、この関係がおかしくてならないのだろう。

場決めをして、姫子、坂本、有村部長、桜子の布陣になった。

出親は姫子。私は彼女の後ろに立った。

高レートの麻雀では、その日の牌《ハイ》勢を占う意味もあって、最初の配牌《ハイパイ》に、誰しもが神経を集中する。そして自摸《ツモ》。これはもう、決定的に、その日の運気を暗示する。

好配牌《コーハイパイ》なのに、手が進まないのは、これはもう最悪だ。逆に、さほど良くない配牌《ハイパイ》が、ガラリと手替わりになる場合は、最良と見ていい。

手練《てだ》れの麻雀打ちなら、サイコロの振り方、牌捌《ハイさば》きを見ただけで、相手の力量を見抜いてしまう。だから時として、街なかのイカサマ師は、これを逆手にとって、わざとたどたどしくサイコロを振ったり、牌《ハイ》捌きをしたりもする。

サイコロや牌《ハイ》を操る姫子の指の動きを見て、全員が、彼女の力量に見当をつけたのだろう。さっきまでの軽口は消えて、誰もが真剣な顔になっている。

見《ケン》は姫子の後ろからだけ、と言ったが、私はずっと見るつもりはなかった。どんなに親しい間柄でも、後ろに立たれるというのは嫌なものだ。神経が集中できなくなってしまう。

麻雀というのは、敵が三人。だが最大の敵は自分自身と言ってもいい。押すか、引くか、常に自分と闘っている。押して失敗したとき、罵《ののし》るのは、敵に対してではなく、己に対してであり、引いて失敗したときは、己の弱さを蔑《さげす》む。

その姫子の配牌《ハイパイ》。はっきり言って、クズッ手だった。

これがどう変化するのか。そして姫子は、どう、三人にブラフを張るのか。私は興味津々に見守った。

覚え立てでいきなり高レートの麻雀からはじめただけに、姫子の麻雀は、鉄火場麻雀そのものだった。度胸という点だけを言ったら、たぶん、このメンバーのなかで、右に出る者はいないだろう。

十巡目、桜子からリーチがかかった。

クズッ手だった姫子の自摸《ツモ》は順調で、平和《ピンフ》の一向聴《イーシャンテン》にこぎつけていた。

ドラは、役牌《ヤクハイ》の中。まだその行方もわからない場面での、桜子のリーチ。しかも、姫子とは初対戦。

考えられるのは、桜子が手の内に中を雀頭《ジャントウ》にしているか、暗刻《アンコ》。だが暗刻にしていればリーチはかけないだろう。

他に考えられるのは、断平《タンピン》系の好手で、しかも待ちが三面《サンメン》待ちになっているケース。

一向聴《イーシャンテン》の形で持っていた安全牌《パイ》とおもわれる西を、姫子が切った。

西は、場に二枚、捨てられている。

「ロン。一発《イッパツ》ですね」

桜子が声をかけ、手牌《テハイ》を広げた。

俗に言う、地獄待ちの七対子《チートイツ》の単騎《タンキ》。

裏ドラをめくると、が寝ていて、子の倍満《バイマン》。

「なるほど。初対戦のご挨拶というわけね」

姫子に、カッとしたふうはなかった。笑って、点棒を払う。そして、メンソールのたばこに火を点ける。

ふつう、七対子《チートイツ》の決め打ちをすると、河が不自然になる。危険牌《ハイ》を先打ちするし、対子《トイツ》になりそうな牌《ハイ》を残すからだ。

しかし、桜子の河はごく自然で、断平系《タンピン》の手を想像させる。十人中、十人までが、この西は止まらないだろう。

私は、姫子の後ろから、そっと離れた。彼女に、余計な神経を遣わせたくなかったからだ。

佳代ママは、隣の部屋に、水穂はコーヒーを淹《い》れるために、キッチンにいる。

キッチンに顔を出し、手伝おうか、と水穂に訊いた。

「いいわよ。これは、わたしの仕事。マー君は、お客様じゃない」

「姉さんから、ここには顔を出すな、と言われてたんだろ？　叱《しか》られなかったかい？」

「マー君が来るんだもの。しょうがない、って諦《あきら》めてたわ」

水穂が笑った。そして、目を細めて、言う。

「姫子ママ、って、すごい美人ね。色気、ムンムンだわ」

「女のミホでも、クラッとくるのかい？」

「本当に、あのママとは、なんでもないの？」

疑わしそうな目で、水穂が訊く。

「彼女の目からすれば、俺なんて、尻の青い子供さ。男としてなんて見てやしないよ。ママは、俺の学生時代からの、夜の新宿の指南役さ。いろいろな飲み屋を知ってるからね」

「信じていいの？」

「ママは、ミホをどんな目で見ていた？　もし俺と特殊な関係だったら、ミホを見る目もちがうだろ？」

私は、とぼけた。

「それも、そうね」

納得したように、水穂が笑った。

10

コーヒーを全員にふるまい終えて、水穂がキッチンに戻ってきた。

たばこを吹かす私に訊く。

「麻雀、見学しないの？」

「ミホにはわからないだろうが、麻雀を打つ人間は、他人から手の内を見られるのは好きじゃないんだ」

「どうして？」

「人によって、考えがちがうからさ。それに、見る人の目を気にして、いつもとはちがう麻雀を打ってしまうしね」

「人に見られると、どうして、いつもとはちがう麻雀になってしまうの？」

「他所行きの麻雀になってしまうんだよ」

これ以上、水穂と麻雀談議はしたくなかった。私は隣の部屋を指差して、訊いた。

「姉さん、なにをしてるんだ？　寝てるんじゃないだろな」

「ベッドなんて片づけちゃったもの」

「片づけた？　物置き部屋にでもしちゃったのかい？」

「ちがうわよ。そうか……、マー君、ここに顔を出すの、久しぶりだものね。あの部屋も、麻雀部屋にしちゃったのよ」

「ふ～ん。もっと、稼ごう、って魂胆かい」

「わたしは反対したのよ。姉が、身体を壊すんじゃないか、と心配して。でも、麻雀をしたがる人たちが多いから、って」

誰もがこんなレートで麻雀を打てるわけがない。ほどほどのレートでやれる麻雀好きの客のために、そうしたのだという。

のぞいてみる？　と水穂が訊いた。

姫子たちの麻雀を見ていたい気持ちはある。しかし、姫子が桜子に放銃した倍満《バイマン》を見て、私は、今夜の見《ケン》を半分諦めていた。それに、佳代ママとは、純平の一件以来、話らしい話もしていない。

「じゃ、姉さんの部屋で、くつろぐか」

隣の部屋に入ろうとしたとき、姫子と目が合った。さっきの桜子への放銃など、意に介していないように見えるほど、余裕の表情だった。むしろ、一緒にいる水穂を見て、その娘《こ》ね、とでも言いたげな顔をしている。

佳代ママは、ソファで文庫本を読んでいた。私を見て、あらどうしたの？　と言って、本を閉じる。

「見《ケン》するのは、する側も、される側も疲れるから、やめたんですよ」

「そうなの。どう？　誰が調子よさそう？」

「まだはじまったばかりだし、わかりませんね。零時ごろには、色合いがハッキリしてくるんじゃないですか」

部屋に置かれている雀卓《ジャンタク》は、むこうにある雀卓と同じ種類の高級品だった。

「ここは、レートの安い麻雀用にしたんですってね」

「そうなのよ。いつも、あのレートじゃ、パンクしちゃう、っていう声が多かったものだから」

そう言って、佳代ママがレートの説明をした。

千点二千円で、馬《ウマ》は二万五万。差し馬《ウマ》などは禁止だという。つまり、今姫子たちが打っているレートの、ほぼ三分の一だ。

「梨田さん、麻雀の見学をしないのなら、暇でしょう？　ここの安いので、遊んでます？」

佳代ママが笑った。

「それは構わないけど……」

構わないどころか、願ってもない誘いだ。麻雀なんて、見るものではなく、やるものだ。

「でも、この年の暮れに、麻雀をやろうなんて、暇な人、いないでしょう？」

「それがいるのよ。メンバーが揃《そろ》わないから、と断ってしまった人が何人かいるわ。もし梨田さんが嫌じゃなかったら、連絡してみる」

そうだ、水穂――、と言って、佳代ママが水穂に顔をむける。

「悪いけど。貴女《あなた》、角のたばこ屋で、たばこ買ってきてよ。買い置きがすくなくなってるのよ」

佳代ママが、数種類の銘柄を水穂に教える。

「まったく、もう……。来る前に、言えばいいのに」

ふくれっ面をした水穂が部屋から出てゆく。

「梨田さん、お礼を言ってなかったけど、水穂のこと、ありがとう」

ドライな佳代ママは、水穂とつき合いはじめたことの礼を言っているのではない。水穂が「ギャラント・プロモーション」に入ったことによって、いろいろと必要となる資金を私が援助していることを指しているのだ。

「大したことはしてませんよ。すべての運は彼女が切り拓いてるんです」

「さあ、どうなるものやら。でも、水穂、最近、とても色っぽくなったわ」

佳代ママは、さすがに血の繋がった、たったひとりの妹だけに、うれしそうだった。

「それはそうと……」

佳代ママが、探るような目つきで、言った。

「梨田さん。あの姫子ママとは、男と女の間柄でしょ？　水穂の目は欺けても、わたしの目は誤魔化せないわ」

瞬間私は、うろたえた。どう応えるべきか。そんな私の心の内を見透かしたように、佳代ママが言った。

「わたし、怒ってるんじゃないのよ。長いこと、男と女の関係ばかり見てきたから、そんな朴念仁《ぼくねんじん》じゃないわ。それに、あの姫子ママ、なかなかの女性に見える。うちの水穂なんて、彼女と比べたら、足元にも及ばないわねね。でも、正直なところ、梨田さんと姫子ママの関係は、どうだっていいの。結婚するとかいうわけじゃないのは、わかるしね。梨田さんは、あのママとつき合うことによって、もっと大人の男に成長するだろうこともわかるし。だけど……」

佳代ママが、だけど、に力を込めて、つづけた。

「絶対に、二人の関係は、水穂には気づかれては駄目よ。あの子は、まだオネンネだから、学業ばかりか、今、夢中になっている仕事にも影響してしまうから。それだけは約束してね」

さすがに、長年、銀座のクラブを女手ひとつで切り盛りしてきただけのことはある。

私は観念して、わかりました、と佳代ママに頭を下げるしかなかった。

佳代ママが、メンバー集めの電話をはじめた。

11

ソファで、週刊誌を読んでいると、たばこを買い終えた水穂が帰ってきた。

「マー君、結局、麻雀をやることにしたの？」

「ああ。なにもしないでいるのは退屈だしね」

私は佳代ママの電話する後ろ姿を見ながら、小声で水穂に言った。

「桜子とやるわけじゃないんだ。別に構わないだろ？」

それでも水穂は、不服げだった。

「その替わり、ミホにも、世間と同じように、ひと足遅れのボーナスをあげるよ。勝ったらその半分を、分けてやる」

「じゃ、負けないでよ」

現金なものだ。水穂が小さく笑った。

そのとき、有村部長の呼ぶ声が聞こえた。どうやら、最初の一局が終わったようだ。

電話を終えた佳代ママが、は～い、と応えて、部屋から出てゆく。

私の予想では、トップは桜子。しかし、姫子は、初《しょ》っ端《ぱな》に子の倍満《バイマン》を放銃したとはいえ、ラスは引いていないような気がした。

麻雀の腕は、四人共ほぼ互角だが、鉄火場キャリアという面では、有村部長が一枚落ちる。

姫子の標的は、部長だったにちがいない。

「桜子のやつ、相変わらず強いわね」

戻ってきた佳代ママが苦笑しながら、二枚の万札をヒラヒラさせた。

千点が五千円のあの部屋のトップ代は二万円になったらしい。

「ラスは誰でした？」

「おたくの部長さんだったみたい。姫子ママは二位だったみたいよ」

まるで、そのことが知りたいんでしょ？　と言わんばかりに、しかし水穂には悟られないよう、サラリと佳代ママが言った。

ふ〜ん、と私は胸の内で感心した。有村部長のラスは予想どおりだったが、坂本を相手に二着に踏ん張るとは、さすがに姫子だけのことはある。

「一時間以内に、こっちの卓のメンバーも集まるわ。そのうち二人は、梨田さんも知ってる人よ。ひとりは、ほら、テレビ制作会社の鈴木さんよ」

鈴木は、桜子に一度、コテンパンにやられている。以来、彼女と卓につくのを嫌がっているのだという。

「梨田さんなら、大歓迎だそうよ。わかってないわね、あの人」

佳代ママが笑った。

あのときは桜子のひとり勝ちで、私も負けはしたが、最小限の被害でとどめた。

麻雀というのは、負けを覚悟したときに、その傷をどの程度で収めるか、それが重要な腕の見せどころなのだ。どうやら、鈴木はそのことがわかっていないようだ。

しかし、さっき佳代ママから聞いた、こっちの部屋のレートでなら、たとえ負けたとしても、鈴木はさほど傷は負わないだろう。

三十分もしないで、その鈴木が一番乗りで顔を出した。

「おう、きみか。久しぶりだね」

相変わらずの、派手なジャケット姿の鈴木の目は、ほんのりと赤かった。酒を飲んでいたのかもしれない。

「どうも。あの節は、散々でしたね」

「しゃあない。ツカんかったからな。でも、もう、お竜《りゅう》とはやる気がしない。あいつの面《ツラ》も気に食わんのだよ」

「ひどいこと言うわね。鈴木さんも」

水穂が口を尖らせたが、顔は笑っている。

「ところで、あっちの卓、ドえらいベッピンのニューフェースが入ってるが、何モンだい?」

鈴木が佳代ママに訊いた。

「梨田さんの知り合いの、新宿のクラブのママさんよ。梨田さんも、桜子とは打たないと言うので、連れてきてくれたのよ」

「ふ〜ん」

鈴木が好奇に駆られた目で私を見た。

この前、鈴木と麻雀を打ったとき、彼は明らかに、この私のことを、単なる若造、という目で見ていた。しかし姫子と知り合いということで、一目置いたのかもしれない。

「で、他のメンバーは？」

鈴木が佳代ママに訊く。

「二人共、鈴木さんは知ってる人よ。ひとりは、ほら、八丁目の寿司屋の若旦那《わかだんな》。もう、麻雀をやりたくて、ウズウズしてたのよ」

「ああ、あのヘボのブンブン丸か。で、もうひとりは？」

佳代ママが、私に申し訳なさそうな顔をむけた。

「じつは、梨田さんや有村部長にひと言、断るべきだったんだけど、羽鳥さんを呼んじゃったのよ」

「えっ、本当ですか」

拙いな、と私はおもった。

私と部長を交じえて麻雀をしよう、と羽鳥からは、再々誘われていた。それなのに、今夜のこの麻雀に彼に声はかけなかった。

「もうひとりの人が連絡がつかなくて、しかたがなかったのよ。それに、羽鳥さん、梨田さんとやりたい、って、何度も言ってたから」

「怒ってたでしょう？」

「大丈夫よ。うまく言っておいたから」

水穂と私と部長の三人で食事をし、その流れでさっき顔を出してくれたのだ、と羽鳥には言ったらしい。

「なんだい？　なにか問題があるのかい？」

鈴木が興味深げに訊いた。

話してもいいか？　という顔で、佳代ママが私を見た。

こうなった以上、しかたがなかった。私は無言でうなずいた。

佳代ママが、私と有村部長、羽鳥の関係を鈴木に説明している。

「するってえと、きみは、砂押先生の秘書じゃなくて、Tエージェンシーの社員だった、ってことかい？」

私を見て、鈴木がさもおかしそうに笑った。

笑い転げる鈴木に、私はすこしムッとした。

「そんなにおかしいのは、俺が砂押先生の秘書ではなかったからですか？　それとも、Tエージェンシーの社員だったからですか？」

「後者だよ」

鈴木が言った。

「この秘密麻雀クラブは、Tエージェンシーとは、よくよく縁があるみたいだな。むこうの卓でやってるのが、Tエージェンシーの、有村って部長なんだろ？　それでもって、羽鳥常務は、おたくの会社のクライアント。じつは、この俺だって、無関係ってわけじゃない。おたくの会社の松尾専務が保有する子会社と共同で、映画の制作をやってるんだよ」

「専務の子会社？」

「そうだよ。松尾専務は顔が広いし、金集めがうまいんだ」

そう言ってから、すこし喋りすぎたとおもったのか、鈴木が小さく頭を振った。

「まあ、いいや、そんなわけで、ちょっと笑えたんだ。でも、安心していいよ。きみらが、会社に隠れて、デカい賭け麻雀をやってることなんて、松尾専務には言わんから」

「当たり前でしょ」

黙って聞いていた佳代ママが、鈴木を睨みつける。

「鈴木さん。もし、そんなことをちょっとでも喋ったら、うちへの出入りは禁止ですからね」

「俺は、一向に構わないよ。別に、会社の金を使い込んで麻雀を打ってるわけじゃないし、それでクビにするというのなら、どうぞ、というところです」

それは強がりでもなんでもなかった。私は平然とした顔で、鈴木に言った。

「さすがに、肝がすわってるね。Tエージェンシーも捨てたもんじゃない。こんな若い衆がいるんだから」

鈴木が苦笑を浮かべた。

しかし、羽鳥が来ることは、有村部長の耳には入れておくべきだろう。

失礼、と言って、私はリビングの麻雀卓のほうに顔を出した。

安い、お遊びの麻雀ならまだしも、こんな高額レートの麻雀の最中には、余計なお喋りは禁物だ。私は黙って、姫子の背後に回った。

12

場は二回戦のオーラスを迎えていた。

一回戦でラスを引いた有村部長は、またしても苦境に立たされているようで、顔色が冴えない。他の三人は、淡々としていて、誰がどんな順位につけているのかは、わからなかった。ラス親の姫子は、すでに聴牌《テンパイ》していて、🀑🀔待ちでの黙聴《ダマテン》を張っていた。そして、🀔をアッサリと自摸《ツモ》上がった。

どうやら姫子がトップを取ったらしい。

「ふぅ〜、強いね、この女性《ひと》」

有村部長が嘆息を洩《も》らし、バッグのなかから、札束を取り出した。どうやら、部長が、二連続のラスを食ったようだった。

精算を終えた有村部長に、ちょっと話があるんですが、と言って、卓を外してもらった。

キッチンの脇に部長を呼んで、私は小声で、羽鳥常務が来ることになったいきさつを手短かに教えた。

「そうか。しかし、常務、機嫌を損ねただろうな」

「佳代ママが、誤魔化してくれたそうですが、気分は良くないでしょうね。それで、僕が、隣の部屋の卓で、安い麻雀の相手をして、とりあえずご機嫌を取っておきますよ」

「常務、おまえを気に入ってるから、まあ、なんとかなるだろう。しかし、俺の今夜の麻雀のツキは最悪だ。そっちのほうが、心配だよ」

よほど調子が悪いのだろう。いつもは強気なくせに、部長の表情は冴えなかった。部長が卓に戻り、三回戦目がスタートした。だが私は、見《ケン》はせずに、隣の部屋に戻った。

ほどなくして現れたのは頭を慎太郎カットにした、三十代半ばの男だった。

「梨田さん、紹介するわ。銀座の八丁目の寿司屋、『源助』の二代目、吉本源之助さん。皆は源ちゃん、と呼んでるわ。麻雀が三度の飯よりも好きで、親父さんの心配のタネ」

「ママ、ヒデェ紹介のしかただな。でも、いいや。そのとおりだから」

次いで佳代ママが、私を紹介した。

「遊びが大好きな広告屋さん勤めだけど、麻雀の腕も達者だから、気をつけてね」

よろしく、と言って、私は源之助に頭を下げた。

源之助は、見るからに気《き》っ風《ぷ》の良さそうな男で、私は好印象を抱いた。

「今度、うちに寿司を食いに来てくんな。しかし、若いのに、こんなレートの麻雀をやるなんて大したもんだ」

そう言ったあと、源之助が鈴木に目をむける。

「スーさんには貸しがあるんで、今夜は返してもらうぜ」

「返り討ちさ。もうひとりは、源ちゃんの天敵が来るぜ。『羽鳥珈琲』のボンボンだよ。覚悟しときな」

「コーヒー屋に負けるかよ。こちとらの商売は七十年からやってんだ。むこうは、せいぜい、その半分だろ。年季がちがうわな」

鈴木と源之助が軽口を叩き合っていると、ドアチャイムが鳴った。

「水穂、たぶん、羽鳥さんよ。お迎えしてきて」

佳代ママが、水穂に言う。

リビングのほうから、羽鳥の声が聞こえた。

俺に声をかけないなんて——。どうやら、有村部長に嫌味を投げているようだ。

羽鳥がこっちの部屋に顔を出した。

「お久しぶりです」

私は羽鳥に、丁寧に頭を下げた。

「水穂と三人で食事をした流れだなんて、佳代ママが、説明したけど、じつはちがうだろ?」

羽鳥は、すこぶる機嫌が悪かった。

「本当よ、羽鳥さん」

水穂が助け船を出してくれた。

「わたしのお祝いに、有村部長と梨田さんが食事に誘ってくれたの。それで、その流れで顔を出してくれたんです」

「お祝い？　水穂の、なんのお祝いだい？」

疑わしそうな目で、羽鳥が訊いた。

「わたし、芸能プロダクションにスカウトされて、モデルでデビューすることになったんです。まだすこしだけど、仕事もボチボチとやってます」

「モデルだとぅ？」

聞いていた鈴木が、半分小馬鹿にしたような素《す》っ頓狂《とんきょう》な声を上げた。

「ええ。モデルが半分、ゆくゆくは、タレントみたいな仕事もやるんです。今、レッスンを受けてるわ」

水穂がムキになって説明する。

「プロダクション、って、どこのプロダクションだい？」

「『ギャラント・プロモーション』です」

「ほう、そいつは驚いた。大手じゃねえか」

本当かい？　ママ、と鈴木が佳代ママにたしかめる。

「本当よ。これで、わたしの肩の荷も軽くなるわ」

ふ〜ん、と羽鳥と鈴木が顔を見合わせる。

「言われてみれば、たしかに、水穂は、このところ、垢抜けたよな」

鈴木が水穂の全身を舐《な》め回すように見る。

「じゃあ、今度、一度、うちの事務所にも顔を出しな。今、企画が進行している映画の話がふたつ、みっつあるんだ。場合によったら、端役を回せるかもしれん」

「本当？　だから、鈴木さん好きよ」

私は内心、水穂の調子良さに、舌を巻いていた。この鈴木は、どこか軽薄で、いつだったか、水穂は悪口を言っていたではないか。

「そうか。じゃあ、しようがないな」

羽鳥は、どうやらこの作り話を信用したらしかった。すこし、機嫌の直った顔になっている。

「おい、そんな話はどうでもいいだろ。麻雀だよ、麻雀」

寿司屋の源之助が、苛立《いらだ》ったように、言った。

「そうだ、羽鳥さん」

佳代ママが羽鳥に言った。

「源さんや鈴木さんは知ってるけど、こっちの卓は、むこうとはレートがちがうのよ。千点が二千円で、馬《ウマ》は二万五万。差し馬《ウマ》は、禁止。それで、我慢してね」

「ふ〜ん。俺たちは格下、ってわけかい？」

「そうじゃないわ。あの大きなレートだと、卓を立てるのが難しいのよ。このレートで楽しみたいという人も多いし」

「なんでぇ、コーヒー屋は、このレートじゃ、不服だってのかい？　なんだったらむこうと同じでいいぜ」

源之助が気色《けしき》ばんで、羽鳥に言った。そして、同意を求めるように、私と鈴木を見る。

「やめてよ、源さん」

佳代ママが怒った顔で、たしなめる。

「それじゃ、歯止めが利かなくなるわ。男の人は見栄っ張りだから、すぐに高いレートでやろうとする。でも、そのうち、必ず誰かが潰れるわ。それが嫌だから、この部屋のレートは一段、下げたのよ」

「それは、ママの勝手だろ。ここに集まった四人が了解するなら、なんの問題もねえよ。なあ、若いの」

もしかしたら、源之助は、潰れる惧れのある一番手が、この私だとおもったのかもしれない。私の同意を求めるその目には、申し訳ない、とでも言いたげな色があった。

「俺は、三人の方が構わなければ、一向に」

私はやんわりとうなずいた。

羽鳥と鈴木の麻雀の技量は知っている。それに、これまでの話からすると、この源之助の麻雀の腕は、二人と同程度か、もしくは下と見ていい。それならば、よほどツキがなければ別だが、今夜ひと晩での稼ぎは約束されたようなものだ。

「と、いうわけだ。どうだい？　コーヒー屋」

源之助が挑発するように、羽鳥に言った。

「おい、源の字。おまえ、やたらと威勢がいいが、このなかで、ヤラれたときに一番こたえるのは、おまえだぞ。ヤラれりゃ、二、三百は、軽くふっ飛ぶんだ。おまえんとこの店の売り上げの一週間分だぞ、一週間分。この若い衆のことを心配してるようだが、彼は金を持ってるし、麻雀の腕もたしかなら、度胸だって、人一倍すわってる。それでも、いいのか？」

羽鳥は諭すように言っているが、その本心は正反対で、源之助を煽《あお》っているように聞こえた。

「馬鹿野郎、ナメちゃいけねえよ。なら、決まりだ」

店の売り上げのことまで冷やかされたせいだろう、源之助の顔は興奮で赤くなっている。

「ちょっと待てや、源の字。おまえ、今夜、いくら用意してきてるんだ？　千点五千円ともなると、最低でも三百は必要なんだ。寿司屋はツケが利いても、麻雀じゃ、ツケは利かないからな」

源之助の顔が、更に赤くなった。

「ママ、二百、回してくれ。それぐらいの用意はあるんだろ？」

「駄目よ」

佳代ママが、ピシャリと決めつけた。

「勝手にレートを上げて、お金を回せだなんて、冗談じゃないわ」

源之助が黙りこくり、妙な雰囲気になった。

私は水穂に目配せし、黙って部屋から出た。

追うように出てきた水穂に、紙袋のなかから二百万を出し、言った。

「俺から出たことは内緒にして、ミホが貸してやれ。俺は勝負する相手には、直接金を貸すことはしない主義なんだ」

「いいの？　そんなことして」

「なに、終わったときには、またこの紙袋のなかに戻っているよ」

部屋に戻った水穂が、源之助に言った。

「源さん、わたしが二百万を貸すわ。プロダクションとの契約金だから、必ず返してよ。金利は、源さんのお店でのこれからの食事代は、十回分がタダ。それでＯＫならね」

「水穂、おまえ……」

佳代ママは啞然《あぜん》とした顔をしたが、すぐに話の裏を理解したようだ。私を見て、苦笑している。

「いいのかい？　ママ。水穂にそんなことまでさせて」

さすがに鈴木も、驚いたのだろう。咎《とが》めるような口調になっている。

「しょうがないわね。姉妹だといっても、働くようになった水穂とは、財布は別よ」

それでいいの？　源さん、と佳代ママが源之助に訊く。

「よっしゃ、わかった。水穂ちゃん、ちょいとの間だけ、拝借させてもらうよ。なに、麻雀が終わりゃ、戻ってくるさ。よしんば、負けたって、この年内には返すよ」

私を見つめる羽鳥の目に気づいた。その目は笑っていた。羽鳥もまた、この話の裏に気づいているようだった。

そのとき、リビングのほうから、坂本の呼ぶ声が聞こえた。どうやら、三回戦が終わったようで、トップは彼だったのだろう。

源之助に二百万の束を渡し、水穂がリビングのほうにむかった。

「ちょいとばかり、男を下げたが、金は揃った。じゃ、はじめようじゃねえか」

根に持つタイプではないのだろう。源之助の顔の紅潮は鎮まっていた。卓上の牌《ハイ》のなかから、東南西北の四枚の牌《ハイ》を探し出して、裏に伏せる。

「場決めなんざ、寿司の握りと一緒だ。摑み取りでいいだろ？」

「いつも、そんな調子で寿司を握ってるんですか？」

私は冷やかすように、源之助に言った。

「当たりめえだ。寿司屋に元気がなくて、どうすんだ。親父はガタガタ言うが、これは、伊東仕込みの、俺の流儀だ」

「伊東仕込み？」

「俺には、寿司の師匠が二人いるんだ。親父と、旅先の伊東で修業した寿司屋の親爺《おやじ》とのな」

「おい、源の字、そんな話はどうだっていい。麻雀だ、麻雀」

鈴木が言って、伏せた四枚の牌《ハイ》の一枚に指を伸ばす。めくったのは北だった。

どうぞ、と言って、私は羽鳥と源之助に、先にめくるよう、促した。

「年長者の顔をたてるところは気に入った」

源之助が羽鳥に、先に取ってくれ、と譲る。東は源之助で、南が私。羽鳥は西だった。

「場替えは、半荘《ハンチャン》四回終了ごとに、だ」

源之助の言葉を聞きながら、さっき彼が言った、伊東の寿司屋のことを私は考えていた。

まさか「鈴丸」のことではあるまい。

13

開局は、私が荘家《チャンチヤ》だった。

ドラは伍萬で、三萬伍萬とあって、この面子《メンツ》の処理が勝負の分かれ目で、難なく面子《メンツ》構成ができれば、今夜の麻雀は先が見える。

他は役牌《ヤクハイ》の□が対子《トイツ》。索子《ソウズ》、筒子《ピンズ》も、両面《リヤンメン》の好形になっている。

三巡目に、羽鳥が切った□は見送った。

鈴木と羽鳥の打ち筋はわかっている。だが、根っからの麻雀好きだという源之助がどんな麻雀を打つのか、たしかめなくてはならない。

麻雀というのは、対戦相手三人の打ち方と性格に合わせて打つ必要がある。あとは自分のツキと、駆け引きの問題だ。

高レートになったせいか、源之助の顔は、緊張気味だった。さっきまでの威勢の良さと軽口は影をひそめて、黙々と自摸《ツモ》を重ねている。しかし、牌《ハイ》捌きはなかなかのもので、麻雀の年季を感じさせた。

　十巡目に、源之助が捨てた二枚目のも、私は見送った。

　ここまでで、の一面子《メンツ》ができただけで、悪形のドラのの絡んだ面子《メンツ》に、なんの変化もなかったからだ。

　麻雀というのはふしぎなもので、上がりたいという気持ちを強く持ちすぎると、上がれずに、逆に危険牌《ハイ》を呼び込んでしまう。

　私は半ば上がりを諦め、を安全牌《パイ》として温存する気になっていた。

　十三巡目。上家《カミチャ》の源之助が、を切って、リーチをかけてきた。

　嵌《カン》の形でチーを入れて、一発を消すのが常道だが、私は無言でスルーし、自摸《ツモ》山《ヤマ》に指を伸ばした。

　そして二巡後、自摸《ツモ》、の掛け声と共に、源之助がドラのを卓上に叩きつけた。

　裏ドラは乗らなかったが、子のハネ満《マン》。

「やるねぇ、源の字。レートを上げよう、ってわけだ」

　羽鳥が笑いながら、点棒を払う。

　もし、私が、を鳴いていれば、ドラのを食い取って、源之助の上がりはなかった。

　しかし、点棒を払う私に、悔いはなかった。これで、源之助の麻雀の性格がだいたいわかった。弱気な打ち手なら、まず黙聴《ダマテン》で構える。強気な打ち手でも、ドラの切りで、リー

チを打つはずだ。

源之助の麻雀は、気っ風の良い性格同様、イケイケの超強気麻雀。こういう雀風《ジャンフウ》は、勢いに乗ると手がつけられないが、墓穴を掘るときは、トコトン、墓穴を掘ってしまう。羽鳥も鈴木も強気なタイプ。たぶん、激しい打撃戦になるにちがいない。

こういうメンバー三人を相手にしたときは、その争いに加わるのは、愚の骨頂だ。四回、戦って、トップは一回取ればいい。狙いは二着で、ラスは引かないこと。私の作戦は決まった。

初っ端のハネ満自摸《マンツモ》で、源之助に勢いがついた。第一回戦、源之助は、上がりに上がった。

「ふ〜ん。源の字、ツキってのは、小出しに使うもんだぜ。人間の持つツキの総量、ってのは決まってるんだ」

一回戦、ラスを引いた鈴木が負け金の万札を数えながら、嫌味タップリに言う。

私はかろうじて、二着をキープした。一度も上がれなかったが、鈴木と羽鳥が源之助と勝負し、ことごとく負けたからだ。

「馬鹿言え。人間のツキ、ってのは、片寄ってるんだ。ツキの量だって、そうさ。ツカないやつは、トコトン、ツカないんだ。人生、不平等。不公平、大歓迎だ」

五十万を超える万札を束ねながら言う源之助は上機嫌だった。

「ところで、お若いの。ずいぶんとおとなしい麻雀を打つじゃないか。そんなこっちゃ、人生負け組になるぜ」

慎太郎カットの頭をツルリとなで、源之助が私を見て笑った。

「源さんの勢いには勝てません。しばらく、ジッとしてますよ」

私は苦笑を返したが、腹のなかでは舌を出していた。

麻雀を、ツキと勢いだけで考える打ち手はしょせん負け組で、長つづきはしない。麻雀は、サイコロ賭博《とばく》やルーレットとはちがうのだ。人間が人間を相手にする博打事で、心理戦であって、人間の器がモロに出てしまう。

半荘《ハンチャン》四回戦が終わって、私はオール二着だった。しかし、馬《ウマ》が十万、二十万で、二着の馬《ウマ》分が懐に入り、三十万ちょっとのプラス。

源之助は、トップが三回でラスが一回。残りのトップ一回は、羽鳥だったが、ラスも二回引いているので、鈴木同様、マイナスは大きい。

場替えのとき、私はトイレに立った。むこうの卓の姫子の戦況が気になったからだ。

しかし、成績を訊くことはしなかった。姫子の後ろで、彼女の牌《ハイ》の流れを、ちょっとだけ、観察した。

姫子の牌《ハイ》の流れは順調だった。牌《ハイ》の流れというのは、手牌《ハイ》のなかの面子《メンツ》に、自摸《ツモ》るごとに変化が起きることを言う。最悪の牌《ハイ》の流れは、いくら自摸《ツモ》っても、手牌《テハイ》が変化せずに固定してしまうことだ。

黙聴《ダマテン》の嵌張《カンチャン》を自摸《ツモ》り上がってトップを決めた姫子が、私を振り返って訊いた。

「むこうでもはじめたようだけど、調子はどう？」

「二着選手だよ。マークするのに精いっぱいだ」

私が笑うと、桜子が口を挟んだ。

「貴方《あなた》の腕だから、てのひらの上で遊ばせているんでしょ？　どう？　誰かとトレードで、わたしをそちらに入れてくれない？　レートは一緒だそうじゃない」

私は、カチン、ときた。

「それは、俺の口からは言えんね。なんだったら、自分が、三人に訊いたらいい」

隣の部屋に戻ると、桜子が追うようにして入ってきた。

「ねぇ、どなたか、わたしと交替しません？　むこうもここも、レートは同じだし、それに、わたし、この梨田さんと打ちたいのよ」

そう言って、桜子が卓に座る三人に媚《こ》びるような笑みをむける。

「駄目よ、そんなの。勝手なこと、言わないで」

ソファに座っていた水穂が、桜子に睨むような目をむける。

「あら、どうして？　お客さんの希望なら、いいじゃない。場代が減るわけでもないでしょ？」

桜子の言葉には、棘があった。貴女《あなた》たち姉妹は、場代稼ぎのために麻雀屋をやってるんでしょ、とでも言いたげだった。

「ちょっと待ちなさいよ」

声を荒らげたのは、水穂の横に座っていた佳代ママだった。

「場代が減るわけじゃない、ですって？　冗談じゃない。わたしがここをやっているのは、麻雀好きのお客さんのためよ。言ってみれば、銀座のお店のお客さんの社交場のつもりなんだから。つまり、ここでの仕切りは、わたしが責任を負うの。勝手な御託を並べるようなら、来てもらわなくたって、けっこうよ」

「スミマセン。そんなつもりで言ったんじゃないんです。誤解されたのなら、謝ります」

桜子が殊勝な顔で、頭を下げた。

その桜子を、水穂が忌々《いまいま》しげな目で見つめている。

私はおかしくなった。水穂も水穂なら、桜子も桜子だ。特に桜子なんて、頭を下げながら、腹のなかでは舌を出しているにちがいない。

「まあ、いいじゃないか、ママ」

いささか険悪気味になった雰囲気に、たまりかねたのか、鈴木が口を挟んだ。

「『お竜』がそんなに、この梨田クンと麻雀をやりたい、ってのなら、俺がむこうの卓に移るよ。なんせ、とびっきりの美人ママがいるんだ。ムサい男ばかりの卓よりは、ずっといい」

鈴木が立ち上がり、おい、お竜、ここに入んな、と桜子を促す。

「駄目よ。鈴木さん」

水穂が目をつり上げる。

「おまえ、なんで、そんなにムキになる？　なんか、あんのか？」

鈴木の言葉に、なんか、って、なによ？　と水穂が口ごもった。

「なら、それでいいじゃないか」

と、羽鳥。どこか面白がっているふうがある。

「俺も構わねぇよ」

と源之助。

「この桜子さん、銀座じゃ、名うての麻雀打ちホステスらしいじゃないか。噂は聞いてるよ」

ぜひお手並みを拝見したいもんだ、と源之助は言った。

「まったく、もう……」

梨田さんはそれでいいの？　と佳代ママが私に訊いた。

「一向に。俺は麻雀がやれたら、相手は誰だっていいんです」

私を見て、なにか言おうとした水穂が、諦めたように首を振る。

「じゃ、決まりだ」

卓から離れた鈴木が、私の肩を軽く叩いた。

鈴木も桜子を嫌っている。たぶん、負けるなよ、と私にエールを送ったにちがいない。

14

「じゃ、場替えで再スタートだ」

源之助が、また、東南西北の牌《ハイ》を拾い出して、伏せた。

仮東が桜子で、以下、南が源之助、西は羽鳥で、私は桜子の上家《カミチャ》の北だった。

この四回戦。またしても私は、防御に追われそうだった。私の下家《シモチャ》が桜子では、牌《ハイ》を絞らなければならない。つまり、必然的に、私の手役の進め方は制限を受けてしまう。

前局の牌《ハイ》の残りをオール伏《フ》せ牌《パイ》にして、洗牌《シーハイ》する。

牌《ハイ》をかき混ぜているとき、私の指先と桜子の指先とが触れた。瞬間、ゾクリとするような電流が、私の指先に流れた。

桜子は、きっとこれまでの人生で、自分が誘った男から袖《そで》にされたことなど、ただの一度もなかったにちがいない。きっとまだ、あのときの屈辱を忘れていないのだろう。

出親は、源之助だった。

その源之助。前回四戦の好調ぶりがうそのように、自摸《ツモ》切りが多い。

麻雀の場替えは、一方的なツキの流れを変える意味があるが、同じ顔ぶれだと、その効果は薄い。だがメンバーがひとりでも交替すると、ツキの流れは大きく変わる。

どうやら源之助は、その場面に遭遇しているようだった。

そんなとき、腕のある麻雀打ちなら、柔軟に対応して打ち方を変えられるが、源之助のように、ワンパターンで、一本棒の打ち方をする麻雀打ちには、それができない。

十三巡目、羽鳥がリーチ。

ドラは🀐。羽鳥の河は、やや変則的で、私は直感で、七対子《チートイツ》、と読んだ。

筋や一枚切れの字牌《ジハイ》が危ない。私は自摸《ツモ》った無筋《むすじ》の🀋を無造作に自摸《ツモ》切りした。

まだ二向聴《リャンシャンテン》だが、自分のツキと読みをたしかめたかったからだ。

「ふ〜ん」

親である対面《トイメン》の源之助が小さくつぶやき、私の切ったその🀋にチラリと目をやった。

つづく桜子も、私に合わせて、🀋を手の内から切り出す。

「チー」

その🀋に、源之助が、🀉🀊と晒して、食いつき、打、🀂。

「ロン」

羽鳥が手を広げた。

🀐🀐🀑🀑🀡🀡🀀🀀🀉🀉🀏🀏🀂

裏ドラに🀁が寝ていて、子のハネ満《マン》。

「チッ」

源之助が舌打ちした。

「慌てる乞食《こじき》は、なんとやらだな」

「源の字。交通事故だよ。摑めば、誰だって切る」

羽鳥が上機嫌で言った。

「誰も摑むわけゃねえだろ」

そう言って、源之助が、もう一枚の西を場に放った。

西は桜子が三巡目に捨てていて、源之助は対子《トイツ》落としだった。

そのとき電話が鳴り、出た佳代ママが、源さん、電話よ、と言う。

「なんでえ。こんなときに。誰からだい？」

「わからないわ。渋い声の男の人よ」

「渋いだと？　こんな場面で電話してくるやつに、渋い男なんているわけねえだろ」

すまないな、と私たちに言って、源之助が腰を上げる。

「あっ。親方。どうも、ご無沙汰です」

電話に出た源之助の口調が豹変《ひょうへん》した。

「えっ、東京に……」

今、麻雀の最中なんです、と源之助が説明している。そして、えっ、しかし……、と受け応えがしどろもどろになる。

「ちょっと、待ってください」

送話口をてのひらで塞《ふさ》ぎ、源之助が私たちに言った。

「伊東の俺の親方が、麻雀に入れてくれ、と言ってるんだが、いいかな？」

「誰が抜けるというんだ？」

おまえと交替でやる、ってのなら、俺は構わんよ、と羽鳥が言った。

「もしそれでよければ、お好きにどうぞ」

と桜子。そして、たばこに火を点けながら、あとは貴方《あなた》しだいよ、と言って、私を見る。

「それでいいんですか？」

と私は源之助に訊いた。

「しょうがねえな。俺は、この親方に頭が上がんねえんだ」

源之助が受話器に口を寄せ、皆の了解を得ましたので、どうぞ顔を出してください、と言ってから、水穂を呼んだ。

「ここの場所の説明をしてやってくれ。なんだったら、迎えに行ってくれてもいい」

受話器を水穂に渡し、源之助が席に戻った。

「伊東の親方の店、って、なんという寿司屋なんです？」

私は源之助に訊いた。

「『鈴丸』、ってんだ、伊東じゃ、一番の寿司屋だよ」

「やっぱり、そうですか」

「なんでえ、あんた、知ってんのかい？」

「ええ、まあ」

水穂に目をやると、電話で道を教えていた彼女も、私を見て目を丸くしている。

「なんで、『鈴丸』の親爺を知ってるんだ？」

源之助が私に訊いた。

「この春に、一度、店に顔を出したことがあるんですよ。ちょっと世話になりました」

「世話、って？」

まさか、宿屋を世話してもらったなんて言えない。温泉街の宿屋となれば、女連れだったことを白状するようなものだ。

「まあ、いいじゃないですか」

笑って誤魔化しはしたものの、顔を出した「鈴丸」の親爺が余計なことを喋らなければいいが、と私はおもった。

「そんな話はどうだっていい。再開するぞ」

上がり親となった羽鳥がサイコロを握り、まるで挑むように、桜子の山にぶつけた。

ツキの流れを失った源之助。ちょっとばかり不運な、ハネ満《マン》の放銃をしてしまった。それに、「鈴丸」の親爺もやってくる。きっと、気もそぞろだろう。

ひとり、脱落。私は胸のなかでつぶやいた。

勢いに乗った羽鳥は快調だった。

黙聴《ダマテン》の断么《タンヤオ》、そして平和《ピンフ》ドラ一を立てつづけに、源之助から上がり、その三本場。十巡目に、リーチをかけてきた。

ドラはで、彼の河はこんなだった。
（リーチ）
ツキはじめたときの典型的な河で、嵌張《カンチャン》、辺張《ペンチャン》を嫌い、しかも、と中の二牌《ハイ》を間に挟んではいるが、は明らかに対子《トイツ》落としだった。たぶんその段階から一向聴《イーシャンテン》で、最後の北

を切ってのリーチは、絶対的な安全牌《パイ》としてを温存していたとおもわれる。

私は、雀頭《ジャントウ》のの一枚を外した。たぶん、この局も、羽鳥の上がりだろう。私の手は、彼に立ち向かうに値しない。即座に、オリに回った。

桜子、打。源之助も、現物の。

もしかしたら、羽鳥は一発《イッパツ》で自摸《ツモ》るのではないかとおもったが、リーチ後の最初の自摸《ツモ》は、。

私は、もう一枚のを落とした。そして、桜子も、また。どうやら、対子《トイツ》落としのようだった。

羽鳥の待ちの大本線は、筒子《ピンズ》では、、萬子《マンズ》では。索子《ソウズ》なら、、というところだろう。

もし羽鳥に、本格的なツキの波が押し寄せているなら、という待ちが、大穴だ。

桜子の河も比較的順調な手の内を想像させるものだったが、どうやら彼女もオリに回ったようだった。

しかし私は、彼女のの対子《トイツ》落としに、悪意を感じ取っていた。彼女も、羽鳥のツキに警戒感を抱いている。の対子《トイツ》落としで、どれだけ羽鳥にツキが回っているのかを試しているような気がした。

「う〜ん。弱ったな……」

源之助がつぶやく。どうやら、現物の安全牌《パイ》が切れたらしい。

初っ端に子のハネ満《マン》を放銃し、つづく親の羽鳥の黙聴《ダマテン》、断公《タンヤオ》と平和《ピンフ》ドラ一への二回の振り込みで、源之助の持ち点は八千点を割っている。三本場だから、もし羽鳥に七千七百点以上を放銃すると、源之助は箱割れしてしまう。

「コーヒー屋。これはネェだろ?」

すこし考えたあと、源之助が手の内の左端の牌《ハイ》に手をかけた。

私はのような気がした。そして、なぜか、源之助が放銃するような気もした。

「ロン」

源之助が切ったに、羽鳥が声を発した。

こんな手だった。

「ふ〜ん。二まで伸びてやがんのかい……」

源之助の口調はサバサバしていて、さほど悔しそうではなかった。

裏ドラはで、親のハネ満《マン》。

私は、チラリと桜子の表情をうかがった。無表情だったが、彼女の本心は、私に打ち込ませたかったにちがいない。なぜなら、私と桜子の点棒は、一本も動いておらず、同点なら、上家《カミチャ》の私が二着になるからだ。

「しゃあねえ。これで厄《やく》は祓《はら》えただろ」

源之助が負け金の金を数えて、卓上に放った。

「なにもしないで、悪いな」

私は桜子に言った。言葉に皮肉を込めたつもりだったが、桜子は口の端に、小さな笑みを浮かべただけでなにも言わなかった。

毒婦という言葉がある。男を食い物にする女のことだ。私は桜子に、それを感じていた。あのとき、桜子と寝ないでよかった、と私はつくづくおもった。だが、有村部長は、こんな桜子と、デキてしまった。これから先、部長の運はどうなるのだろう。この桜子に食い尽くされるのだろうか。

15

三着の負け金を卓上に置いた桜子が、私に挑むような目をむけて、言った。

「ねえ、ドンデン、やらない？」

ドンデンとは、差し馬《ウマ》のなかでも、最もシビアなやつのことで、持ち点の二万五千をクリアし、負けた相手が、持ち点を割っていたときには、差し馬《ウマ》の金額が倍になる。

「駄目よ。こっちの部屋は、差し馬《ウマ》は禁止だと言ったでしょ」

ソファで戦況を見守っていた佳代ママが、咎めるような目を桜子にむけた。

「いいじゃないか。レートも変わっちゃったことだし。それに、俺は、差し馬《ウマ》を挑まれて断るのが一番、性に合わないんだ」

私は佳代ママに言って、で、いくらだい？　と桜子に訊いた。

「金額は任せるわ」

「俺が言い出したことじゃない。そっちが決めてくれ」

佳代ママの横から、不快さと心配とのごちゃ混ぜになった顔で、水穂が私を見つめている。

ところで——、と桜子が訊いた。

「この麻雀の区切りはどうするの？　時間？　回数？　それとも、誰かのギブアップ宣言？」

「ギブアップだとぅ？」

源之助が口を挟んだ。

「いったい、誰がギブアップする、ってえんだ？　俺はしねえよ。コーヒー屋、おめえもだろう？」

「当たり前だ。言ってはナンだが、資産はこのなかでは、俺が一番あるし、麻雀なんてのは、いわば、遊びの延長だ。別にこれで、食ってるわけじゃない」

羽鳥の言葉は、明らかに桜子を皮肉っていた。

「だ、そうだよ。差し馬《ウマ》の金額ばかりか、時間で区切るか、回数で区切るか、それも、貴女《あなた》が決めればいい」

私は桜子を見つめて、言った。

「では、そうさせていただくわ。わたし、あしたの夜から、アメリカに行くことになってるの。だから、夕刻までには終わりたい」

「ふ〜ん。アメリカねぇ。どうせ、ギャンブル場だろ？　ラスベガスかい？」

源之助が鼻白んだ顔をした。

桜子は笑っただけだったが、どうやら図星のようだ。

「じゃ、あしたの午後の三時まで、ってので、どうだい？　俺にも挨拶回りが残されてるしな」

源之助の提案に、どう？　と桜子が私と羽鳥に目をむけた。

「じゃ、そうしますか」

羽鳥に訊くと、彼はうなずいた。

「では、区切りは、あしたの午後三時まで。三時を回ってからの新しい半荘《ハンチャン》には入らない、ということで」

たしかめるように言ってから、差し馬《ウマ》は、二十万でどう？　と桜子が私に持ちかける。

「じゃ、それでいこう」

私はアッサリと応じた。

聞いていた羽鳥が、呆気《あっけ》にとられた顔で、私に言った。

「驚いたねぇ。きみは、本当に、Tエージェンシーのサラリーマンかい？　どこかの博徒の大親分の息子《せがれ》じゃないのかい？」

「壊れてるのは、麻雀に対してだけですよ。仕事は、ちゃんとやってますから」

「兄ちゃん、壊れてんのは、こっちのほうもだろうが」

そう言って、源之助が右手の小指を立てた。

「たぶん」

私は笑って誤魔化したが、桜子の鋭い視線を横顔に感じた。

千点五千円で、十万二十万のドンデンの馬《ウマ》。それに、桜子との差し馬《ウマ》、二十万。

箱点のラスを食って、桜子が原点以上を持っていると、七十五万の負けになる。

妥当だとおもった。永田から初めて麻雀のコーチを受けたとき、軍資金は、半荘《ハンチャン》一回の負け金の四回分を、必ず用意しておくこと、と口を酸っぱくして教え込まれた。でないと、麻雀が萎縮《いしゅく》してフォームを崩す、というのが彼の持論だった。

七十五万の四回分といえば、三百万。源之助にこっそりと二百万を回し、私の懐に今残っている金は、正にその三百万だ。この勝負は、きっと自分の勝ちだな、と私は内心おもった。

二回戦目。出親は私だった。

サイコロをつまむ私を、佳代ママがじっと見つめている。彼女も麻雀は知っているらしいが、安いレートで遊ぶだけで、こんな高いレートの麻雀には、間違っても手を出さない、と言っていた。

水穂の姿はなかった。どうやら「鈴丸」の親爺を迎えに行ったようだ。

サイコロの目は六。桜子が振り返す。七。合計十三で、桜子の積んだ山から私は配牌《ハイパイ》を取りはじめた。

最初の四牌《ハイ》は、オタ風と老頭牌《ロウトウハイ》だけのクズ配牌《ハイパイ》。しかし、私の山に入ってからの十牌《パイ》は、好牌《コーハイ》だらけだった。

むろん伏せ牌《パイ》で、山になんの仕掛けもしていない。自分の山から取った配牌《ハイパイ》がいいと、ツキが回ってきているような気がする。

こんな配牌《ハイパイ》だった。ドラは🀛。

🀃🀂🀐🀡🀈🀉🀉🀌🀎🀒🀓🀔🀛🀛

第一打に、🀃を切った。

しかし、桜子という女は、根っからの博打好きなんだな、と私はおもった。それに、度胸もある。

差し馬《ウマ》というのは、上家《カミチャ》のほうが優位に立つ。場替えまでの残りの三戦、桜子は私の下家《シモチャ》で戦わなければならないのだ。だからふつうなら、場替えになる折に、私に差し馬《ウマ》勝負を持ちかけるものだ。

裏を返せば、それほど腕に自信があるということだろう。あるいは、私への感情的なシコリが、差し馬《ウマ》を持ちかけさせたのかもしれない。しかし、もしそうなら、今夜の勝負は、私に有利に働くだろう。私の手には、突っかかってくるにちがいない。

二巡目の自摸《ツモ》、🀎。打、🀉。

三巡目、自摸《ツモ》🀜で、打🀐。

四巡目、自摸《ツモ》🀑で、打🀡。

五巡目、自摸《ツモ》🀜で、打🀌。

こんな手になった。

八萬八萬二萬三萬二索三索四索五索三筒三筒四筒四筒西
私の河は、北三萬一索九筒六萬。

下家《シモチャ》の桜子は、私が二巡目と五巡目に切った三萬六萬を見て、きっと私の聴牌《テンパイ》が早そう、と警戒したのだろう。

源之助の切った一枚目の中をポンして、打一萬。

前局、ツカずに箱割れした源之助。ふつうなら、一枚目の中はスルーするし、特に源之助から出てきたものなら見送る。食い上げで、自摸《ツモ》の順が狂い、桜子の手のなかには、本来源之助が自摸《ツモ》るはずだった牌《ハイ》が流れ込む。

この桜子の鳴きで、私は二筒五筒を立てつづけに引いて、聴牌《テンパイ》した。

八萬八萬二萬三萬二索三索四索二筒三筒三筒四筒四筒五筒
黙聴《ダマテン》でも、四萬が出れば、親のハネ満《マン》。

私の河は、北三萬一索九筒六萬五索西。

黙聴《ダマテン》にした。

桜子、打三萬。私を警戒しているようだった。

一萬で上がっても、平和《ピンフ》ドラの二丁で五千八百ある。

差し馬《ウマ》をはじめた桜子から一萬が出れば上がるつもりだった。上下《うえした》で、ほぼ一万二千点の差がつくからだ。しかし、源之助と羽鳥が一萬を切っても一度は見のがす気だった。

源之助が、を自摸《ツモ》切りした。

羽鳥、打。私は自摸《ツモ》ったを自摸《ツモ》切りして、リーチをかけた。
（リーチ）
桜子が山に手を伸ばし、一瞬考えたあと、を手の内から切り出した。
「ロン」

桜子が広げた私の手をじっと見つめている。

「ふ～ん。源の字のは、見のがしたのかい」

羽鳥がつぶやく。

裏ドラがで、リーチ、一発、平和《ピンフ》ドラ三。安目のだが、親のハネ満《マン》。

「今夜も、面白い勝負になりそうね」

桜子が口の端に笑みを浮かべ、私に一万八千点の点棒を払った。

16

そのとき部屋のドアが開き、水穂が戻ってきた。

「あっ、親方。お久しぶりです」

源之助が立ち上がり、最敬礼をした。

水穂と一緒に顔を出したのは、記憶にある、あの「鈴丸」の親爺だった。

「お久しぶりです。あの節はお世話になりました」

私も立ち上がり、親爺に頭を下げた。

「おう、きみか。まさか、こんな所で会うとはな」

たぶん水穂から言い含められたのだろう。「鈴丸」の親爺は、なにも知らなかったという顔で、私に笑みをむけた。

「勝負の最中だろ？　俺には気を遣わずに、つづけてくれ」

突然にすみませんね、と親爺が桜子と羽鳥に、謝りの言葉を言った。

「親方。この局が終わるまで、そこで待っててください」

源之助が、佳代ママの座るソファを指差す。

「わかった。それまで、ルールの説明でも受けておくよ」

水穂が私を見て、片目を瞑《つぶ》った。親方には事情を話しておいた、というサインだろう。

羽鳥の表情は変わらなかったが、桜子は明らかに不機嫌だった。

私はサイコロに手を伸ばした。

差し馬《ウマ》勝負の鉄則は、絶対にその相手への直撃だけは避けることだ。私に一万八千点を放銃し、私と桜子との点棒の開きは、その倍の三万六千点になる。

桜子はこの局、二着に照準を絞ったことだろう。

東場《トンバ》一局。一本場。

桜子は、私の切った🀛を、嵌《カン》🀛の形でチーを入れて、千点で軽く自摸《ツモ》上がった。

この辺りが、桜子が並みの打ち手ではないところだ。親っパネを放銃すると、誰しもがガメりたくなる。しかし、桜子は、サッサと私の親を蹴りにきた。

桜子の親番。

七巡目。面断平《メンタンピン》ドラ一の一向聴《イーシャンテン》だった私は、上家《カミチャ》の羽鳥の切った🀠を、🀞🀟🀠と晒して、聴牌《テンパイ》に取った。そして源之助から出た🀌で、二千点を上がった。

「なんだい？　満貫《マンガン》、ハネ満《マン》にもなる手を、二千点かい？　差し馬《ウマ》をはじめると、これだから嫌になる」

源之助が、嫌味タップリに愚痴った。

いくら差し馬《ウマ》をやっているからといって、ふだんなら、こんな🀠を食うことはない。しかし親の桜子に、好手が入ったような直感が私にはあった。それも筒子《ピンズ》を主体にしたような手だ。だから、もし、羽鳥が🀉🀌を切っても、チーはしなかった。待ちが、🀝🀠となってしまうからだ。

「すみません。つい、鳴いちゃいました」

桜子にはわかっているだろうが、源之助には、そんな機微までは読めないだろう。

そして、源之助が親のとき、今度は桜子が、私の切った🀒を、嵌《カン》🀒の形で鳴いて、源之助から出た🀚で、二千点の手で上がった。

「なんだ。親っパネのあとは、急に、ショボイ上がりばかりになったな」

良い手が入っていたのだろう。今度は、羽鳥が愚痴った。

しかし、桜子は柳に風と聞き流す。

この女は、本当に「銀座のお竜」だな……。羽鳥の愚痴を聞きながら、私は胸のなかでつぶやいていた。

私に親っパネを放銃した桜子の点棒は、そのあとの一本場で三本五本の安っ手を自摸《ツモ》上がり、持ち点は、八千百点。しかし、もし子への満貫《マンガン》を放銃してしまうと、残りの点棒は、百点だけになってしまう。これだと、勝負手が入ったときに、リーチすらもかけられない。

つまり桜子は、最悪の場合を想定して、点棒の上積みを図ったにちがいなかった。

そして展開は、正にそんなふうになった。羽鳥が親のときに、わずか四巡目で、桜子は源之助の、ドラのを暗刻《アンコ》にした手にで放銃してしまった。

これで、桜子の残りの点棒は、二千百点。
南場《ナンバ》に入り、迎えた私の親番。
桜子が、十巡目に、リーチの声を発して、千点棒を卓上に置いた。これで、残りの点棒は、一千百点。箱割れを賭けた勝負と見ていい。
こんな河だった。ドラは。

（リーチ）

桜子のこの河からすると、明らかに断平系《タンピン》の手だ。しかも、リーチ牌《ハイ》のは、手出しだ

った。

ドラは七萬で、六萬はドラ表示牌《ハイ》として一枚めくられている。したがって、残り三枚。誰もが欲しがる牌《ハイ》。つまり、裏を返せば、相当な危険牌《ハイ》だ。

伍萬六萬六萬、六萬六萬七萬のような形で待っていれば、早い段階で六萬の一枚は外すだろう。六萬七萬七萬の形なら、ドラの七萬を雀頭《ジャントウ》にして、もっと早く外す。

考えられるケースは、二つ。一向聴《イーシャンテン》が、くっつき聴牌《テンパイ》だったとき。六萬に、伍萬なり七萬を呼び込むつもりだったのが、結果的に、他の牌《ハイ》のほうに伸びて聴牌《テンパイ》したケース。だがこの場合は、手のなかにドラがない替わりに、待ちのほうは読めない。そして、その待ちも、三面《サンメン》張《チャン》のような好形になっているだろう。

もうひとつのケースは、すでに聴牌《テンパイ》していて、待ちを変えた場合だ。それも、上がり易《やす》い待ちになっているはずだ。十巡目といえば、そろそろ誰かが聴牌《テンパイ》をしていてもおかしくはない危険ゾーンに入っている。桜子の持ち点は、二千百点。リーチ棒の千点を出しても、勝負の値打ちのある手。つまりは、桜子の手は、満貫《マンガン》級と考えていい。

黙聴《ダマテン》で上がれる手なら、残りの点棒を考えて、桜子はリーチなど打たないはずだ。リーチをかけなければならないのは、ドラを暗刻《アンコ》にしているにもかかわらず、黙聴《ダマテン》では上がれないようなとき。だが、桜子ほどの腕なら、きっとなんらかの役を絡めて、リーチをかけずに、黙聴《ダマテン》で上がれるような工夫をするはずだ。

にもかかわらず、リーチをかけてきた。つまり、リーチをかけたほうが上がり易いということになる。
（リーチ）
断平系《タンピン》のこの捨《ス》て牌《ハイ》。リーチをかけて上がり易いとなると、オタ風の字牌単騎《ジハイタンキ》。もしくは、仕掛けが施されている。だが、引っ掛け牌《ハイ》となると、以外には見当たらない。

「ふ〜ん。ラスに振ると、ラスになるからな」

源之助がつぶやき、を切った。

「ロン」

桜子が無表情に、手牌《テハイ》を広げた。

裏ドラは乗らなかったが、子のハネ満《マン》。
は、私が二巡目に一枚捨てていて、どうやら源之助は、対子《トイツ》の一枚を外したようだった。
「ふう〜ん。いい女の手は読めねえや」

源之助が苦虫を噛《か》み潰した顔で、点棒を払う。

「なるほど」

私は、つぶやきながら、桜子に目をやったが、彼女の表情はピクリとも動かなかった。

私の見るところ、桜子が聴牌《テンパ》ったのは、六巡目のを切ったときのような気がした。嵌《カン》待ちの、一盃口《リャンペーコウ》。黙聴《ダマテン》でもハネ満《マン》の手だ。素人《しろうと》は、手役に溺《おぼ》れて、黙聴《ダマテン》のままにしておくだろう。しかし桜子は、私からの直撃を狙わなければ、差し馬《ウマ》は負ける。彼女のター

ゲットは、この私ひとりなのだ。

結局、その半荘《ハンチャン》は、私がトップで、箱割れ寸前までいった桜子は、羽鳥に肉薄はしたものの、届かずの三着。源之助は、ラスだった。

17

源之助が負け金の三十数万を数えて、卓上に置いた。

桜子は、マイナスの十四で、点棒での負け金は七万だが、三着の馬《ウマ》分が十万、それと私とのドンデンの差し馬《ウマ》分が四十万で、都合、五十七万の負け。

その桜子の負け金を、「鈴丸」の親爺がじっと見ている。

「ママ、トップの場代だよ」

私は卓上の負け金を集め、羽鳥に二着分の勝ち金を渡してから、佳代ママに二万円を差し出した。

「駄目よ。一万を上乗せして。禁止している差し馬《ウマ》を勝手にやったんだから、差し馬《ウマ》の場代もいただくわ」

苦笑し、私は一万を追加して、佳代ママに三万円を渡した。

「おい、若いの。デカい麻雀を打つんだな」

源之助の横に来て、「鈴丸」の親爺が、私に言った。

「なんというか、成り行きで……」

「おい、源。俺と替われ」

親爺が源之助の背を叩く。

「次回からじゃ駄目ですか？」

ラスを引いたのが悔しかったのだろう。源之助が未練げに、親方の顔を見る。

「おまえ、こんな麻雀を打ってたら、そのうち店を潰しちまうぞ」

いいから替われ、と言って、親爺は強引に源之助から席を奪った。

「名前、なんてったっけな？」

席に腰を下ろすなり、親爺が私に訊いた。

「梨田です」

「おう、そうだったな。で、どうだった？　伊藤文治の引退レース。赤城の野郎は、オケラになった、と言って、ぼやいてたが」

「俺もヤラれましたよ。競輪には勝ったけど、勝負に負けた、というやつですね。文治さん、激しく戦ったせいで、一着失格ですよ。外れ車券、大切に取ってあるんで、今度、文治さんに会ったときにでも、プレゼントするつもりです」

「なるほど。いい心掛けだ」

寿司を握っているときは、そうも感じなかったが、こうしてあらためて見ると、「鈴丸」の親爺はなかなか精悍《せいかん》な顔つきで、眼光も鋭い。たぶん、若いころは、散々女を泣かしたクチだろう。

「梨田クンとは、縁あって、うちの店で一度会った。お二人さんとは初めてだけど、よろしくな」

親爺が、桜子と羽鳥に、そつなく笑みを送る。

「源の字の親父とは旧知の仲らしいね」

源之助の店には、ちょくちょく顔を出すんですよ、と羽鳥が親爺に言った。

「源の親父とは、あちこちの店で、一緒に修業した仲さ。源とはちがって、生真面目で、寿司を握ることしか知らねえ、いい野郎さ」

「鈴丸」の親爺が、そう言って笑った。その笑いのなかには、優しさが込められていた。

「ところで、差し馬《ウマ》は、梨田クンと、このおネエちゃんの二人だけでやってんのかい？」

「鈴丸」の親爺が、私に訊いた。

「ええ。どうやら俺、『お竜さん』にとっては、目の上のタンコブみたいな存在らしくて」

私は桜子に、皮肉たっぷりな笑みをむけた。

「なんでえ？　その『お竜』なんとやら、ってのは？」

親爺が怪訝な顔をした。

「銀座でのホステス稼業は仮の姿。麻雀が強いんで、人呼んで『銀座の緋牡丹《ひぼたん》のお竜』だよね、と私は桜子に、半分茶化すように言った。

「どう呼ぼうと、ご勝手に。わたしは、か弱い、銀座のいちホステスですから」

「まあ、なんでもいいや」

それでなんだが——、と親爺が言った。

「二人だけで差し馬《ウマ》ってのは、俺は嫌いなんだ。気を遣っちゃっていけねえや。やるんだったら、四人全員でか、それが駄目なら、二人の差し馬《ウマ》、やめてくんないかい？」

「それは、無理よ。もう一回やってしまって、わたしは負けている」

桜子が言下に拒否した。

「なら、四人でやるしかないな」

佳代ママから、私と桜子がやっているドンデンの差し馬《ウマ》の内容は聞いているはずだ。もしそれを、四人でやるとなると、半端ではない勝負になってしまう。

もし三人が原点以上で、ひとりマイナスのラスにでもなれば、ドンデンの差し馬《ウマ》の負け金だけでも、ひとり当たり四十万、しめて百二十万の大金になる。それに四着分の馬《ウマ》と点棒の負けが加われば、半荘《ハンチャン》一回だけで、百五十万以上の負けになる。

「ちょっと待ってよ。親爺さん。それは、いくらなんでも度がすぎる。ここは、やくざの賭《と》場《ば》じゃないんだ」

俺は承諾できない、と羽鳥が言った。

「なら、お二人さんには、差し馬《ウマ》をやめてもらうしかないな。だって、羽鳥さんだったたっけ——、今、やってみてわかっただろうが、差し馬《ウマ》をやってる人間が入ってると、やりにくかっただろうが」

「俺は、無視してたけどね」

羽鳥の口調は、親爺の言うことに、半分同調していた。

「わたしは、嫌よ」

メンソールのたばこに火を点けながら、桜子があからさまに、嫌な顔をした。

「それなら、親方が入らずに、源さんがやんなさいよ。源さんは、どうということもないんでしょ？」

桜子が源之助の顔をうかがう。

源之助は、「鈴丸」の親爺に目をやりながら、返事に窮している。

リビングのほうから、佳代ママを呼ぶ声がした。どうやら、むこうの卓も、勝負が終わったようだ。

「ひとつ、方法がないこともない」

私は言った。

「羽鳥さん、ちょっといいですか」

私は羽鳥に声をかけ、リビングのほうの卓に、一緒に顔を出した。

どうやらトップは坂本だったようで、佳代ママに場代の二万円を渡している。

「どうした？　話でもあるのか？」

私に訊く有村部長の声は、いかにも不機嫌で、どうやら調子の悪さを引きずっているようだった。

姫子は私に目線でうなずいただけで、なにも言わなかった。たぶん、まあまあの成績なのだろう。

「じつは、むこうの卓、ちょっと妙な具合になっちゃいまして」

私は桜子とのドンデンの差し馬《ウマ》の話と、「鈴丸」の親爺の言い分を、有村部長に、というより、姫子をはじめとした全員に説明した。

「親方の言い分は正しい。大体が、そんな差し馬《ウマ》、馬鹿げてるよ。下手すると、半荘《ハンチャン》一回で、百五十万から飛ぶじゃないか」

と、鈴木。彼は桜子が嫌いなだけに、口調は厳しい。

「それで、羽鳥さんと、ここのメンバーの誰かとを交替させないか、ということかい？」

「まあ、そうなんですが……」

私はうなずき、言った。

「ひどい博打麻雀になってしまうんで、俺は、有村部長や姫子ママとはやりたくない。となると、残るは、坂本社長だけになってしまう」

「いいよ。俺が替わろう」

アッサリと坂本が同意した。

「でも、『鈴丸』の親方という人、そんなにお金の用意なんて、してないんじゃないの？」

と、姫子。

「わからない。でも言い出したのは、親方なんだ。そうと決まれば、どこかで、都合つけるんじゃないのかな」

どこからか、と私は言ったが、たぶん親爺は、源之助の父親に用立てさせるような気がしていた。

「まったく、あの子、どうしようもないわ。うちの麻雀屋を引っかき回して」

佳代ママが、吐き捨てるように言った。

「別に、いいんじゃないの。麻雀狂が集まれば、たいてい、ああいうタイプはひとりいるよ」

私は笑って、それでいいですか？　と羽鳥に訊いた。

「まるで、俺が逃げてるようでムカつくんだが、それで丸く収まるんなら。それに、あの桜子より、こっちの美人ママのほうが、俺にとっては、はるかにいい」

姫子を見る羽鳥の表情は、言葉どおり、かなり緩んでいる。

「じゃ、そういうことで」

申し訳ありません、と羽鳥に謝って、私は坂本と一緒に隣の部屋に戻った。

「どうした？　話はついたのかい？」

「ええ。羽鳥さんと、この坂本社長とでトレードすることになりました」

馬鹿みたい、ソファで聞いていた水穂が荒らげた声で言って、憤然と部屋から出て行った。

水穂が消えたのを見て、「鈴丸」の親爺がニヤリと笑った。

「あの娘《こ》、この前伊東に来たときよりも、数段、きれいになったな。しかし、その分、鼻っ柱も強くなったようだ」

「なんだ、親方。水穂と会ったことがあるんですか？」

源之助が怪訝な顔をした。

私の目には、聞いていた桜子の目が一瞬、妖しく光ったように映った。

私は話題を逸らすように、親爺と坂本に言った。

「お二人は、初顔合わせですよね。いちおう紹介しておきます」

私は親爺に坂本を、坂本には親爺を交互に紹介した。

「ふてぶてしいほどの面構えだ。どうやらこの卓の麻雀は面白くなりそうだ」

それで——、と親爺が源之助に訊く。

「源、おめえは、軍資金をどんだけ用意してんだ？」

「三百ほどです」

源之助がバツの悪そうな顔をした。水穂から二百万が渡ったのを気にしているのだろう。

「そうかい。じゃ、少々心細いな。じつは、こんなことになるとは想像もしてなかったんで、俺は百ほどしか持ってねえ」

失礼、と言って、「鈴丸」の親爺が、電話台の所に行く。

おう、俺だ。手元に二百ほどねえか。わかった、源に取りに行かせる——。

電話を終えた親爺が、源之助に言った。

「おい、源。親父ん所にひとっ走りして、金をもらってこい。俺が一緒だと言えば、怒られやしねえよ」

「わかりました」

源之助の顔に、ホッとした表情が浮かんだ。よほど、父親が怖いのだろう。

源之助は、自分の持ち金を「鈴丸」の親爺に渡すと、部屋から飛び出した。

「って、わけで、俺の金の準備は整った。じゃ、はじめようじゃねえか」

「鈴丸」の親爺の態度には、何事にも動じないような雰囲気がある。きっと寿司屋の修業時代に、いろいろな修羅場を踏んでいるのだろう。

牌《ハイ》捌きもそうだが、麻雀のレートに怯《ひる》むか怯まないかで、相手の技量は、およその察しがつく。たぶん、この「鈴丸」の親爺は、相当な腕にちがいない。

桜子も坂本もそのことを察知したのだろう。二人共、緊張の色を濃くしていた。

私は、というと、やはり、緊張がジワリと胸のなかに広がっていた。

大阪で、雀荘《ジャンソウ》一軒を賭けた、やくざ者の安藤たちとの戦い以来の緊張感だった。

18

場決めをした。

[東]を引いたのは私で、南家《ナンチャ》が「鈴丸」の親爺、以下、坂本、桜子の布陣。

前局の場は、私が桜子の上家《カミチャ》だったが、今度はその逆で、桜子が私の上家《カミチャ》。

だが桜子は、下家《シモチャ》の私ばかりマークするわけにはいかない。全員相手のオール握りなのだ。私に必要以上の神経を遣えば、彼女の上がりは遠のいてしまう。

私が握ったサイコロの出目は六。親爺がサイコロを振り返す。

親爺のサイコロの振り方は年季を感じさせた。サイコロ賭博をしているかのように、振ったサイコロがコマのように、小気味よく転がった。

出親は、親爺だった。ドラは、役牌《ヤクハイ》の🀆で、こういうドラのときは、誰もが神経を尖らせる。迂闊《うかつ》にリーチをかければ、ドラの🀆を抱えている人間の餌食《えじき》になりかねないからだ。もしリーチで勝負してくるなら、よほど良い待ちになっていると考えていい。

九巡目、親の親爺が、ドラの🀆を切って、リーチをかけてきた。

こんな河だった。

🀃🀡🀁🀘🀉🀠🀙🀝🀆（リーチ）

さほど変則的な河でもなく、ドラの🀆を切ってくるぐらいだから、萬子《マンズ》か索子《ソウズ》の両面《リャンメン》、もしくは三面《サンメン》待ちになっていると考えられる。

何度か対戦したことのある相手なら、打ち筋もクセもなんとなくわかる。しかし、親爺とは初対戦で、正直なところ、私が予想できるのは、その程度だった。

坂本が無表情で、親爺の現物の🀠を切る。桜子も親爺が切ったドラの🀆。

しかし、私の手の内には、索子《ソウズ》と萬子《マンズ》の好形が揃っていて、現物といえば、🀈🀉🀊と、面子《メンツ》のできている🀉だけで、もしこれを抜き打ちすれば、上がりを放棄するに等しい。唯

一、安全におもえるのは、雀頭《ジャントウ》にしている、の筋のだけだ。
親爺の河は七対子《チートイツ》には見えなかった。

七対子《チートイツ》なら、ドラので黙聴《ダマテン》にするのではないか。引っ掛けも考え難い。もしドラのを誰かが鳴けば、引っ掛けなど、なんの意味もなくなる。

雀頭《ジャントウ》のに手をかけたとき一瞬、嫌な気がしたが、さりげなく捨てた。

「ロン」

親爺が私を見て、ニヤリと笑った。

こんな手だった。

裏ドラに、が乗っていて、親のトリプル。

「なるほど」

さりげなくつぶやいたが、私は悔しさを通り越して、親爺の腕に舌を巻いていた。

この手なら誰しもが、暗刻《アンコ》のドラのではなく、もうひとつの暗刻《アンコ》であるのほうを切る。

「挨拶替わりでリーチを打ったが、裏ドラはご不孝だったな」

「たしかに、ね」

私は笑みを洩らしたが、このコクのある久々の麻雀に、胸の昂《たか》ぶりを抑え切れないでいた。
の一局での箱割れ。私は紙袋のなかから、帯封の束、二つを取り出して、負け金の勘

定をはじめた。

ラスの馬《ウマ》が二十万。ドンデンの差し馬《ウマ》が、三人それぞれに四十万。そして点棒の負け金が、十八万。しめて、総額で、百五十八万が、わずか数分で、消えた。

暗刻《アンコ》の🀏を切って黙聴《ダマテン》に構えても、チャンタ、三色《サンショク》、ドラ三で、親の倍満《バイマン》。しかし、黙聴《ダマテン》にすれば、他の三人の手が進む。かといって、リーチをかければ、ドラの所在が定かでない以上、引っ掛けの🀝が捨てられていても、このメンバーでは、おいそれと出てくるものではない。

暗刻《アンコ》のドラの🀆を切ってリーチをかけたところが、秀逸だった。まさか、暗刻《アンコ》落としだとは誰もおもわない。それに、ドラを切る以上は、かなりの確率で、良い待ちになっていると、誰しもがおもってしまう。

坂本の親番。

「鈴丸」の親爺のトリプルの上がりのせいか、前局とは、打って変わって地味な戦いになった。

坂本が黙聴《ダマテン》の嵌張《カンチャン》待ちの断幺《タンヤオ》を自摸《ツモ》上がっただけで、一本場は、誰も聴牌《テンパイ》せずに、坂本もノー聴《テン》で親流れ。

桜子の親番は、桜子がやはり黙聴《ダマテン》の平和《ピンフ》のみを自摸《ツモ》上がっただけで流局し、今度は私の親番。

しかし胸の昂ぶりとは逆に、前局のラスを引きずってか、私の配牌《ハイパイ》は最悪で、五巡目には見切りをつけて、ただひたすらオリに回った。まだまだ勝負は長いのだ。流れが私にむいてくるのを待つしかなかった。

七巡目に、「鈴丸」の親爺が切った🀞で、これまた黙聴《ダマテン》を張っていた桜子が、ロンの声をかけた。一手替わりで三色《サンショク》になる、ドラ一の二千点。

大金の懸かった麻雀では、どうしても黙聴《ダマテン》が多くなる。リーチをかけたときに、もし相手に大物手が入っていたら、大怪我《おおけが》を負って、命取りになるからだ。

そして「鈴丸」の親爺の親番。三巡目に、私が切った🀒を桜子がポンをし、アッサリと三本五本の断幺《タンヤオ》のみを自摸《ツモ》上がって、親爺の親を蹴落《けお》とした。

そのとき、源之助が戻ってきた。手には紙袋を抱えている。

源之助につづいて顔を出した水穂が、私に目でシグナルを送ってきた。どうやら、源之助から、二百万が返されたことを伝えているようだった。

博打事の前に、人に金を貸すとツキも一緒になくなるという。私が「鈴丸」の親爺にトリプルを放銃したのは、もしかしたらそれが原因だったのかもしれない。

私は自分流に好解釈をし、攻め一手の麻雀にしよう、と作戦を変更した。

南場《ナンバ》に入って、坂本の親。

大阪で、やくざ者を交じえて坂本とは麻雀での死闘を繰り広げた。これまでにも、何人かの凄腕《すごうで》と卓を囲んできたが、坂本はそのなかでも、三本の指に入る強さだ。

麻雀で食っているゴロツキは多い。しかしゴロツキの麻雀を怖いとおもったことは一度もない。彼らには麻雀の美学もなければ、後ろ盾となる金の余裕もない。いつもギリギリの金を握って勝負してくるから、麻雀に品がなく、しかも大物手に育つ手を、小さくまとめて上がりにかかる。この手のタイプを、麻雀の神様は、最も嫌う。彼らのカモになるのは、彼らと同種で、しかも彼らより、もっと金に窮している人間だ。

しかし、坂本はちがう。彼にとっての麻雀は、余技に等しく、本業は別にある。懐も潤沢だから、麻雀に余裕があり、常に大物手を狙ってくる。麻雀に自信を持っている人間は多いが、本当に怖いのは、坂本のようなタイプだ。

「鈴丸」の親爺は、伊東に店を構え、電話一本で、いとも簡単に二百万からの資金を用意した。たぶん親爺の資産は、一億は優にあるだろう。

桜子はどうか。これまでの彼女を見てきたかぎりでは、どうやら、やくざ者などの怪しいバックはついていないようだ。いくら高級ホステスとはいえ、その稼ぎなど、知れている。それに麻雀が強いとはいっても、これほどのレートの麻雀など、そう打てるものではない。「銀座のお竜」との異名を持つぐらいだから、ホステスや、店の客をカモにしてきたのだろうが、その稼ぎだっておよその想像はつく。たぶん彼女の持ち金の総額は、私とほぼ同じぐらいの、三千万、四千万というところではないだろうか。

この三人の面子《メンツ》を相手にして、桜子は若干怯んでいる……。

私がそうおもったのは、私が親のときの七巡日に、彼女が「鈴丸」の親爺の切った🀜を、平和《ピンフ》ドラ一の黙聴《ダマテン》で上がったときだ。たしかに、🀖🀗🀘の出来面子《デキメンツ》の🀘が🀕に替われば、六七八の三色《サンショク》にはなる。しかし、🀘が🀕に替わったところで、🀡で上がれば意味がない。そんな確率に期待するよりも、あの早い巡目では、リーチを打って勝負に出るべきなのだ。なにしろ親の私はクズッ手で、早々とオリに回っている。当然、彼女だってそれは知っていただろう。

そればかりか、回って、「鈴丸」の親爺が親のとき、三巡目に私が切った🀒をポンして、断公《タンヤオ》のみ、という手をアッサリと自摸《ツモ》上がった。

広げた彼女の手は、いくらでも変化しそうな好形をしていた。場は、点棒が小動きで、まだ逃げを図る局面ではない。

つまり、桜子は焦っているのだ。百戦錬磨の「鈴丸」の親爺に坂本。私同様、彼らもまた、桜子の怯みや焦りは当然の如《ごと》く見抜いているだろう。

四巡目、坂本が切った一枚目の🀄を、桜子がポンをした。

ドラは🀛で、私の手は、私の攻めの覚悟を受け入れるかのように、ドラの🀛を一面子《メンツ》にした断平《タンピン》系の好手だった。

八巡目、九巡目と回り、しだいに各自の手が姿を現しはじめた。

桜子は、どうやら筒子《ピンズ》の混一《ホンイツ》に走ったようで、「鈴丸」の親爺も私と同じく、断平《タンピン》系の好手が入っていることをおもわせた。

坂本は最後の親番で、しかも彼の河もまた、明らかに断平《タンピン》系を匂わせている。たぶん、一歩も引かずに勝負に出るだろう。

十巡目、坂本が、ドラそばの🀜を手のなかから平然と切り出した。

それを桜子が、🀛🀝と晒して、チーをした。打、🀙。私は、🀝🀡、🀓🀖の一向聴《イーシャンテン》だったが、🀔を自摸《ツモ》ってきて、間髪容《い》れずに、🀉🀊🀋と面子《メンツ》のできている🀉を切り落とした。

坂本の黙聴《ダマテン》は、🀔🀗が本線と見ていたからだ。🀉は、坂本の現物。

「鈴丸」の親爺は、🀘の自摸《ツモ》切り。

坂本が千点棒を卓上に置いて、リーチをかけた。自摸《ツモ》切りの🀚を横にむける。

私、「鈴丸」の親爺、坂本の三人にはそれぞれ断平《タンピン》系の手が入っていたせいか、字牌《ジハイ》は、🀃を残して、他はすべて、場に二枚か、三枚切れている。

むろん桜子は聴牌《テンパイ》しているだろう。それもたぶん、筒子《ピンズ》の上筋。あるいは、🀃となにかの双碰《シャンポン》かもしれない。

桜子が、🀗を強打した。坂本から、ロンの声はかからなかった。

🀞を自摸《ツモ》ってきた時点で、私は上がりを諦め、🀔を外した。坂本の河には🀑が切れていて、嵌《カン》🀔はまずない。

私の不調は、若干回復気味だったが、順子《ジュンツ》の面子《メンツ》が欲しいときに、その面子《メンツ》の構成牌《パイ》が被るのは、まだ不調を脱し切れていないということだ。

「じゃ、俺も参加するか」

そう言って、「鈴丸」の親爺が、手の内から🀚を切り出して、リーチをかけてきた。

と出来上がっている面子《メンツ》に、を引いてきたのかもしれないし、の嵌《カン》で黙聴《ダマ》っているところに、を自摸《ツモ》って、両面《リヤンメン》に変わったのか、そのどちらかだろう。
坂本は表情ひとつ変えずに、自摸《ツモ》ったを河に置く。親爺も、無言だった。

桜子が自摸《ツモ》った牌《ハイ》を右横に置き、数秒首を傾《かし》げたあと、左端から、をつまんで捨てた。

「ロン」

坂本が、手牌《テハイ》を倒す。

裏ドラは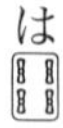で、親の満貫《マンガン》。

これまでまったくといっていいほど表情を変えなかった桜子が、初めて瞼《まぶた》を小さく動かした。

坂本の狙いは明らかだった。焦りと怯みの見える桜子を狙い打ちにしたのだ。

もし、桜子が筒子《ピンズ》の混一《ホンイツ》に走っていなければ、の、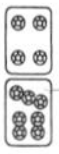の待ちをの単騎《タンキ》に替えたりはしなかっただろう。

桜子の手の内にはが対子《トイツ》であることを読み、その彼女の怯《おび》えを突いたのだ。

もし桜子に突っ張られたら、坂本の負けになる。なにしろ空聴《カラテン》なのだ。

麻雀というのは、あるレベル以上の腕になると、心理戦となる。その心理戦に負けて、一度麻雀の打牌《ダハイ》フォームを崩してしまうと、立て直しを図るのは容易なことではない。

このの放銃によって、これからの桜子は、どの牌《ハイ》も当たり牌《ハイ》に見えてきて、益々、手

が萎縮してしまうことだろう。

結局、その半荘《ハンチャン》は、坂本がトップを取り、桜子は、箱点をかろうじてまぬがれてのラス。私はなんとか原点を若干クリアしての二着に流れ込んだ。「鈴丸」の親爺はというと、南場《ナンバ》に入って勢いのある坂本に痛恨の五千八百を放銃して、原点割れの三着。

千点五千円という高額レートだが、ドンデンの差し馬《ウマ》の総握りをやると、点棒よりも、馬《ウマ》の勝ち負けで勝負をしているようなものだ。

その証拠に、私は点棒では三万円ほどのマイナスだったが、二着の馬《ウマ》分としての十万、それに、桜子と「鈴丸」の親爺からはドンデンの差し馬《ウマ》分として、四十万ずつが入る。坂本には馬《ウマ》で負けたが、原点を維持していたので、十万を払うだけでいい。つまり二着とはいっても、馬《ウマ》の収入だけで、私には八十万もの金が転がり込むのだ。

精算をする「鈴丸」の親爺の後ろで、源之助が親爺と交替したそうなそぶりを見せた。

「源。おめえの腕じゃ、この面子《メンツ》には通用しねえよ。まだ十年、早《はえ》えや。俺の後ろで、じっくりと勉強しな」

そう源之助に言って、親爺はまったく交替する気を示さなかった。

「坂本社長は、麻雀が強いのねえ」

坂本からトップ払いの場代を受け取りながら、佳代ママが言う。

「なに、ちょっと、ツキが回ってただけですよ」

桜子の目は、せわしなく動いていた。それは、これまでは麻雀に絶対的な自信を持っていたはずの彼女が、初めて味わう後悔を表していた。

トイレだと言って、私は席を立った。むこうで打っている姫子の戦況が気になったからだ。

リビングのソファに座っていた水穂が、手拭《てふ》きのタオルを手に、私の所に来た。

「調子はどうなの？」

「まあ、まあかな。でも大敗するやつは見えた。ミホの嫌いな桜子だよ。いくら用意してきたのかは知らないが、明け方までには、たぶん、パンクするな」

卓を囲む姫子の顔をうかがったが、どうやら彼女は好調を維持しているように見えた。

反面、有村部長の顔は、一段と冴えない。

場替えをしてからの八戦目が終わった。ラスは、前局につづいて、またしても桜子だった。

負け金を払うために、桜子がバッグを開ける。

私は冷ややかな目で、桜子の手元を盗み見た。

ここまでの八戦で、桜子はラスを五回引いている。その他の三回も、二着一回が最高で、トップはゼロ。あとは三着が二回という、惨憺《さんたん》たる成績だった。

前局のラスを引いたとき、桜子のバッグのなかには、もう帯封が一束残っているだけで、あとはバラの万札が二、三十枚ほどしかないのは見て取っていた。

今回のトップは「鈴丸」の親爺だが、二着の私も三着の坂本も原点を割っているので、桜子の私と坂本へのドンデンの差し馬《ウマ》の支払いは十万ずつでいい。しかし、「鈴丸」の親爺へは、ドンデンの差し馬《ウマ》とラスのラス馬《ウマ》とで六十万を払わねばならないし、点棒の負け分とを合わせると、総額で九十万以上の負けとなる。

負け金の精算を終えると、場替えね、と桜子が言った。

「ネエちゃん」

たばこに火を点けながら、「鈴丸」の親爺が言った。

「気持ちはわかるが、もうお開きにしといたほうがいいんじゃねえのか。麻雀、ってのは、ツクときもツカねえときもある。それに、こんなことを言っちゃなんだが、今度負けたら、もう払えねえんじゃねえのかい？　バーやクラブとちがって、博打事に、ツケなんてのはねえんだぜ」

「ちょっと、失礼」

親爺の言葉など、聞く耳を持たぬかのように、桜子が腰を上げて、部屋から出て行った。

私は彼女が、有村部長に軍資金を借りに行ったような気がした。

ここまでの八戦で、トップは坂本が二回、私と「鈴丸」の親爺が、それぞれ三回ずつ。つまり、桜子のひとり負けとなっている。

すでに朝の五時近くだが、窓の外はまだ深夜のように暗い。

さすがに佳代ママも水穂も疲れたようで、トップ代はこの箱のなかに入れて、と言って、化粧箱を置き、一時間ほど前から二人して肩を寄せ合うようにしてソファで仮眠している。

「おネエちゃん、遅《おせ》えな。まさか、家に金を取りに帰《けえ》ったんじゃねえだろうな」

「鈴丸」の親爺がたばこを吹かしながら、笑う。

「むこうの卓に、俺の会社の上司がいるんですよ。たぶん、金を回してくれるよう、交渉してんじゃないですか」

「あのおネエちゃんの、コレかい？」

親爺が右の親指を立ててまた笑った。

「さあ、どうなんでしょう」

私も笑って、とぼけた。

有村部長も負けが込んでいるはずで、桜子に金を回す余裕があるとはおもえなかった。

「鈴丸」の親爺の後ろで、黙って聞いていた源之助が小声で言った。

「彼女のひとり負けですし、三人で、ひとり百万ずつ、回してやったらどうです？　バックれるような女にもおもえませんが」

「馬鹿野郎。博打で金を回すのは、仕切ってる胴元のやることだ。もし、あのおネエちゃんに金を回すとしたら、そこで寝ているママの役目だ」

そう言って、親爺がソファで仮眠している佳代ママのほうに目をやった。

「ママは、貸さないそうです」

「そう言ったのか？」

ええ、まあ……、と源之助がバツの悪そうな顔をする。

「ところで、若いの――」

親爺が私に目をむけた。

「おまえさん、あのおネエちゃんと、なんかあったのかい?」

「なんか、とは……?」

私は水穂のほうにチラリと目をむけた。どうやら熟睡してしまったようで聞かれる心配はない。

「なんだかわかんねえが、なんとなくそうおもったんだ。なんせ、あのおネエちゃん、必要以上に、おまえさんに敵愾心《てきがいしん》を抱いてるように感じたんでな」

坂本が私を見て、ニヤリと笑った。彼もまた、そう感じていたのかもしれない。

「なんもありませんよ。俺のことが気に入らない、というだけのことじゃないですか」

そのときドアが開き、有村部長が顔を出した。ちょっといいか? と言って、私を手招きした。

部屋を出ると、有村部長の後ろには、桜子がいた。

「なんです?」

用件は察しがついていたが、私はとぼけて、部長に訊いた。

「じつは、彼女に金を回してくれるよう頼まれたんだが、俺も絶不調で、もうさほど金がない。悪いが、おまえが回してやってくれないか?」

「嫌ですね」

私は桜子をチラリと見ながら、即座に答えた。

「同じ卓で打っている相手には金を回さない。これは俺の主義なんです」

「そうか……」

有村部長がバツの悪そうな顔をした。

でも――、と私は言った。

「部長にだったら貸しますよ。同じ卓でやってるわけじゃないですし、ね。貸した金をどうしようと、それは部長の自由です」

「じゃ、そうしてくれ。年が明けたら、早々に返すよ」

「三百、貸しますけど、条件がひとつあります」

「金利、か？」

部長が口の端を曲げた。

「そんなモン、要りませんよ」

社内金融までやっている、いかにも部長らしい発想に、私は少々ムッとした。

「じゃ、なんだ？　言ってみろよ」

条件をつけられたことでプライドを傷つけられたとおもったのか、有村部長の口調には棘があった。

「金の貸し借りは、精算がすめば終わりになりますけど、部長には貸しをひとつ作ったということです。ですから、この貸しは、一度、なんらかのかたちで返していただく。それでいいですか？」

「内容によるな」

「部長にできないようなことは言いませんよ」

すこし考える顔をしたが、いいだろう、と部長は渋々《しぶしぶ》承諾した。

私はスーツの内ポケットから、三百万の束を取り出して、部長に手渡した。

「じゃ、これ」

「というわけだ」

部長は桜子に言い、私から受け取った三百万円の内、二百万を彼女に差し出した。

「これは、俺が彼から借りた金で、きみが彼から借りたわけじゃない。だから、気兼ねなんて要らんぜ」

「ありがとう」

桜子は私を一顧だにせず、有村部長に頭を下げた。

「銀座のお竜」か……。私は内心、その看板に偽りありだな、とおもった。

博打事には引き際というのが大切なのだ。勝負はゲタを履くまでわからない、と言われるが、あれは戦う前のことを言っているのであって、一発逆転、なんてのは、博打好きの妄想にすぎない。借金をして金を作ったところで、桜子はきっとこの金もすぐに失うことになるだろう。

19

部屋に戻ると、「鈴丸」の親爺が私に言った。

「話はついたようだな。じゃ、また、おっぱじめるとするか」

場替えをして、新たな四回戦をスタートさせた。

しかし案の定、流れの変わることはなかった。

最初の一回戦目こそ、桜子は二着に踏ん張ったが、二回戦目は、三着、三回戦目は、箱割れ寸前のラスを引いた。

四回戦目、私が親番のとき、こんな配牌《ハイパイ》が入った。

九種十一牌。親番なら、大半の麻雀打ちは流してしまうが、私は九種九牌で流すことは滅多にしない。国士無双《コクシムソウ》という役満《ヤクマン》は、麻雀の神様が、やれ、と命じた配牌《ハイパイ》だとおもっているからだ。
第一打に、。第二打にを落とした。そして、三巡目に自摸《ツモ》ったも、迷わず、自《ツ》摸《モ》切りした。
五巡目、対面《トイメン》の桜子が、私の下家《シモチャ》の坂本が切ったをポンした。
まだ東《トン》の二局。「鈴丸」の親爺の親が流れた局面で、点棒の動きなどさほどない。

ドラは私が対子《トイツ》で持っていた🀏で、私はそれを第二打で、すでに捨てている。

私は、桜子は心理的に追い詰められているな、とおもった。

私の第一打の🀙と、第二打の🀏は、手の内から切り出したことを強調していた。そして、第三打の🀙は自摸《ツモ》切っておいた。

つまり、桜子は、親の私が断平《タンピン》系の勝負手、それも相当に早く聴牌《テンパイ》しそうだと警戒したのだろう。

桜子の鳴いた🀐は、一枚目で、しかも上家《カミチャ》の坂本から出たものに食いついた。同じ鳴くにしても、上家《カミチャ》からの牌《ハイ》はふつう見送る。「食い下げ」といって、麻雀打ちなら誰しもが嫌がる行為なのだ。

十巡目までに、桜子の鳴きで、国士無双《コクシムソウ》に必要な牌《ハイ》が立てつづけに入り、こんな二向聴《リャンシャンテン》になった。

🀘🀐🀆🀄🀙🀀🀁🀇🀏🀂🀡🀠🀗

頭となる🀙と🀏は迷彩のために、一巡目と二巡目に切ってしまったが、もしどちらかを残していれば、国士無双《コクシムソウ》の一向聴《イーシャンテン》になっている。

私が二巡目に、ドラの🀏を早々と切ったために、桜子のみならず、坂本も「鈴丸」の親爺も、必要以上に私を警戒しているようだった。裏を返せば、二人の手の進み具合は遅れているということだ。

十巡目に、🀘を重ねて、🀃と🀐を引けば聴牌《テンパイ》となる一向聴《イーシャンテン》に戻した。

下家《シモチャ》の坂本が切った🀃を桜子がまたしてもポンした。

どうやら萬子《マンズ》が伸びて、桜子は萬子《マンズ》の混一色《ホンイーソー》に走っているようだった。

坂本と「鈴丸」の親爺が、桜子の河にチラリと目をむける。

🀅も🀃も桜子がポンをして、どちらも残り一枚ずつ。次に、もし萬子《マンズ》を自摸《ツモ》ってくるようだったら、私は下りる覚悟を固めていた。

しかし、桜子のその🀃のポンで、私が自摸《ツモ》ってきたのは🀅だった。

「リーチ」

私は千点棒を卓上に放った。

私の河は、こんなだった。ドラ🀏。

🀙🀏🀙🀈🀉🀔🀗🀞🀟🀠🀗🀓（リーチ）

序盤に、老頭牌《ロウトウパイ》が切れているが、あとは中張牌《チュンチャンパイ》のつづく、不可解な河だ。桜子のみならず坂本も「鈴丸」の親爺も首を捻《ひね》っていることだろう。

疑いながらも、まさか、の気持ちで打ち込んでしまうのが、国士無双《コクシムソウ》という役満《ヤクマン》の特徴だ。

坂本が、私の現物であるリーチ牌《ハイ》の🀓を捨てた。

桜子が私の河を細めた目で見たあと、勝負ね、と小さくつぶやき、自摸《ツモ》ってきた牌《ハイ》を、ポンで晒してある🀃にぶつけた。

「カン」「ロン」

私と桜子の声が同時に重なった。

精算を終えた桜子が、意外にもサバサバとした顔で笑った。

「完敗ね。悔しいけど、もうこれ以上つづけるお金も気力もないわ。ギブアップよ」

「鈴丸」の親父が親のときのひとり黙聴《ダマテン》は坂本だけだったので、彼は原点オーバーの二着で、ノー聴罰符《テンバップ》を払った親爺が三着。

「おい。源。じゃ、俺たちも帰るか」

「鈴丸」の親爺が、勝ち金のすべてを源之助に渡す。

「おめえの親父に用立ててもらった金を返した残りは、おめえと折半だ」

源之助が満面の笑みと同時に、申し訳なさそうな顔をした。

「ネエちゃん。今夜はツカなかったな。リベンジは、いつだって受けるぜ、ただし、店が休業日の月曜だけだがな」

「そうね。これじゃ、『銀座のお竜』の名が泣くわ。しかたないから、この負け分は、別の種目で取り返してくることにする」

帰り支度をしながら、桜子が言う。

「別の種目？」

「彼女、これからラスベガスらしいです」

源之助が説明する。

「なるほど。根っからのギャンブラーなんだな」

笑ったが、「鈴丸」の親爺はそれ以上なにも言わなかった。

桜子が、佳代ママに、じゃ良いお年を、と言って、部屋から出て行った。

「じゃ、ママ。お騒がせしたな。楽しかったよ」

「鈴丸」の親爺も佳代ママに笑みを投げ、隣の水穂には、また寿司でも食いに来いよ、と言い残して、源之助と一緒に部屋から消えた。

「ずいぶん早く終わったのね。結果はなんとなく、わかるけど」

佳代ママの目は、まだ半分眠っていたが、桜子の負けを察知してか、上機嫌な表情を見せた。

「どうなったの?」

目覚めた水穂が、寝呆《ねぼ》け顔で私に訊いた。

「『銀座のお竜さん』のひとり負けだ。パンクしちゃったよ」

「やったわね。マー君」

聞いていた坂本が、声を出して笑った。

「水穂君は、あの女性が相当嫌いみたいだな」

「そうよ。大っ嫌い」

「きみのマー君に色目でも使ったか?」

「なに、それ? そんなことあったの?」

寝呆け顔の水穂の目が、私を質《ただ》すように光った。

「馬鹿らしい。あるわけないだろ。それより、約束だ」

佳代ママはむろんのこと、坂本も、私と水穂の仲を知っているので気にする必要はなかった。私は勝ち金を数え、その半分を、水穂に渡した。最後の国士無双《コクシムソウ》の上がりで、私の勝ち金は四百万近くになっていた。

「なによ、水穂。梨田さんと、そんな取り決めをしてたの？」

佳代ママが、水穂の手にした二百万近くの札束を見て、呆れ顔をする。

「お竜と麻雀をすることに良い顔をしないんでね。まるで強盗ですよ」

水穂に替わって言い、私は苦笑した。

「酷《ひど》い言い方ね。勝ったら半分くれる、と言ったのは、マー君じゃない」

水穂がふくれっ面をした。

「どっちでもいいけど、じゃ、水穂」

佳代ママが、水穂に広げたてのひらを差し出す。

「なんだ。もうひとり強盗がいるのか」

見ていた坂本が、声を出して笑った。

「ちがうわよ。出世払いということで、水穂には、お金を貸しているのよ。モデルだか、タレントだか知らないけど、あの世界は妙にお金がかかるみたい」

「じゃ、半分だけ」

渋々といった顔で、水穂が私の渡した金の半分を佳代ママのてのひらに置いた。

「きょう、新潟に帰るんでしょ？　何時ごろ発つの？」

私は佳代ママに訊いた。

「むこうの卓が終わってからになるわ。いつまでやるのかしら」

佳代ママが時計を見ながら、つぶやく。

桜子は有村部長に挨拶をして帰ったはずだ。その表情から、彼女が大敗したことは知っているだろう。それに、部長のほうだって盛り返しているとは考えづらい。

「もうそろそろ終わるんじゃないですか。姫子ママは今日までお店だって言ってましたから」

私の説明の終わりを待っていたかのように、リビングのほうから、佳代ママを呼ぶ声がした。

ハ〜イ、と応えて、佳代ママが急いで部屋から出てゆく。

「ところで――」

たばこを吹かす坂本に、私は訊いた。

「例の話は、進んでいるのかい？」

「通信販売のことか？」

「そうだよ」

「すこしは興味があるのか？」

坂本が笑う。

「通信販売、って、なんのこと？」

水穂が好奇心を顕《あらわ》にした。

「彼、アメリカで、日系人を相手にした、新しいビジネスを考えてるらしいんだ」

私は坂本から聞いた話を、水穂に簡単に説明してやった。

「坂本社長、って、アイデアマンなのね」

感心したように、水穂が目を瞬《しばたた》かせた。

「それで、ひと口乗らないか、と声をかけられたんだよ」

「いいじゃない、マー君。賭け麻雀ばかりじゃ、能がないわ」

水穂の目が興味深げなものから、真剣な目へと変わっている。

佳代ママが戻ってきた。表情はすごくうれしそうだった。

「梨田さんの予想どおりね。むこうも、終わりですって」

「じゃ、新潟に帰省するまでの時間、タップリ眠れますね。じつは、寝不足での運転を、すこし心配してたんです」

私は坂本に、俺たちも帰るとするか、と言った。

「マー君。今の話、一度、真剣に考えてみたら？」

水穂が私を見て、言った。よほど、坂本の新ビジネスが気に入ったみたいだった。

「あら、なんの話？」

佳代ママが水穂に訊く。

「なんでもありませんよ。単なる雑談です」

私は水穂に替わって、ママに言った。

眠気にも襲われていたし、これ以上、佳代ママに説明する気も起こらなかった。それに、いくら水穂が勧めても、今の私には、坂本の新ビジネスに出資する考えはない。

「マー君は、年末年始、どうしてるの？」

水穂が訊いた。

「言ったろ？　行動予定がないのが、俺の行動予定だって。この間、本をしこたま買い込んできたから、読み耽ってすごすかもしれないし、あてもなくブラリとひとり旅をするかもわからない」

「あら、実家には帰らないの？」

佳代ママが、意外とでもいうように、口を挟む。

「勘当の身ですから」

私は笑って、受け流した。

そのときふと、久々に平塚に帰ってもいいかな、とおもった。むろん実家に顔を出すためではない。

この前の伊東温泉競輪での文治さんの引退レース。あのときの外れ車券の束は、今でも部屋に大切に保管してある。引退してしまった文治さんは、もう練習する必要はないから、ノンビリと毎日をすごしているにちがいない。平塚に帰れば、文治さんに会える機会があるかもしれない。

リビングのほうから、お〜い、帰るぞ、という鈴木の声がした。

「じゃ、ママもミホも、良いお年を」

「梨田さんも、坂本社長も、ね」

部屋を出ると、リビングで麻雀をしていた面々が、帰り仕度をしていた。

仏頂面をしているのは、有村部長だけだった。こちらの桜子同様、きっと部長のひとり負けだったにちがいない。

「この美人ママ、強《つえ》えのなんの」

そう言って、羽鳥が笑う。上機嫌だった。たぶん、彼もかなり勝ったのだろう。

20

六人連れ立って、マンションを出た。

姫子が流し目で、私に合図を送ってきた。一緒に帰ろう、ということだろう。だが、姫子とタクシーに乗れば、有村部長や羽鳥はカンぐるにちがいない。坂本と鈴木はどうということもないが、この二人には姫子との仲は知られたくなかった。

大晦日前の三十日ともなると、さすがに車の数もめっきりとすくなくなった。

「僕は、姫子ママとすこし話がありますので」

私はそう言って、通りかかるタクシーを有村部長たちに譲った。

部長、羽鳥、鈴木の三人は、疲れも手伝ってだろうか、妙な質問をすることもなく、次々に空車に乗り込んで消えた。

「では、俺もお先に失礼するよ」

坂本が空車に手を挙げようとするのを、姫子が止めた。

「もし、時間があるのなら、その辺りの喫茶店で、二、三十分ほど、お茶でも飲みません？　社長にも、ちょっと訊きたいことがあるのよ」

一瞬、怪訝な顔をしたが、いいですよ、と坂本が同意した。

以前坂本と一緒に入った喫茶店が、その先の角を曲がった所にある。たしかあのときに、「年中無休・二十四時間営業」の看板が吊るされていた。

店には客が二人いるだけだった。

奥のテーブルに、姫子、坂本と三人で座り、コーヒーを注文した。

「で、俺に、話というのは？」

たばこを取り出し、坂本が早速、姫子に訊いた。

「社長は、途中から卓をチェンジしてしまったけど、有村という、梨田さんの会社の部長、ツキがなかったせいか、戦いの後半から妙なことをはじめたわ」

姫子の口元には、軽蔑《けいべつ》するような笑みが浮かんでいた。

「妙なこと？　イカサマ、ってことかい？」

坂本が私を見て、苦笑を洩らした。

「オール伏《フ》せ牌《パイ》でやったんだろ？」

私は姫子に目をやった。

「そうよ。でも、牌《ハイ》を伏せるときに、明らかにその牌《ハイ》をかき集めて、洗牌《シーパイ》をしていた。それに、二回、ブッコ抜きをしたのだって、わたしは見のがさなかった」

ブッコ抜きとは、自分の山の牌《ハイ》と、手牌《テハイ》の牌《ハイ》とを素早く入れ替えることだ。

「羽鳥という人も、鈴木という人も、麻雀はマアマア達者だけど、さすがにそれを見抜く力まではなかった。わたしが我慢したのは、彼が梨田さんの会社の上司だったからよ。お上品な面子《メンツ》だったし、彼もひどくツカなかったから黙っていたの。でも、他所の雀荘《ジャンソウ》でバレたら、ただではすまないわ」

「しょうがねえな、あの人」

私は呆れて、コーヒーをひと口、すすった。

「それでも、彼、負けちゃったわけだ」

坂本がおかしそうに、たばこの煙を吐く。

「彼の山に入ったら、わたしが無理矢理、自摸《ツモ》を変えてやったのよ。ブッコ抜きをやったときですら、空振りに終わってたわ」

「それで、部長、いくらぐらい負けたんだ？」

「六百近くは負けたんじゃない」

桜子も部長も、五百万は用意してきていたはずだ。それに私が回した三百万。

「あの二人、お似合いのカップルかもしれない」

私は桜子と部長の顔をおもい浮かべながら、声を出して笑った。

しばらく、麻雀談議をした。

姫子の評価では、坂本や私の麻雀を10とするなら、羽鳥の腕は7、鈴木にいたっては、6という低評価だった。

「じゃ、桜子は？」

「腕は、10ね。でもあの女には欠けているものがある。金への執着心がありすぎるのよ。平たく言えば、品位がない、ということ」

「有村部長は？」

「腕は、8から9というところかしら。でも彼は品位以外に、人間性も欠けている。お金への執着というより、麻雀をする相手に負けたくない、いつも優位に立って、上から見下したいという気持ちが強い。これも平たく言えば、人間的に信用ができない、ということよ」

私はうなずきながら、笑った。

「じゃ、この坂本はどうだい？」

「そうね。ひと言で言うと、クールだわ。イカサマの話をしても、お金の話をしても、人間性の話をしても、眉《まゆ》をピクリとも動かさない。つまり、人間の底辺を見てきたというわけよ。その若さでね」

そう言って、姫子が坂本にむかって、ニコリと笑った。

「クール、ですか……」

坂本がコーヒーに口をつけた。

「年齢を訊くのは失礼だけど、見るところ、ママと俺は、ほぼ同世代。ママ流の表現を借りるなら、ママもクールな女性ですよ。しかし……」

坂本は私にいたずらっぽい笑みをむけた。

「梨田。おまえ、なんでそんなにモテるんだ。いったい、ママも含めて、何人、彼女がいるんだ？」

「ママは、彼女じゃないよ」

「じゃ、そういうことにしておこう」

坂本が時計を見て、俺もそろそろ失礼するよ、と言って腰を上げた。

坂本に、姫子との関係を否定したわけではなかった。彼女という表現が合わない、とおもっただけだ。

姫子は私にとって、大人の世界の道先案内であり、裏の世界での戦友みたいな存在なのだ。彼女という言葉は軽すぎるし、恋人ともまたちがう、別格の女性だった。

しかし、姫子との関係を理解してくれる人間は、たぶんこの世にはひとりもいないだろう。理解しているのは、私と姫子だけであり、他の誰かに理解してもらうことなど、私は願ってもいないし、それは姫子も一緒だろう。

坂本が帰ってから、私は姫子と一緒に、彼女の四谷のマンションに行った。

そして、二人して風呂に入り、徹夜麻雀の汗を流し切ってから、ベッドで抱き合った。

昭和四十四年の年末。私が二十三歳を終える年。

姫子の温《ぬく》もりを肌で感じながら、いつしか私は深い眠りの底に落ちていった。

人間、特に好き勝手な生き方をしている人にとって、年末年始というのは、とても孤独を感じる時期だ。

好き勝手に生きるということは、家族との関係を否定し、ふつうの人が味わう幸せにも背をむけてしまうということだ。常に刺激を求めて、その刺激のなかでしか生きられない。

都会で生息する人間には、特に、この傾向が強い。

あるとき、飲み屋の女性が私にこう言ったことがある。好きな人はいるのよ。でも、わたしたちが好きになる人種は、所帯持ちばかり。だって、高いお金を払って飲みに来る人に、若い男はいないし、魅力のある男というのは、たいていが結婚している。だからわたしたちの恋愛は、いつだって、禁じられた恋。つまり、不倫というわけ。この時期になると、愛する人は皆、家庭に帰ってしまう。わたしなんて好き勝手に生きているから、故郷にだって帰れやしない。つまり、この時期は、わたしたちにとって、地獄の時期なのよ。

それを聞いて、なるほど、とおもったものだ。それは、私自身が、そうだからだ。

もう何年も実家には帰っていないし、基本的に私は、気の合う友人としか会う気がしない。その数すくない友人たちだって、皆、実家で、家族との時間をすごす。

水穂は、姉の佳代ママと故郷の新潟に帰ってしまった。家族間の揉め事があるにせよ、べティは田園調布の自宅で、家族水入らずの時間をすごしている。姫子の部屋で一夜を明かした朝、彼女は従業員を連れて、温泉旅行に出掛けてしまった。

早い話が、私はひとりぼっちで、この年末年始をすごすしかなく、六本木の部屋に籠《こも》って、買い込んだ小説に読み耽りながら、新年を迎えた。

食事は、買い込んでおいた食材を自ら調理し、ひとりで食べた。

私の調理の腕は、男としてはなかなかのものだ。

なぜなら私は、小さいころから川や海で釣りをし、釣った魚は自ら捌いて食するのを趣味としていたからだ。魚ばかりでない。春ともなれば、川っぺりで、菜の花やつくしんぼうなどを摘み取ってきては、それらもやはり、調理していたほどだった。

小説を読みながら、私は時々、ベティが私に言った言葉をおもい出していた。

貴方《あなた》には、小説を書く才能がある——。

なぜベティは、あんなことを言ったのだろう。

たぶんベティは、私が社会と折り合いのつかない性格で、これからいろいろな経験、それもふつうの人なら避けるようなことすらも平然としてやってしまう、ということを見抜いているからではないだろうか。

水穂は、間違ってもそんなことを私には言わない。水穂には悪いとおもったが、私は自分の心がベティに大きく傾いていることを自覚していた。

21

元日の夕刻、ベティから電話があった。

——明けましておめでとう。

おめでとう、と私も応えた。

——まさか、家にいるとはおもわなかったわ。

「特に、行くアテもないんでね。ベティは今、実家なんだろ？」

——そうよ。でも、家のなかの雰囲気は剣呑《けんのん》で、もうフラフラよ。早く、自分の部屋に帰りたいわ。梨田クンは、今、なにしてるの？

「年末に買い込んだ小説を読んでるところだよ」

——へぇ～。エラいわね。で、どんな小説を読んでるの？

「たぶん、きみの好みではない小説だね」

黒岩重吾と松本清張だよ、と私は言った。

——ふ～ん。社会派推理小説が好きなんだ。

「特にそういうわけでもないけど、外国文学より、日本の小説のほうが好きということさ。カタカナの登場人物が嫌いなんだよ。読んでいると、こいつ誰だっけ？　と頁《ページ》を戻すことも再々だからね」

——いよっ、大和男子《やまと》。

ベティが電話口で、声を出して笑った。

「そんな立派なモンじゃないよ。大和の不良さ」

私もベティにつられて笑った。

——不良クンは、年末はどうしてたの？　まさか、ずっと本を読んでたわけじゃないでしょ？

私は瞬間迷って、電話コードをねじった。

——なによ、詰まっちゃって。わたしに言えないような、悪いことをしてたんでしょ？

「別に悪いこともおもっちゃいないけど——」

有村部長に誘われて麻雀をしていたよ、と私は正直に言った。

——ふーん。そうなんだ……。他は、会社の人たち？

「いや、俺はもう、会社の人間とは麻雀をしないと決めてるんでね」

——じゃ、誰と？

「けっこう詮索《せんさく》好きなんだな」

——あっ、そんなこと言われるなんて、心外。梨田クンのことを心配してるだけよ。言いたくなければ、言わなくてもいいわ。

ベティの声は、すこしムッとしていた。

「会社のクライアントでもある、『羽鳥珈琲』の常務だよ。それと、彼の知り合い。常務が俺と麻雀をやりたがってる、と有村部長に言われてね」

姫子や桜子の名前、それに水穂の姉のやっている秘密麻雀クラブのことは伏せた。

――ふ〜ん。そうなんだ。

麻雀のことはそれ以上訊かず、わたし、梨田クンに会いたいな、とベティが言った。

気持ちが、グラリと動いた。しかし、これからベティと会えば、きっと抱きたくなる。

「俺もベティに会いたいけど、じつは、これから、平塚に帰るつもりなんだ」

そう口にした瞬間、私は本当に平塚に帰りたくなった。

――そうかあ……。じゃ、しょうがないわね。お正月ぐらいは、故郷に顔を出さないとね。

拍子抜けするほどアッサリと、ベティは引き下がった。そして、一瞬、間を置いてから、
梨田クン、受話器を耳に押し当てて、とベティが言った。

「どうしてだい？」

――バカね。聞き取れないぐらいの小声で言うからよ。

言われるままに、私は受話器を耳に押し当てた。

「いいよ。スタンバイ、ＯＫだ」

――梨田クン、いいこと。姫始めは、わたしだからね。

小声で言うと、いきなりベティの電話は切れた。

私は苦笑しながら、受話器を置いた。

水穂もそうだったが、女の子というのは、一度身体の関係を持つと、どうしてこうも大胆

になるのだろう。まさかベティの口から、姫始めなんて言葉が出てくるなんておもいもしなかった。

しかし、私の耳をくすぐったベティの声は、私の下半身を直撃していた。勃起《ぼっき》してしまっていたのだ。

しかたなく、私はそっとベッドにもぐり込み、ベティの裸体をおもい浮かべながら、オナニーに励んだ。そして、あっという間に射精して、終えてしまった。

二十四歳を迎える年の最初の性体験がオナニーか。後始末をしながら、またしても私は苦笑してしまった。

アドレス帳を開き、平塚の清田の家に電話した。

清田は、小学校、中学校を通じての私の幼馴染《なじ》みで、今は平塚で「寿司春」という看板をかかげた寿司屋をやっている。大の競輪ファンで、競輪選手だった文治さんを交じえての麻雀も、彼がお膳立《ぜんだ》てしてくれたのだ。

コール音を耳にしながら諦めかけたとき、受話器が取られて、はい、清田です、という女性の声がした。

「おばさん、お久しぶりです。梨田です」

――おや、まあ。どういう風の吹き回しだい？　元気にしてるの？

「まあ、なんとか」

明けましておめでとうございます、と私は清田の母親に新年の挨拶をした。

おめでとう、と返してきたあと、今、どこから電話してるの？　と母親が訊いた。

「東京からです。懐かしくなったんで、ちょっと帰ろうか、と……」

――これからかい？

「ええ。帰っても、会いたいのは清田クンとおばさんぐらいだし、もし会えないようなら、やめようか、と」

――帰っておいで。風来坊さん。春雄は今、麻雀をやっているよ。マーちゃんの顔を見たら、大喜びするよ。

清田の母親は、寿司屋の裏で、「雀春」という麻雀屋をやっている。

誰と麻雀をしているのか、私は訊いた。

――いつものメンバーだよ。マーちゃんも入ったらいい。

清田の母親が、そう言って、メンバーの名前を挙げた。

魚屋をやっている魚一、電器店を営むエレキ、タクシー運転手の小池、そして文治の名前も言った。

「俺、文治さんの引退レース、伊東で観戦したよ」

――あら、そうなの、あたしや春雄、それに麻雀仲間の何人かも行ったんだよ。あたしたちは、特観席にいたから会わなかったんだね。

「ともかく、これから大急ぎでそっちにむかいます。たぶん、二時間もしないで着けるとおもう」

言うなり電話を切って、私は外出の準備に取りかかった。

部屋を出ようとしたとき、大きな忘れ物に気づいた。文治の引退レースの車券だ。三十万円分の外れ車券の束。これを文治に見せたら彼はどんな顔をするだろう。

外れ車券を懐に、私は品川までタクシーを飛ばした。

東名高速で平塚までタクシーを飛ばしてもよかったが、元日の夜では渋滞に巻き込まれるとおもったからだ。

電車のなかでも私の心はウキウキしていた。

平塚で麻雀をやっている連中は、変な言い方をすれば、皆、学はないが、人間的には良い人たちばかりだ。

大して裕福ではないが、素のままの自分で生き、生まれ育った平塚という地をこよなく愛している。つまり、駆け引きなんて無用の、信用のできる人たちなのだ。

平塚に着いたのは九時すぎだった。

「寿司春」と「雀春」は、駅裏のゴミゴミとした商店街の裏手にある。

改札口を出ると、お正月の晴着を着た、私と同世代の女の子たちの集団がいた。何人かの若者たちも交じっていた。皆一様に、楽しそうに、はしゃいでいる。

同じ世代なのに、私はもう、彼らとはちがう世界で生きている。こういう輪のなかに私が入ることは、もう二度とないだろう。

「寿司春」の灯りは消えていた。だがドアに鍵は掛かっていなかった。

「おばさん」

ドアを開け、奥にむかって、私は声をかけた。しかし、なんの応答もなかった。

私は裏手の「雀春」に足をむけた。

こちらは、灯りが点いていた。

ドアを開けると、隅の一卓で、清田と文治が麻雀をしていた。

「おう。来たか」

麻雀をしていた文治が、満面の笑みで、私を迎えてくれた。

魚屋の魚一、電器屋のエレキ、タクシー運転手の小池たちも、久しぶりだな、と言って、私に笑みをむけてくれた。

どうやら二抜け（二着になった者が抜けること）でやっているようで、タクシー運転手の小池が清田の後ろで、見《ケン》をしている。

「今、オーラスなんだ。ちょっと待ってくれ」

清田が私に言った。

「俺のことは、気にしないでくれ」

私は麻雀の見学はせずに、すこし離れた椅子に座って、たばこに火を点けた。

清田の母親が、私の隣に来た。

「で、いつ大阪に帰るんだい？」

「大阪？　そうか、ここで麻雀をやったのは、大阪に行く前だったですね。去年の春、東京に戻ってきちゃったんですよ。大阪の水が合わなかったものですから」

「あら、そりゃ、また」

母親が声を出して笑った。

「大阪の水がどうかは知らないけど、あたしは、マーちゃんが勤め人になると聞いたときから、無理だとおもってたわよ。でも、一年たらずで会社を辞めたんじゃ、雇ったほうもいい面の皮だわね」

それで今はなにをしているの？　と母親が訊いた。

「性懲りもなく、また勤め人をやってます。赤坂にある広告会社なんですが」

「広告会社？　チンドン屋じゃないでしょうね」

笑いながら、母親がたばこを手にする。

「さすがにチンドン屋じゃないですけど、まあ、似たようなもんです」

「今度はつづきそうなの？」

「じつは、自分でも、よくわからないんですよ」

「しょうがない風来坊だわね」

「たしかに」

私は苦笑し、おばさんも清田も元気そうなので安心しました、と言った。

「あたしたちのことより、自分のことを心配しなさいな。それで――」

やるんでしょ、と言って、母親が牌《ハイ》をつまむしぐさをした。

「いえ、遠慮しておきます。年末に、ゲップをするぐらい打ったんで、もう牌《ハイ》を見るのも嫌なんです。顔を出したのは、おばさんや清田に会いたかったのと、文治さんに記念品を届けたかったからなんです」

「記念品？」

「ええ。文治さんが引退することを知って、文治さんが一着になる車券を買ったんです。それを文治さんにプレゼントしよう、とおもって」

「それ、嫌味じゃないのかい？　だって、文ちゃんは、一着で失格しちゃったじゃない」

「車券の当たり外れは、どうでもいいんです。文治さんは、すごいレースをして一着をもぎ取った。車券は紙屑《かみくず》になっても、俺のハートのなかでは、文治さんは永遠に一着ですから」

「泣かせること言うねえ」

清田の母親が、心底、うれしそうな顔をした。

半荘《ハンチャン》が終わったようだった。

「おい、梨田。やるだろう？　俺が抜けるから、入れよ」

清田が私に声をかける。

「マーちゃん、今夜はやらないそうよ」

清田の母親が、私の替わりに言ってくれた。

「それより、文ちゃんにプレゼントを持ってきてくれたんだって」

「俺に、プレゼント？」

文治が私に顔をむけた。引退はしたが、練習で日焼けした赤ら顔は、そのままだった。

「ええ。気に入ってもらえるかどうか、自信はありませんけど」

「そうか。じゃ、オッカア、おまえがここに入れ。俺も抜けるよ。春雄と俺の二人がやめれば、二抜けなんてことをしなくてすむ」

「そうだな」と清田。

「寿司屋のほうで、俺が包丁をふるって、文治さんと梨田に、酒を飲ませてるよ」

「おう、そりゃ、いいアイデアだ」とエレキ。

「あと二、三時間もしたら、俺たちも切り上げて、ゴチになるよ」

二抜け解消がよほどうれしいのか、エレキの顔は活き活きとしていた。麻雀好きにとって、ただ見学しているだけというのは、拷問に等しいほど、退屈な時間なのだ。

「じゃ、そういうことにしようか」

たばこの火を消し、清田の母親が、麻雀卓のほうに足をむけた。

清田と文治と三人で「寿司春」に入った。

「熱燗《あつかん》でいいかい？」

カウンターのなかから、清田が訊く。

「お正月は、日本酒に決まってるだろ」

早く作れ、と文治が清田に催促する。

「チエ、奢ってもらうのに、文ちゃん、引退したら、益々、せっかちになっちゃって」

苦笑しながら、清田が冷蔵庫の扉を開ける。

「それで、俺へのプレゼント、ってのは、なんだい？」

文治が赤ら顔を私にむけた。

「じつは、文治さんの引退レース、俺、観戦しに行ってたんですよ」

「ほう、それは、また。大阪からわざわざ来てくれたのかい？」

「いいえ、大阪は、去年の春に引き払って、今は東京にいるんです」

「えっ、梨田。もう、会社辞めちゃったのかい？」

カウンター越しに聞いていた清田が、素っ頓狂な声を出した。

「うん、その話は、またあとでするよ」

清田に言ってから、私は文治のレースを観に行くことになったいきさつを説明した。

「そうか。『鈴丸』で聞いたのか」

「『鈴丸』、文治さん、知ってるんですか？」

「地元の選手が、よく顔を出す店だからな。噂では聞いてたよ」

文治は照れ臭いとき、眉をすこし動かす。引退レースを見に来てくれたことが、よほどうれしくて、照れ臭いのだろう。

「できたよ」

清田が、熱燗の徳利《とっくり》と一緒に寒ブリと鮪《まぐろ》、それに数の子の載った皿を、私と文治の前に置いた。

「おまえも、こっちに来て、飲めよ」

文治の言葉に、当然でしょ、と言って、清田がカウンターから出てくる。

「今、伊東の『鈴丸』の話をしてたな」

「なんだ、清田も知ってるのか？」

「知ってるさ。伊東じゃ、一番名の知られた旨い店だ。羨ましいぐらいに、商売は繁盛してるよ」

清田が私に、熱燗を注いでくれた。

「それで、文治さんへのプレゼント、ってのは？」

「じつは、これなんだ」

私はポケットのなかから、車券の束を取り出した。

「なんだ、車券じゃねえか」

文治が拍子抜けの顔をした。

「ええ。車券です。でも、ただの車券じゃない。僕の宝物みたいなものです。文治さんの引退レースの車券ですよ」

車券を手に取った文治が目を丸くしている。

「おまえ、これ全部、俺が一着の車券じゃねえか。それも、こんなに買って……」

清田も横から手を出し、文治の持っている車券に目を通す。

「梨田、いったい、いくら買ったんだ？」

「三十万だよ」

「三十万？」

清田が絶句して、文治に目をむける。

「よくもまあ、俺の頭でなんて勝負したもんだ。なにが来たって、大穴だったろ？」

「ええ、大穴でしたね」

私は笑って、文治のお猪口《ちょこ》に、熱燗を注いでやった。

「文治さんは一着だったけど、失格してしまった。でも、俺のなかでは、この車券は当たり車券なんです。文治さんは、一着を取るために、競輪人生のすべてを賭けて戦った。戦わずして、五着六着だったら、たぶん僕はガッカリしたとおもうんです。文治さんは、俺に教えてくれたんですよ。人生は戦うものだって」

「そうかい。うれしいことを言ってくれるじゃねえか。しかし、それにしたって、買いすぎだ。三十万といやあ、この『寿司春』の一ヶ月分の売り上げぐらいあるぞ」

「お金のことは気にしないでください。三十万というのは、僕にとっては意味のある数字なんです」

砂押のことまでは教えなかった。たぶん、清田や文治には、彼のような存在や生き方は理解してもらえないだろう。

「おまえの宝物なんだろ？　それなのに、なんで俺に渡す？」

「僕は、文治さんを信用してた。いつだったか、真夏に、競輪場で練習のようすを見せてくれたじゃないですか。あれ以来、僕は文治さんのファンになってしまった」

私は猪口の熱燗をグイと飲み干した。

あの日、文治は、炎天下で、若い競輪選手に交じって、必死の形相でペダルをこいでくれた。そして、競輪の戦法のイロハまで教えてくれた。それはまるで、私を競輪選手に育てているかのようだった。

「僕は文治さんを一着にした車券しか買いませんでしたけど、別に大穴を当てて儲《もう》けようとしたわけじゃないんですよ。あんなに必死になって練習する文治さんに敬意の念を示したかったんです。もし差し障りなかったら、この車券を、文治さんの弟子の若い選手たちに見せてやってください。そして、ファンから信用される選手になれ、とハッパをかけてやってください。なんといったって、この車券が証明ですから」

「なんだかわからねえが――」

文治がはにかんだ表情で、肩を大きく動かした。

「ともかく、そう言ってくれてうれしいよ。でも、この車券を全部、俺に渡しちまっていいのかい？　おまえも記念に、一枚ぐらい持ってちゃどうだい？」

「持ってますよ。文治さんが一着の単勝車券を。もっともそれは、三十万なんて金額じゃなくて、たったの百円ですけど」

私は笑って、熱燗を口に運んだ。

「おまえ、梨田、ナンていったっけ？」

「雅之《まさゆき》です。梨田雅之」

「じゃ、これからは、おまえじゃなくて、マー坊と呼ぼう」

「いいですよ。好きなように呼んでください」

私はもう一度笑って、文治の空のお猪口に熱燗を注いでやった。

「おい、マー坊」

文治がグビリと熱燗を飲んだ。

その横顔は、砂押とは似ても似つかないが、なんとなく砂押を彷彿《ほうふつ》させた。

「競輪でこんな賭け方をするのは、もうやめとくんだな。こういう張り方をするのは、やくざモンのやり方だ。俺の人生は、公営ギャンブルの片棒担ぎみたいなもんだったが、車券を飯の種にするような人種は、大嫌いだった。俺が走ってて一番うれしかったのは、ちっぽけな金額でも、一生懸命に応援しながら車券を買ってくれたファンがいることだった。チリも積もればナントヤラと言うだろう？　本当に競輪を愛して、俺たちの仕事を陰から支えてくれるのは、そういう人たちなんだ。マー坊、間違っても、車券で食うような人間にはなるんじゃねえぞ」

「ありがとう、文治さん。肝に銘じておきます」

私は文治の言葉がうれしくて、彼にむかって小さく頭を下げた。

「ところで――」

初めて気づいたように、文治が言った。

「まだ、新年の挨拶をしちゃいなかったな」

新年おめでとう、と言って、文治がお猪口を私にむけた。

「そうですね。おめでとうございます」

私も文治と清田にお猪口をかざした。

この一年、私はどんなふうに生きるのだろう。この世間にあることはなんでも経験しろ、と砂押は言った。ギャンブルに会社。こんな毎日ではつまらない。

そのときふと、坂本の話のことが頭に浮かんだ。

22

その日の夜、麻雀を切り上げた、エレキや魚一、小池たちを交じえて、したたかに酒を飲んだ。

なんの気兼ねもなく、なんの損得勘定も働かず、ただバカ話をしながら飲む酒のなんとおいしいことか。

私の東京での生活には、水穂やベティや姫子などの女友だち、いや恋人らしき存在はいるが、男友だちと呼べる人間はただのひとりもいない。

ベティはいつだったか、私のことを一匹狼《いっぴきおおかみ》みたいだと言って冷やかしたが、今の私の東京での生き方は、正にそのとおりなのかもしれない。

目覚めたのは、清田の部屋で、しかもすでに昼の十二時を回っていた。

「ようやく起きたのかい」

私の起きた気配に、清田の母親が顔を出した。

「スミマセン。酔い潰れちゃって。昨夜の記憶が飛んじゃってます」

「酒は酔うために飲むのさ。しかし、よほど東京での生活にストレスが溜まってたんだね。こんな家でよかったら、いつでも顔を出しにおいで」

お茶を淹れてあげるよ、と言って、母親はすぐに消えた。

布団をたたんでいると、母親がお茶を運んできてくれた。

「ありがとう。清田はどうしてるんです？」

「自転車に乗って、海岸に行ったよ。休みの日の、春雄の習慣さ」

笑った母親が私に座布団を勧め、母親も立て膝《ひざ》姿で、座布団に腰を下ろす。

「おばさんの、そういう姿を見ると、むかしおばさんがやってた花札賭博のシーンをおもい出しますね」

今も、たまにはやってるんですか？　と私は訊いた。

「もう、やめたよ。あたしが花札なんかやってたら、春雄に示しがつかんでしょ。この前マーちゃんが来たときにいた板前、クビにしちゃったから、今では春雄がひとりで寿司を握ってるんだよ。つまり、一家の大黒柱、ってわけ」

「どうして、クビにしちゃったんですか？」

「売り上げをチョロまかしてたからさ。こんな細々とした店で、売り上げをチョロまかされてたら、潰れちゃうじゃない」

お茶をすすって、母親が笑った。

「僕の知り合いの麻雀屋でも、お金を盗んで消えちゃったのがいましたよ。商売、っていうのは、他人に任せるもんじゃないんですね」

「人を見る目というのは難しいよ。あたしは信用してたんだけどね」

母親がたばこに火を点けながら言った。

「マーちゃん。ひとつだけ忠告しといてあげる。どうせマーちゃんに、勤め人なんて長くつづくわけはないし、もしなにかをやろうとおもったときには、人任せにすることだけはやめとくんだよ。世の中、信用できる人間なんて、ほんのひと握りなんだから、さ」

海岸までは、歩いても十五、六分だ。

私も無性に、冬の海が見たくなった。清田の母親にそう言うと、タンスから、厚手のコートと毛糸のマフラーを出してくれた。

「春雄のやつだけど、マーちゃんと体形も似たり寄ったりだから」

「ありがとう」

「冬の海風は冷たいから、長居しちゃ駄目よ。春雄は慣れっこだけど、マーちゃんは、もう都会っ子になってるから一発で風邪を引いてしまうよ」

家の裏に、もう一台自転車があるからそれを使いなさい、春雄はたぶん、漁港の先の海っぺりにいるよ、と母親は言った。

自転車に乗ることなんて、高校生のとき以来だ。あのころは、仲の良かった何人かと、休日にはよく、江の島のほうにサイクリングに行ったものだった。

ペダルをこいでいると、冬の冷たい風が頬を刺した。

すぐに漁港が見えてきた。わずか五、六分ほどしか自転車に乗らなかったのに、身体は火照《ほて》ってきて、吐く息も白い。

漁港に清田の姿はなかった。その脇道から海岸のほうに、更にペダルをこいだ。

冬の海風は冷たい、と清田の母親は言ったが、想像以上の冷たさだった。

浪打ち際《なみうちぎわ》の近くを歩く清田の姿が目に入った。

防風林の松に自転車を立て掛けてから、清田のほうにむかって歩いた。

砂浜の砂の感触は、高校生時代のことをおもい出させた。

風は冷たいが、晴れ渡った上空には、冬の太陽が輝いている。

白い砂浜、輝く太陽、寄せては返す波。すこし遠くには、江の島の島影が浮かんでいる。

私の胸のなかには、ジーンとするものが流れていた。

あのころは、ギャンブルも酒も女も知らなかった。毎日が受験勉強の日々で、大学に入学してからの生活のことなど考えもしなかった。私に与えられていたのは、ただ大学に入学しさえすればいいという目的だけで、先の人生に対する目的など、なにひとつとしてなかった。

今年で二十四歳。しかし考えてみれば、あのころと言っても、まだ六年ほどしか経ってはいないのだ。

私に気づいた清田が、手を振った。

「なんだい？　まだ寝てりゃいいのに」

「もう十分寝たさ。おまえがここに来ていると聞いたら、俺も無性に海が見たくなったんだ」

「そうかい。どうだ？　田舎の海はいいだろ？　都会のネオンと、どっちが好きだ？」

「落ち着くのは、こっちさ。でも、俺は都会の刺激に毒されてしまったから、田舎で暮らすのは、当分無理だな」

「梨田。おまえが羨ましいよ。本当は、俺も東京で生活したかったんだ」

そう言うと、清田は砂浜に落ちていた小石を摑んで、浪打ち際の遠くにむけて、力いっぱい投げつけた。

そのとき私は、清田の隠された本心に初めて気づいた。

これまで私は、清田は故郷のこの平塚が大好きで、他の土地に行くことなど微塵も考えたことはない、と勝手におもい込んでいたのだ。

清田の父親は、彼が幼いころ、他に女ができて、どこかに姿を消してしまった。以来、母親が女手ひとつで、清田を育ててきた。たぶん清田は、母親のために、ここでの生活をつづけていくとの覚悟を決めたにちがいない。

小石を投げた清田の横顔は、ふだんの顔とはちがって、どこか怒っているようで、それに孤独も感じさせた。

清田が私に顔をむけた。

「俺がここに来るのは、ガキのころに読んだ、マルコ・ポーロやマゼランの世界に憧れるからなんだ。この広い海のむこうは、いったいどうなっているんだ？　って、連中は小さいときから考えていたにちがいない。俺だって、そうさ。このちっぽけな田舎町で一生を終えたくはない。でも、母親が元気なうちは、絶対に離れないよ。それが俺の、唯一の親孝行だとおもっている」

でも見てのとおり、母親はあと三、四十年はピンピンしているな、と言って清田が笑った。清田は体形こそ、私と似ているが、じつのところは、服の下には強靭《きょうじん》な肉体が隠されている。中学生時代の不良たちは、一度清田に喧嘩を売って、完膚なきまでやっつけられ、以来、二度と彼には手を出さなくなったほどだ。

それに水泳も得意で、高校生時代の夏のある日、夜の海岸に二人で遊びに来たことがある。この平塚の海は海底が複雑で、遊泳禁止になっている区域が多いのだが、清田はその「遊泳禁止」の立て札を無視し、私が止めるのにも耳を貸さず、波のなかに飛び込んでしまった。そういう、無鉄砲な性格も併せ持っている。

「でもな……。俺は梨田とはちがって、学がないから、仮に東京に出るようになったって、やれることは、やくざぐらいなもんかな」

「バカなことを言うな。やくざは人間のクズだ。絶対にやくざなんてのに興味を持っちゃ駄目だ」

昨夜、文治たちとバカ話をしながら酒を飲んだが、私は大阪の一件については、一切口を噤《つぐ》んだ。あれは、私の世界での出来事であって、清田をはじめとする皆には、まったく縁のない話とおもったからだ。

「清田。おまえ、俺のことが今でも好きか？」

「当たり前だ。おまえは、ダチ公だよ。無二のな」

「なら、俺を信用しろ。詳しくは話せないが、この傷は、やくざモンに刺された跡だ」

私は清田に、脇腹の、今ではすっかり固まった傷を見せた。

「九死に一生だった。俺をこんな目に遭わせるのがやくざの世界だ。俺のことを無二の親友とおもうのなら、やくざになろうなんて、二度と考えるなよ」

冬の冷たい海風が、私の脇腹を直撃している。しかし私が清田を言い含めるにはこうするしかなかった。

23

正月休みを終え、四日から会社は動きはじめた。

前日に東京に帰ってきた私は、その夜、新宿の安いレートのフリー雀荘で二、三時間遊び、そのあとは、ひとりで、やはり安い一見のバーで飲んでから、部屋に戻って寝た。

深夜に電話が鳴ったが、出なかった。たぶん、ベティか水穂のどっちかだったのだろう。清田の打ち明け話を聞いて、私は風来坊のように生きられている自分を幸せ者だとおもった。それに、ベティと水穂、姫子という女までもいる。私は清田という男が好きだったし、酔っ払って眠気に勝てなかったこともあるが、じつのところは、ベティや水穂とお喋りすることが、清田に対して申し訳ないような気持ちが働いたからだ。

出社した日の朝、珍しくマーケティング局の全員が集められ、女性事務員が湯飲み茶碗を配った。入っていたのはお茶ではなく、日本酒だった。

松崎課長が司会をし、新木局長の新年の辞が述べられた。

「新年、おめでとう。今年は大阪万博も開催されるし、日本は飛躍の一年になるとおもう。広告業界もこの勢いに乗って、扱い高も飛躍的に伸びることになるでしょう。たぶん、昨年より、このマーケティング局も忙しくなるはずですが、健康にはくれぐれも注意してください。以上」

私がこの局長を気に入っている点のひとつは、グダグダと長広舌をしないことだ。局長の挨拶は自分にも酔っていないし、それ以上に、会社にも酔っていないような印象を受ける。つまり、早い話が、サラリーマン的ではないのだ。

会は、松崎課長が音頭を取った、乾盃でお開きとなった。

午後一番で、有村部長から社内電話がかかってきた。例の喫茶店で待っているという。顔を出すと、テーブルには、部長がひとりで座っていた。

「これ、年末に借りた金だ」

むかいの席に腰を下ろすなり、年始の言葉も口にせず、いきなり部長が分厚い封筒を私の前に置いた。

「チョッキリ、三百万。要らない、と言ったから、金利はつけていない。なにしろ、おまえからは、貸しをひとつ作ったと言われたからな」

部長の言葉には棘が感じられ、それに機嫌も少々悪い。

なかをたしかめてくれ、と部長は言ったが、そんな必要はありません、と首を振って、私は封筒を膝の上に置いた。

「あの女――、姫子とかいったかな――、彼女、どんな筋の女なんだ？　新宿のクラブのママと言ってたが、堅気じゃないだろ？」

「どういう意味です？」

「つまり、コレの女か？　ということだよ」

そう言って、コレ、部長が頰に指を斜めに走らせた。

「俺は、やくざモンとだけは関《かか》わりたくない。だから訊いている」

正直に話せよ、と有村部長が言った。

「ちがうとおもいますよ。僕も詳しくは知りませんけど」

私はとぼけて、通りかかったウェートレスにコーヒーを頼んだ。

「いつから、知ってるんだ？」

部長は執拗だった。

「大学の一年のときに、麻雀屋で知り合ったんですから、かれこれ五、六年になりますね。時々、彼女のクラブにも顔を出しますけど、そんな男の気配を感じたことは、ただの一度もありません。彼女、今、ひとりで四谷に住んでいますよ」

「ふ〜ん」

部長が疑わしそうな目で私を見、たばこに火を点けた。

そのとき私はピンときた。

姫子はあの日、部長が詰め込みやブッコ抜きのイカサマ麻雀を何度かやっていた、と私に言った。しかし、ポンやチーを入れて自摸《ツモ》順を狂わせたので、すべて不発に終わったけどね、と笑ってもいた。

たぶん部長は、その姫子の動きを察知していたにちがいない。こと、麻雀に関しては、プロ級の腕と自認している部長の目には、姫子は只者《ただもの》ではない、と映ったのだろう。

コーヒーが運ばれてきたので、砂糖を入れ、スプーンでかき混ぜながら、私は言った。

「彼女のことをそんなに気に入らなかったのなら、もう二度と声はかけませんよ」

だいいち、私もその気はなかった。

姫子はイカサマ麻雀を極度に嫌う。彼女にとって、麻雀というのは生活の糧でもなんでもなく、単なる息抜きのひとときというにすぎない。なにしろ、店の売り上げだけでも、ひと晩で二、三百万は優にあり、金に対してとてもきれいな女性なのだ。

もし今度、部長と卓を囲み、またしても部長がイカサマをやったとしたら、姫子の性格からして、黙っているわけがない。この前、黙って見過ごしたのは、私の立場を考えてのことだった、と彼女は言っていた。

「そうだな。そうしてくれ」

部長がたばこをくゆらせながら、言った。

「しかし、そんな機会も、もうあまりないだろうな。先日の麻雀、チョット、負けすぎた。じつは、正直なところ、少々、痛い。ついでに言うとだな――」

部長は一瞬言葉を濁したが、覚悟を決めたかのように、つづけた。

「おまえが推測しているとおり、俺は『お竜』とデキてしまった。しかし、あの麻雀のあと、別れたんだ。俺はもう、あいつの顔は二度と見たくない。ただし、あいつが入らない麻雀なら別だが」

なるほど、と私はおもった。きっと部長と桜子との間で、金をめぐる揉め事があったにちがいない。

「わかりました」

部長と桜子との関係のことなど、どうでもよかった。私はあっさりとうなずいた。

24

三時過ぎに、水穂から会社に電話がかかってきた。

——会社には電話しないように言われたけど、夜、部屋に電話をしても出ないから。

言い訳がましく、水穂が言った。

なるほど、きのうの深夜のコール音は水穂だったのか。

私は周囲の目を気にして、それで？　と短く訊いた。

——なによ。その、それで？　って？　わたしからの電話、うれしくないの？

そんなわけないだろ、と私はまた短く応えた。

——なら、いいわ。じつは、お姉さんがせっかくだからもっとのんびりしたい、と言って、温泉巡りをすることになっちゃったのよ。だから、東京に戻るのは、三、四日遅くなるわ。

「わかった。ゆっくりしておいで」

声をひそめて言ったのだが、胸のなかでは、ラッキー、ともつぶやいていた。

予定では、水穂はきょう四日の夕方までには帰ることになっていた。そして、帰ったらすぐに会おう、とも言われていた。

頭を悩ましていたのは、ベティのほうをどうするか、だった。姫始めはわたしよ。あの言葉が頭にこびりついている。まだ連絡はないが、退社時刻までには必ずベティから誘いの電話があるとおもっていた。

――なんだか、ちょっとうれしそうに聞こえるのは、わたしの耳のせい？

「ちがうよ。先輩から、新年会に誘われていたので、どうしよう、と迷っていたからさ」

――あら、もしきょう、わたしが帰ったとしても、その先輩のほうを優先したかもしれない、ということ？

「そんなあれこれ、会社の電話で話せるわけないだろ。東京に帰ったら、連絡してくれないか」

じゃ、切るよ、と言って、私は受話器を置いた。

たぶん電話でのやりとりが耳に入ったのだろう、隣席の菅田先輩が、ニヤニヤと笑っていた。

「スミマセン。私用電話で」

私は恥ずかしさを隠すようにして、苦笑を浮かべた。

「モテていいねえ。僕をダシに使えるようだったら、いつでも使っていいよ」

「いや、菅田先輩のつもりで言ったんじゃないんですが……」

「いいんだよ」

笑った菅田先輩が、私のほうに椅子を近づける。

「ところで、営業でのきみの評判はいいね。近々、きみを名指しで、新しい仕事の依頼がくるとおもうよ」

「どうして、先輩はそんなことを知ってるんです？」

「例のシャチの担当の営業から聞いたんだよ。名指ししてるのは有村部長らしいね」

頬にえくぼを浮かべると、菅田先輩は、椅子を元に戻してしまった。

案の定、退社間際の五時近くになって、ベティから社内電話がかかってきた。

私は松崎課長から頼まれた、紅茶の国内市場データの整理をしている最中だった。

――ねえ、たとえあったとしても、今夜のすべての約束は、キャンセルしてよ。

「そのつもりで、もうキャンセルしたよ」

幸い、隣に菅田先輩の姿はなく、私はふつうの声で返答した。

――よし、デカした。じゃ、六時に、あの喫茶店、というのはどう？　そのあとで、明治神宮に初詣《はつもうで》に行くというアイデアなの。

「神も仏も信じないクチだけど、ベティのためなら」

――調子がいいわね。でも、広告マンとしては、合格よ。

じゃあ、と言うと、ベティの電話は切れた。

データの整理を終えて、松崎課長のもとに持ってゆくと、二人で新年会をやらないか、と誘われた。

「もっと早く言ってくださいよ。もう、約束しちゃったんです」

「さっきかかってきた電話でかい？」

課長がニヤリと笑った。

すこし席が離れていても、どうやら課長は、見るところは見ているようだ。

「すみません。まあ、そういうことです」

「いいなあ、若い人は。俺なんて、家に帰ったって、クタびれた女房がいるだけだよ。正月の三ヶ日で、もうクタクタだよ」

じゃ、彼女によろしくな、と言って、課長は私を解放してくれた。

約束の六時に喫茶店に顔を出すと、着物姿のベティが笑っていた。

マーケティング局の女性事務員たちは、ふだんどおりの服装だったが、朝出勤したときには、着物姿の女性社員も数多く見かけていた。

「驚いたな」

席に座るなり、私は目を丸くしてみせた。

「どう？　ベティ様のこんな姿も、捨てたモンじゃないでしょ？」

「うん。とても似合ってる」

それは、正直な私の感想だった。

たぶん、水穂が着物を着たら、もっと派手で、華やかなのではないだろうか。

しかしベティの着物姿には、水穂では決して表せないような、良家育ちの雰囲気が漂っている。育ちというのは、いかんとも隠しようがない。

感心しながらベティを見た私だが、よからぬ考えもチラリと浮かんでいた。

ベティと寝る仲になってからは、いつもラブホテルを使っている。脱いだ着物を、ベティはまた、自分で着直せるのだろうか。

「誰かに手伝ってもらって着たのかい？」

「自分で着たのよ。着付けだって、習い事のひとつだったのよ」

ベティが笑ったあと、私に顔を近づけた。

「ユーの質問の意味はわかっているわ。この、スケベ」

タクシーに乗って明治神宮に顔を出し、初詣を終えた。

正月三ヶ日は、大盛況なのだろうが、さすがに四日ともなると、参拝客の姿もすくなく、チラホラと着物姿の女性がいるだけで、大半は勤めを終えての集団が多い。

おみくじを引いた。私は大吉で、ベティは小吉だった。

「すごいじゃない、大吉なんて」

ベティがはしゃいでいる。

「別に俺は、次郎吉《じろきち》でもよかったんだよ」

「梨田クン、絶対に今年、バチが当たるわよ。まさか、鼠小僧《ねずみこぞう》的なことをやってるんじゃないでしょうね？」

ドキリとした。有村部長に頼まれてやっている陰の仕事を見透かされているのかとおもってしまった。

「それで、なにを祈願したの？」

「ベティ様の健康と幸せ、それと、将来の事業がうまくいきますように、ってね」

「それ、本当なの？　自分のことはなにも？」

「俺は、風の吹くままにさ。神仏にお願いなんてしないよ」

「その考え、もう、やめたほうがいいわ。梨田クンは、社会人なのよ」

じつを言うと、私が祈願したのは、私がやるべきことを早く教えてほしい、というものだった。今のこの会社が、骨を埋める場所でないのはわかっている。しかし、かといって、正直なところ、私は自分の人生の目標を摑みあぐねていた。

「ゲスな質問だけど、その着物、すごく高価なんだろ？」

「たぶん、ね」

ベティが私に腕を絡めてきた。

「知らないのかい？」

「知ってるわ。でも、わたしのためじゃなく、父親の見栄のためよ。松の内には会社の人たちが沢山、家に訪ねてくるでしょ？　安っぽい着物は着せられないじゃない」

五百万はしたそうよ。それも、二枚も作ったんだから、と言って、ベティが赤い舌をチョロリと出した。

「なるほど……。五百万か……」

「成金趣味で、嫌いになった？」

「ベティが買ったわけじゃない。どんな高価な服を着てたって、それを脱いだ下は、俺の知ってるベティの身体だよ」

ベティが顔を赤らめ、握る私の手に力を込めた。

きょう、菅田先輩に、近々有村部長から名指しで、私に仕事がくる、と教えられた。

三百万を返してもらったときに、部長は、今年は忙しくなるから覚悟しておけよ、と言った。

銀行に三百万を入金したとき、たぶん裏の仕事を多くさせる気なのだろうな、とおもったものだ。

大吉か……。どうでもいいや、と私はおもった。風の吹くままに、とベティに言った言葉は、半分私の本心だったからだ。

姫始めは、約束どおり、ベティと果たした。着物を脱いだベティの身体は、このわずかな間に、驚くほど女性的、というか、成熟した女体になっていた。胸の隆起はピンとして張りがあり、腰から臀部《でんぶ》にかけてのラインは、流れるように美しい。

それにいつもとちがう着物の衣《きぬ》ずれの音は、どこか淫靡《いんび》で、ラブホテルというのが、更にその淫靡さに拍車をかけ、私の興奮は弥《いや》が上にも高まってしまった。

姫子は、仕事柄、着物をよく身にまとう。だから、姫子とラブホテルに入っても、今ではごく当たり前のように感じて、十八歳のときに姫子を初めて抱いたときのような新鮮味は、正直言ってもうない。

私が初めて知った女性は、美人喫茶のウェートレスをしていたテコだったが、女性との肉体的な交接のあれこれを教えてくれたのは姫子だった。姫子は、男女の肉体の細部について熟知しており、私にとっては、いわば、性におけるお師匠さんと言っても過言ではない。私は、その姫子に教わった性の技法を会うごとに、すこしずつ、ベティに施してきた。もしかしたら、その効果によって、ベティは急激に成人した女性への階段を駆け上がっているのかもしれない。

ベティとの姫始めを終えた五日後には、東京に戻ってきた水穂と寝た。

水穂はすこしずつ贅沢になり、私とのベッドは、ラブホテルではなく、四谷や赤坂のシティホテルを希望するようになっている。

年末の麻雀での私の勝ち金の半分を手にし、その内の半分は佳代ママへの借金返済に取られたとはいえ、百万ほどの金は手元に残っている。

たぶんその金で買い揃えたのだろう。水穂は、きらびやかなブランド物で全身を着飾っていた。

「ふ〜ん。益々、モデルやタレント、っぽくなるね」

「わたしがきれいになったほうが、マー君だって、うれしいでしょ？」

「俺は、ミホがミホだったら、それでいいんだ。ジーンズ姿のミホもミホだよ。そんな格好で大学に顔を出したら、周りから浮かないかい？」

「うちの学校では、こんなの平気で着てる子が多いし、それに、今ではもう、わたしがタレントプロダクションに入っているのも知られてきているから、あれこれ言われることもないわ」

私が水穂に渡した通帳には、これまで四度、有村部長から手渡された金を入金している。その総額は、およそ二百二十万ほどだ。最初のときこそ十五万の報酬だったが、回を重ねるごとに、増額してくれたからだ。

しかし、こんな使い方をしていたら、すぐに金欠になってしまうのではないか。

だがそれは、しょせん水穂の問題だった。

私はその夜、水穂を抱きながら、ベティとのちがいに気づいた。ベティは、ごく自然に、私と結ばれるが、水穂には、私に尽くそうという、どこか娼婦《しょうふ》的な要素が感じられた。

25

一月の半ば、松崎課長に呼ばれた。会議室に入る。

「じつはだな――」

課長がたばこに火を点けた。

「まだ早いとおもうんだが、きみを名指しで、営業から仕事の依頼がきた。なぜ名指しなのか、よくわからないんだが、きみは、有村部長と何回か麻雀をやったと言っていたね？」

「はい」

「そうか……」

課長は首を捻った。すこし不快げな表情を見せている。

マーケティング局とはいっても、新木局長は実務のほとんどは松崎課長に任せっきりで、仕事はめくら判を押すこととぐらいだ。それに、一日の大半、それどころか、週に、二、三日もデスクを空けることなどしょっ中だ。

「じつは、うちのクライアントであるM乳業が、今度外資のB社と合弁会社を作って、乳製品、特にチーズを主製品として国内販売をすることになった。そのプロジェクトのマーケティング局の担当として、有村部長が直々に、梨田クンを指名してきたんだ。だが、マーケティングの本格的な仕事なんてまだ一度もきみにやらせたことはないし、他のベテラン社員もいるので、断ったんだよ。菅田クンあたりでどうか、ってね」

菅田先輩に聞いていたとおりの展開だ。もしかしたら先輩は、その裏事情を知っていたのかもしれない。

私は、ひと言も発せず、課長の話に耳を傾けた。

「そうしたら、あの部長、それなら外部発注をするので、けっこうだなんて、言いやがった。心外だね。うちの社内でできる仕事を外部発注に回すなんて。まるで、このマーケティング局には人材がいない、と喧伝《けんでん》しているようなもんじゃないか」

課長の不快さの理由がわかった。自分の意向をまったく無視されたことで、面子が潰れたとおもっているのだ。

「きみ、できるかね？」

課長が、私の目をのぞき込むように、訊いた。

「馬鹿じゃない、と自惚《うぬぼ》れてはいます。ただ広告業務の経験が浅いので……」

「その点は、有村部長がフォローする、とまで言っている。しかし、なんでそこまで、きみに肩入れするのかな」

「ほめっこクラブ」のせいですよ、と課長に教えてやりたかった。

「断ってもいいんだが、やってみるかい？」

課長の表情は優しかった。たぶん、仕事で私がミスした場合のことを案じているにちがいない。

「やりますよ。もっと自惚れた言い方をすると、入社以来、私が見てきた営業部員たちの多くは、ボンクラばかりです。失敗を犯しても、そのボンクラたちの失敗よりも、大きな失敗だけは犯さない自信はあります」

「きみという人間はユニークだが、意見もユニークだ」

笑った課長は、じゃ、きみを担当ということにしよう、と言った。

26

二日後、一回目の会議だと言って、私は営業の会議室に呼ばれた。

プロジェクトチームは、M乳業のM、B社のBを取って、「MBチーム」と名付けられた。

しかし会議室に入って、おもわず私は笑ってしまった。知った顔ばかりだったたからだ。

営業の木下に、クリエイティブ局の竹内、それと新聞雑誌局の関口、あと、ラテ局の三十すぎの男とは初対面だったが、たぶん彼も「ほめっこクラブ」のメンバーなのだろう。お笑いだったのは、制作プロダクションの社長である、ヤギ面の矢木の顔まで揃っていたことだ。ラテ局の男が麻雀をやるのかどうかは知らないが、あとひとり加われば、すぐにでも麻雀卓が二つできそうなチーム構成だ。

「今更、紹介するまでもないな――」

有村部長が、ふと気づいたように、神谷と梨田は初対面だったな、と言った。

どうやらラテ局の男は、神谷という名前らしい。細いストライプの入ったスーツを着た、伊達《だて》男だ。テレビ局に出入りするうちにそうなったのか、元来が派手めなので、ラテ局に配属になったのかはわからなかった。

「神谷です。よろしく」

私より先に、神谷が頭を下げた。私も慌てて、自己紹介して、頭を下げ返した。なんといっても、神谷のほうが先輩なのだ。

しかし、この態度こそが、神谷の本領なのだろう。オツムの良し悪《あ》しより、接客術に長《た》けていたほうが、広告屋としては優秀だ。特に、この会社ではそうではないだろうか。

「きょうは顔を出していないが、『イー・アンド・エム』という制作プロダクションも、このチームに加わる」

そう言って、有村部長が、「イー・アンド・エム」という会社の説明をする。

イーは、エコノミクスの「E」、エムは、マーケティングの「M」。つまり、社名は、「E&M」ということになる。

「制作は、矢木社長との共同作業になるが、『E&M』は、梨田、おまえとの共同作業だ。社長は石原といって、俺とのつき合いも古い男だから、なんの心配もない」

次回は顔を出すから紹介するよ、と有村部長が、私に言った。

「きょうは、チームの顔合わせ的な意味合いが強いが、このプロジェクトチームの最終目的は、広告総予算の半分を獲得することだ。額は、七億円になる。次回は、今度日本で販売することになる、B社のアメリカでの製品もすべて揃えられるよ」

なにか質問は？　と部長が訊いた。

私は挙手して、訊いた。

「M乳業の担当者は、顔を出さないのですか？」

「そいつは、俺と木下でフォローする。フォローといったって、ゴルフと酒と女の接待だけだけどな」

そう言って、部長が笑った。

他からの質問は出ず、会議と称する一回目の顔合わせは、アッサリと終わった。

会議室を出ようとすると、有村部長が、私ひとりだけ残るよう言った。

全員の姿が消えると、有村部長が言った。

「じつは、ここだけの話だが、近々、おまえのところの局長が交替するよ」

「新木局長が、ですか……？」

初耳だったが、私は別に驚きはしなかった。直属の上司である松崎課長が替わるのなら、すこしは気になるが、新木局長はその上の最高責任者であって、私はただ、松崎課長に命じられた仕事をしていればいいだけのことだ。

「なんだ、さほど気にならないようだな」

「一週間いても、滅多に顔を合わせることもないですから。で、後釜《あとがま》には、誰が来るんですか？　松崎課長が昇格するんですか？」

「まさか」

笑って、有村部長がたばこに火を点けた。

「あの昼行灯《ひるあんどん》みたいなオッサンは、今の地位が分相応だよ。出世なんてしやせん」

外部からスカウトされた人物が来るんだよ、と部長は言った。

「松尾専務が直々に、スカウトした人物らしい。なんでも、大手家電メーカーで、開発企画部を任されていたとのことだ」

「なるほど」

私はうなずき、誰が来ても、私には関係ありませんから、とアッサリと言った。

「いかにもおまえらしい、と誉《ほ》めてやりたいところだが、こっちには関係があるんだ。仕事がやりにくくなるかもしれん。世の中には、なんにでも口を出すやつがいるからな」

部長の言わんとするところがわかった。新局長が来たら、彼のことを逐一、報告してほしい、ということなのだろう。

「松尾専務は、外部発注することに、あれこれとは言わない人なんだが……」

有村部長が浮かない顔をした。

「ご自身が、外部に制作プロダクションをいくつか持っているからでしょ？」

「ずいぶんと、アケスケに言うな」

部長が苦笑した。

「まあ、それも理由のひとつだな。それと、専務は、本社筋との対立で、ちっちゃなことまで目がむかないということもある」

「そのおかげで、部長も潤っているわけですね」

皮肉を込めて、私は言った。

「否定はせんが、俺ばかりじゃない。おまえにもしているように、俺は、俺の仕事を手伝ってくれるやつには、それなりの報酬を分けている。だって、考えてもみろ。今の給料でやっていけるか？　会社は、社員の犠牲に甘えてるのさ。広告屋、ってのは、いろいろと金がかかる。接待費やなんやかや、とな。だから大半の社員は、持ち出しを余儀なくされている。おまえは、隠し金がありそうだから、気にはならんだろうが……」

たばこの火を消し、部長が言った。

「まあ、そんなわけだから、今度の仕事では、『E&M』とは、うまくやってくれ」

「うまくやれ、とは？」

「多少のことには目を瞑って、彼らの言い分どおりにやってくれ、という意味だよ」

話は以上だ、と言うと、有村部長は腰を上げた。

27

「で、どうだい？　うまくやっていけそうかい？」

ウィスキーの水割りを飲みながら、松崎課長が訊いた。

「ええ。僕は適当な男だから、なんとかなるとおもいます」

私は笑って、焼き鳥の串《くし》に手を伸ばした。

渋谷の「のんべい横丁」。一杯飲《や》らないか、と課長に誘われ、ベティや水穂とも顔を出した、この店に連れてきた。

大学の後輩ということもあってか、松崎課長は、有村部長が直々に私を指名してきた今度の仕事に対して、まるで子供を旅に出したかのように案じている。

「まあ、きみは度胸もあるし、こっちのほうも良いから、心配はしてないがね」

そう言って、課長は自分の頭を指先でつついてみせた。

一九七〇年の　こんにちは――。

店内の有線放送からは、この三月に開幕する万博のテーマソングが流れている。

陽気に歌う三波春夫の歌声とは逆に、正直なところ、私の胸のなかは、課長に申し訳ない、という気持ちでいっぱいだった。

これほど私のことをおもってくれているのに、私は課長に隠れて、有村部長の裏の仕事の手助けをしている。もしそのことを知ったら、課長はどんな顔をするだろう。

「ところで――」

水割りのお替わりを頼んでから、課長が私に顔をむける。

「きみは、いつ、万博に行くつもりなんだい？」

「まだ、なにも決めてません。というか、絶対に行かなきゃ、駄目なんですか？　僕は、人がいっぱいいる、ああいうイベントは苦手なんですよ」

万博に出掛ける費用は、会社が面倒をみてくれることになっている。局内では、それを楽しみにしている社員も多い。菅田先輩などは、その筆頭だ。

広告マンとしては必ず行くべきよ。そう言って、ベティは私と万博に行くことを心待ちにしてもいる。しかし、私が課長に言ったことは、私の本心で、まだ若干迷っていた。

「きみの性格からすると、まあ、そうだろうな。でも、行ったほうがいいよ」

課長が隣の客に目をやってから、小声で言った。

「じつは、だな……。来月、うちの局長が交替するようなんだ」

「へぇ～、そうなんですか」

そのことは、すでに有村部長から聞いている。だが、すでに知っている、とは言えなかった。

「新木局長は、電鉄の本社に戻るらしいんだ。ところが、後任というのが、ひと癖もふた癖もありそうな人物と聞いている。会社が応援する、と言っているのに、拒めば、睨まれるかもしれない」

瞬間、私の迷いは消えた。新しい局長へのご機嫌取りからではない。そのトバッチリが課長にむかいかねない、とおもったからだ。

万博にはさほど興味などなかったが、ベティが言うように、広告会社で働いている以上、基礎知識だけは身につけておかねばならない。

したがって私は、時間の合間を見ては、資料室に入って、ひととおりのことを調べていた。

万国博覧会が最初に開かれたのは一八五一年の、ロンドンでだった。

その十一年後にもロンドンで開かれたのだが、そのときの万博には、福沢諭吉ら三十六名の使節団が派遣され、初めて目にする西洋の技術に諭吉らは度肝を抜かれたらしい。

以来、富国強兵・殖産興業を国是《こくぜ》とした日本は、その成果を示そうと、万博の誘致を試みるようになる。しかし、最初の一九〇七（明治四十）年は、世界から見向きもされず、二回目の一九四〇（昭和十五）年は、戦争によって流れてしまった。

つまり、今回の万博は、三度目の正直ということで、国の威信を懸けての一大イベントの感がある。マスコミも追随し、参加国や、各国のパビリオン、あるいは日本企業の展示館などに関する事前情報は、新聞各紙や雑誌などでも、大々的に取り上げられている。

なかでも、宇宙船のドッキング場面を展示するソ連館と、高圧エアドームのパビリオンに、

「月の石」や「アポロ11号」の実物大模型を展示するアメリカ館が人気になるだろう、と報じてもいた。

　私はにわか仕込みのそんな話を課長に披露した。

「きみなりに、いろいろと調べたわけだ」

「誰かとそんな話題になったとき、なにも知らないと、恥をかくだけですから」

「それだよ、それ。人間、恥をかきたくない、という気持ちが大切なんだ。だから、新しい局長のことはどうあれ、万博には一度、顔を出したほうがいい」

　なんなら、俺と一緒に行こうか？　と課長が言った。

「ありがたいお話ですけど、気ままなひとり旅が好きなんです。それに、大阪に行くことになれば、個人的に会いたい人もいますから」

　ベティと一緒に行くなんて、口が裂けても言えない。必ず行くことだけは約束します、と言って、私は煙に巻いた。

「そうだったな。きみは、大阪で武勇伝を持ってたんだよな」

　課長が笑った。

　私はまた、課長に対して、申し訳なくおもった。こんなに良くしてくれるのに、隠し事が多すぎる。

「おばさん。今夜は、『流しの新一』さんは、顔を出さないの？」

　常連らしき客と話をしていたおばさんに、私は声をかけた。

答えの替わりに、おばさんは店の入り口を指差した。入ってきたのは、ギターを抱えた、「流しの新一」だった。

「ほう、こりゃ、懐かしい。流しの歌なんて聞くのは、何年ぶりだろう」

松崎課長が相好《そうごう》を崩した。

28

「MBチーム」の二回目の会議は、一週間後に開かれた。

前回、有村部長が言ったように、私と共同作業をするという、「E&M」の社長の石原という人物も顔を出した。

石原は、有村部長とほぼ同世代で、ラテ局の神谷と同じく、服装も派手めなら、調子の良さも似たり寄ったりで、いかにも広告業界に出入りしそうなタイプの男だった。

よろしく、と名刺を渡した私に、笑顔を絶やさず、低姿勢で、頭を下げる。

デスクの上には、今度、日本市場に参入することになるという、B社のアメリカでの製品が並べられていた。いずれも、チーズで、なかでも最大の目玉になるのは、スライスされている製品とのことだった。

有村部長の説明で、そのスライスチーズを手に取ってみた。

厚さ数ミリにスライスされたチーズは、一枚毎《ごと》に真空パックされている。

私はチーズをほとんど食さないし、スーパーや百貨店の食品売場でも、乳製品のコーナーなどのぞいたこともない。したがって、今現在、この手の商品が市場に出回っているのかどうかも、まったく知らなかった。

「梨田は、石原社長と一緒になって、日本のチーズ市場の分析をやってくれ。シェアや個人嗜好《しこう》、それとチーズを使っての料理レシピ——、考えられることについて、すべてだ」

「わかりました」

うなずきはしたものの、内心私は、さて、どうしたものか、と考えあぐねた。これは、マーケティングのプロの仕事ではないか、との不安も頭をよぎる。

「心配はないよ」

まるで私の胸の内を見透かしたように、有村部長が言った。

「石原社長は、その道のプロだ。社長にすべてを任せて、おまえは、社長が挙げたデータに目を通して、意見を添えればいい。『E&M』は、そのための外部会社なんだ」

外部会社と部長は言ったが、その声のニュアンスには、下請け会社なんだ、という高飛車な響きが込められていた。

「ネーミングとかパッケージとか、販売戦略とか、そうした諸々《もろもろ》は、石原社長と梨田とで揃えてくれたデータを見たあと、ということになるな」

それまでに、なにかおもいついたアイデアがあれば、言ってくれ、と言うと、部長はアッサリと会議の終了を告げた。

前回の会議もそうだったが、私が有村部長を唯一、評価する点は、ダラダラとした会議はしないことだ。

裏を返せば、すでに部長の頭のなかには、彼流の宣伝プランがあるということだろう。もっと裏を返せば、他人の意見などまったく聞く耳を持たない、絶対的権力者とも言える。つまりは、単なる噂ではなく、有村部長は切れ者なのだ。

有村部長は、私と石原社長には話があるので残るよう、言った。

内線電話で、コーヒーを三つ持ってくるよう、言っている。

「ところで、梨田。松崎課長から聞いたんだが、おまえ、本格的なマーケティングの仕事は、今回が初めてなんだそうだな」

名指しで私を招集したくせに、部長の口調には私を半分、小馬鹿にしたような響きがある。

「ええ。マーケティングとは名ばかりの、チョロチョロとした仕事のいくつかはやりましたけど」

「いいさ。なんにだって最初はある。そうやって、新人は育っていくんだ」

ねえ、社長、と言って、部長が石原を見て笑った。

その笑みのなかには、さっき石原の会社を下請け会社なんだ、と見下したような高飛車な影は消えていた。

女性事務員がコーヒーを運んできて、私たちの前に置くと、一礼して、すぐに退室した。

「で、早速なんだが——」

コーヒーにひと口、くちをつけると、部長が鞄《かばん》のなかから、分厚い書類を取り出した。その表紙には「社外秘」のスタンプが押されている。

「これは、M乳業の担当課長から、こっそりと手渡された、M乳業社内の㊙資料だよ。こんな大切な物を、なぜ課長が俺に渡してくれたか、わかるか？」

得意げな顔で、部長が私に訊いた。

「部長に対する信任が厚いからでしょ？」

私は適当なオベンチャラで誤魔化した。

前回の会議で有村部長は、M乳業の担当者のことは、俺と木下に任せておけ、と自信ありげに言った。ゴルフと酒と女の接待だけだがな、と笑ってもいた。たぶんもうひとつ、つけ加えるなら、個人的な金も絡んでいるにちがいない、と私は薄々見当をつけた。

「信任がねぇ……。それもないとは言わんが、じつは課長は、今回の仕事では、うちをメイン代理店にしたいと願っている。それで、この俺に、『社外秘』扱いのこの資料を渡してくれたんだ。このなかには、M乳業の今度の仕事に対する取り組み方が、詳細に書かれている。大体がだな――」

そう言って、部長がたばこを口にくわえた。すかさず石原がライターを擦り、部長のたばこに火を差し出す。

「こんな大きな仕事をするのに、M乳業社内で事前調査をしないわけないだろ？　さっき俺は二人に、マーケティングに関わるすべての資料収集と分析をするように言ったが、その答えは、すべてこのなかに書かれている。きみたちにしてほしいのは、ここに書かれていることに沿って、仕事をやることだけだよ」

どうだい？　簡単なことだろう？　と言って、部長がニヤリと笑った。

「社長のやるべきことはだな——」

有村部長が新しいたばこを手に取った。

すかさずまた、石原がライターの火を点ける。

そのしぐさに、おもわず私は腹のなかで笑ってしまった。これでは社長とは名ばかりで、番頭にかしずく丁稚《でっち》みたいなものだ。

「この㊙資料を後押しするような市場調査の原案を作ることだ。商品のコンセプトも然《しか》りだ。料理のレシピに関しては、こちらの意図を理解してくれる料理研究家を何人かピックアップすること、そして料理好きな著名人の何人かも探してほしい。梨田——」

部長が私に顔をむける。

「おまえの仕事は、社長が企画するそうした諸々に関わる費用の見積り書に目を通すことと、社長の手助けをすることの二つだ」

「見積り書と言われても……」

初めての経験なのに、出された見積もりが妥当なのかどうか、その判断を私が簡単にできるわけもない。

「なに、社長は経験が豊富だ。これまでにも、俺と一緒に何度も仕事をしてきているしな。

社長の出す見積もりに、修正など、ほとんど必要ないよ。おまえが目を通したあとに、俺がチェックするから心配ない」

「まるで僕は、お人形さんですね」

「お人形さんか……」

部長が笑った。

「新人のお人形さんは、そうやって仕事を覚えて、広告マンに育っていくんだよ」

私には薄々、察しがついた。石原が出す見積り書は、易々《やすやす》と通過するだろう。なにしろ、実力者である有村部長の許可印が押されているのだ。そして会社から、石原の「E&M」に、金が支払われ、その金の何パーセントかは、キックバックとして、部長の懐に還元される。

つまり、私は裏金作りの体《てい》の良い操り人形でしかないのだ。

まあ、いいだろう。別に私は不正を正す正義漢でもないし、道徳家でもない。なにより、もう部長の陰の仕事に手を染めてもいるのだ。どういう流れで仕事をするのか、それを見てみたい気持ちも強かった。

「じゃ、そういうことで——」

私から特に反発がなかったことに、有村部長は内心、ほっ、としたのかもしれない。

今後もよろしくな、と言うと、部長は会議室から出て行った。

「部長、いつもあんな調子なんですか？」

私はコーヒーを飲んでから、石原に訊いた。コーヒーは冷めていて、ちょっぴり苦かった。

「そうですよ。でも、部長は切れ者ですし、これまでにも、数々の実績を残している。私たちは部長の指示に従っていればいいんですよ」

石原の表情は、それでこっちの懐が潤えばなんの文句もない、とでも言いたげだった。

「じゃ、企画の原案を作成したら連絡を入れます」

M乳業からの㊙資料を鞄に入れると、私に一礼して、石原は会議室から出て行った。

29

久しぶりに、ベティと夕食をすることになった。正月明けに会って以来だから、半月以上ぶりになる。

場所は、彼女が最近仕事で知ったという、西麻布のイタリアンレストランだった。

夜、部屋にかかってくる電話では何度か話しているのだが、営業に異動となってからは、なんやかやと忙しく、帰宅はいつも、夜遅くになるらしい。そのせいだろうか、ベティの顔には、若干疲労の色がある。

生ハムが売り、とのことだが、なるほどと唸るほどに旨かった。酒はベティが選んだ、赤ワインだった。

「クライアントの担当者がこの店を贔屓にしていて、イタリアンを食べるなら、ここを使ってくれ、と言われたのよ」

「クライアント、って、S化粧品かい？」

ベティがS化粧品の担当になっていることは知っている。

「そうよ」

言ったあと、ベティが笑ってつけ加えた。

「梨田クンがなにを想像しているのか、わかってるわ。でも心配御無用。相手は五十すぎのオッサンだし、しかも部長という要職だから、変なことなんてないから」

「なるほど。それなら心配は要らないな」

口ではそう言ったが、私が心配していたのは、ベティの顔色だった。いつもは白くて血色のいい彼女の顔色は、すこし土気色で、肌も若干、艶《つや》がない。

「ベティ、身体は大丈夫なのかい？　すこし痩《や》せたような気もするし」

「心配してくれて、ありがとう。でも、大丈夫。ベティ様は、ヤワじゃないから」

そんなことより、とベティが言った。

「梨田クン、今、有村部長のプロジェクトチームのメンバーなんだってね。わたし、きょう、知ったのよ。電話で話しているときに、どうしてなにも教えてくれなかったの？」

「威張れるような内容じゃないからだよ。プロジェクトチームといったって、大半が社内麻雀のメンバーで、俺の役割なんて、外部の下請け会社のコントロールをするだけさ。創造性、ゼロ」

「わたしだって似たようなものよ。ただ忙しいだけで、使いっ走りに毛の生えたような仕事。

それに、若い女性の営業社員が珍しいらしくて、いつも接待役に名指しされてしまう。想像していた営業のイメージとちがって、ちょっとガッカリよ」

「なるほど。じゃ、今夜は互いの慰労会、ってとこだな」

私は若干、後ろめたかった。有村部長との裏の仕事のことは隠しているし、今度の「MBチーム」の裏のカラクリのことだって、教えるわけにはいかない。

「二人のデートに、慰労会なんて冠をつけると、楽しくなくなっちゃう。そんなんじゃなくて、今夜は二人のための夜よ」

ベティが笑って、私のワイングラスにワインを注ごうとしたとき、急に顔の血の気が失《う》せて、椅子から崩れ落ちた。

「おい、ベティ。どうした?」

私は慌てて、ベティの身体を抱きかかえた。ベティの顔は蒼白《そうはく》で、唇は軽く痙攣《けいれん》している。

「大丈夫ですか?」

店のマネージャーが奥から飛んできた。隣席のカップルも、心配げに、私とベティを見つめている。

「救急車を呼びましょう」

マネージャーが私に言った。

「大丈夫よ。やめて」

私に抱きかかえられたベティが、薄目を開けて、首を振った。

「しかし……」

「ちょっと、貧血を起こしただけ」

ヨロヨロと、ベティが立ち上がる。顔にはすこし、血色が戻っている。

「梨田クン、ゴメンね。家に帰って休むわ。送ってくれる？」

「もちろんだよ」

私はマネージャーに、勘定をしてくれるよう、言った。

「本当に、大丈夫ですか？」

マネージャーが不安そうに、ベティに訊く。

「大丈夫です。すこし休めば、すぐに元気になります。でも、このことは、S化粧品の川崎部長には、内緒にしてください。心配されるのは嫌ですから」

「わかりました」

マネージャーが持ってきた精算書を見て、私は代金を払い、ベティの腰に手を回して、店を出た。

通りかかった空車を止め、ベティを乗せてから、私は彼女に身体を密着させて支えた。ベティが私の手をしっかりと握っている。彼女のてのひらは汗ばんでいて、熱かった。

「楽しい夜になるはずだったのに、ゴメンね」

「なに、言ってんだ。それより、こんなこと、初めてなのか？」

「初めてよ。ちょっと、疲れが溜まってたみたい」

「一度、病院で診てもらったほうがいい」

「そうね……。そうするわ」

そう言ったきり、ベティは私の肩に頭を預けて、黙り込んだ。

貧血？　あんなに元気で、いつも溌剌《はつらつ》として笑顔を絶やさないベティが貧血に襲われたことが、私には信じられなかった。

そのとき、ふと、香澄のことをおもい出した。香澄は、舞台稽古の最中に倒れ、入院した。私には内緒にしていたが、香澄は妊娠《にんしん》していたのだ。そして流産をし、以来、彼女は心を病んで、舞台女優への道を断念してしまった。そして、挙げ句……。

私はその記憶を追い払うようにして、ベティの横顔を盗み見た。

彼女は目を閉じて、じっとしていた。

もしかして……。そうではないのか……。

首を振ったとき、自由が丘のベティのマンションが見えてきた。

その夜、私は初めてベティの部屋で夜を明かした。

これまでにも何度か、泊まっていくことを勧められたことはあるが、私はその都度、曖昧《あいまい》な返事で断っていた。逆に、ベティを自分の部屋に誘ったこともない。

それは香澄との同棲生活で、同棲という男女のかたちが、自分という人間には不適当で、窮屈なものである、と考え、いや惧れていたためである。ベティの部屋に一度でも泊まれば、結局、なしくずしのように、同棲をはじめるような気がしていたのだ。

しかし、体調不良で倒れてしまったベティを、部屋に送っただけで踵《きびす》を返すのは、あまりにも彼女に対して不誠実な気がした。

ベッドで身体を寄せ合い眠ったが、もちろん、抱くことはしなかった。たぶんベティもそれを望まなかったのだろう。静かに私の腕のなかで、寝息を立てるだけだった。

ベッドの枕元には、昨年、ベストセラーになった、E・デボノの『水平思考の世界』と、P・F・ドラッカーの『断絶の時代』の二冊が置かれていた。

ベティが眠りに落ちてから、枕元の灯りを点けて、その両方の本の頁をパラパラと走り読みしたが、すぐに諦めて、閉じてしまった。

私にはなにも言わなかったが、陰でこっそりと、こういう本を読んで勉強しているベティに対して、気後れを感じると同時に、愛《いと》しい気持ちも益々強くなった。

五年後を目途《めど》に独立するつもりだ、とベティは言ったが、その言葉どおり、彼女は今の世の中、そしてこれからの社会に対しての見識を広めているにちがいない。

それに引き換え、この自分はどうだろう。会社から給料を貰《もら》いながら、陰ではこっそりと、会社を裏切るような仕事もしている。そればかりか、ベティとはちがって、自分がどう生きてゆくべきなのかの、明確な指針すらも持てずにいる。己を恥じる気持ちでいっぱいになってしまった。

ベティの心地よさそうな寝息は、私を安心させもしたが、まどろむだけで、私は浅い眠りを取っただけだった。

窓の外が白みはじめたころ、私は枕元の目覚まし時計を七時にセットして、そっとベッドから這《は》い出た。ベティは、毎朝七時に起床して、それから出勤することを知っていたからだ。テーブルに置いてあったボールペンとメモ用紙を使って、走り書きをした。

グッスリ眠っているので部屋に帰るよ。ベティにお願いなどしたことはないが、これは初めてのお願いだ。必ず、きょうかあした、病院に行くことを約束してほしい。仕事もいいけど、身体を大切にするんだよ。

ちょっと考え、名前は、梨田ではなく、雅之と記した。

部屋を出るとき、背後から、ありがとう、というベティの声を聞いたような気がして振り返ったが、ベティの寝姿に変化はなかった。

早朝の空気は刺すように冷たかった。そのなかを、私は自由が丘の駅を目指して、トボトボと歩いた。

30

二日後の夕刻、ベティから社内電話があった。

病院で診てもらったが、単なる過労だから心配は要らない、と言う。

——じゃ、近々、またね。雅之クン。

最後の、雅之クン、は送話口に口をつけたようで、とても小声だった。

本当に過労だけだったのだろうか。受話器を置いた私は、どこか心に引っかかるものを感じた。ベティの口調も、変に私を気遣っていたようにおもえたのは、気のせいだっただろうか。

昨夜、水穂から部屋に電話があり、あしたの夕食を奢ってよ、と言われた。

今は忙しいので無理だ、と断ったのだが、途端に彼女は不機嫌になり、じゃ、六本木のあのお店でいいわ、と言って、例のおカマのママのスナックで九時に会うことを無理矢理、承諾させられた。

むろん忙しいというのは口実だった。

M乳業の㊙資料は石原が持ち帰ってしまって、私はまだ中身を見ていない。いずれ、私のもとに戻されるのだろうが、「MBチーム」に組み込まれた以上、日本のチーズ市場ぐらい理解しておく必要がある。今の私にとっては、資料室から引っ張り出した、チーズに関する諸々の資料に目を通すことが、唯一の、仕事らしい仕事だった。

ベティが倒れてしまった……。彼女の寝顔を見ていたとき、私は彼女を愛しはじめている自分を自覚した。次に、私がおもったことは、水穂をどうするか、だった。

水穂のことは嫌いではない。愛しているのか？　と自分に問えば、正直なところ、わからなかった。その迷いが、ベティのこともあって、水穂と会うことへの躊躇《ためら》いとなっていたのだった。

五時を回った。資料を整理し終えて、たばこを吹かしていると、局内では、「たぶんクン」との愛称で呼ばれている二十代後半の社員から声をかけられた。小脇に抱えているのは、折り畳み式の将棋盤《しょうぎ》で、彼は局内一の将棋好きで知られている。

彼の本名は、大森明美。下の明美という名は、まるで女の子のような、アケミというのが正式な呼称なのだが、それがいつしか、メイビと呼ばれるようになり、何事に対しても、たぶん、と受け応えするのが癖ということもあって、メイビ——MAYBE、この英語を和訳して、たぶん、になった、と菅田先輩からは聞かされていた。

「きみ、将棋、できるかい？」

「ええ、まあ。自己流ですけど」

「たばこを吹かしているところを見ると、すこし時間がありそうだね。一局、手合わせをしないかい？」

なかなか愛嬌のある人物だから「たぶんクン」と言われるのだろう。私も、局内では比較的好印象を抱いている内のひとりだった。

水穂との約束は九時。それまで、どこかでブラリと、ひとりで食事をして時間を潰すつもりだったが、おカマのママの店で焼きうどんでも食べればいい。

やりましょう、と言って私は、「たぶんクン」にうなずいた。

椅子の上に将棋盤を置いての「たぶんクン」との将棋は、十五分ほどつづいたが、結局、私が負けた。

「きみは、なかなか強いね」

大森が感心したように、言った。

「小学生のころ、近所の将棋好きのオッサンに仕込まれたのと、負けん気が強いだけですよ」

それは事実だった。印刷会社の植字工をやっていたオッサンは、無類の将棋好きで、私を可愛がってくれたものだ。

「それで、麻雀も強いのかな？」

大森が笑った。

「そんな噂があるんですか？」

「きみが知らないだけで、うちの局では、きみとだけは、麻雀をしない、と皆が言っているよ」

どこからそんな噂が流れ出たのかはわからないが、たぶん、営業の誰かが喋ったにちがいない。

「きみの将棋は、攻め一本槍《いっぽんやり》だけど、なかなか鋭いよ。定石と守りを覚えたら、もっと強くなる」

「そこまで、熱中する気はないですよ」

私は笑って、たばこに火を点けた。

「きみの評判は、営業のなかでは、なかなかだそうだ。今度の仕事も、きみが名指しされたそうだね」

大森もたばこを取り出した。

なにが言いたいのだろう。たばこに火を点ける大森を見ながら、私は内心訝った。しかし大森の表情からは、嫌味を言うとか、嫉妬しているとか、そんな点は微塵も感じられなかった。

「たぶん……」

大森が、彼の口癖である、決まり文句を口ずさんだ。

「きみの性格は、どちらにも当てはまらないいな」

「どういう意味です？」

「将棋の世界では、有名な話があるんだ。ある著名な好敵手の二人が、こう言った。将棋というのは、最善の手を指して勝つべきものだ――。その一方で、相手はこう言った。人間は過ちを犯す動物だから、相手の悪手を待っていれば勝てる、ってね。つまり、きみは、そのどちらの性格でもない、という意味だよ」

「ふ～ん」

先輩社員に対して、ふ～ん、とうなずくのは失礼極まりないが、私はおもわず、そうつぶやいてしまった。

たしかに私はこれまでの人生で、これが最善の手だなどと考えて生きてきたことはない。と同時に、相手の過ちを待つほど、相手のことに関心を抱いたこともない。

ベティと水穂。二人の顔をおもい浮かべる私の頭のなかは混乱した。まあ、いいさ、と胸のなかでつぶやいていると、もう一局やらないか、と大森は言った。

彼の将棋は、私の悪手を待つスタイルだ。いくらやっても勝てないのはわかっていたが、私は、いいですよ、と答えて、将棋の駒《こま》を並べはじめた。

大森とは結局、四回、将棋を指し、私の全敗だった。

しかし将棋の勝ち負けは別にして、大森は私に好印象を抱いたようだった。四回戦目を終えたとき、今度、一緒に飲みに行こう、と笑顔で言うと、彼は帰り支度をはじめた。

31

退社した私は、書店をぶらりとのぞき、ベティの部屋の枕元にあった、P・F・ドラッカーの『断絶の時代』を買って喫茶店で時間を潰した。

なかなか難解な本で、頁を繰るのに苦労した。

知識が情報を変える？　継続の時代から変化の時代へ？

頭のなかが混乱して時計を見ると、水穂と約束した九時の、十五分前だった。

喫茶店を出て、おカマのママの店にタクシーを走らせた。

店のドアを開けると、ジュークボックスから流れる、昨年の大ヒット曲、奥村チヨの歌う「恋の奴隷」が私を迎えてくれた。

カウンターに、水穂の姿があった。真っ赤なセーターを着ている。

「遅刻じゃないぜ」

水穂の隣に腰を下ろし、私はこれ見よがしに、腕時計を見た。あと、一、二分で九時になるところだった。

「なによ、遅刻、って。学校や会社じゃあるまいし。女の子を待たせるなんて、サイテー。ふつう、男が先に待ってるものよ」

水穂がふくれっ面をした。今夜の食事を断られたのがよほど気に入らないらしい。

私は無視して、おカマのママに、焼きうどんとウィスキーの水割りを頼んだ。

「ずいぶんと久しぶりじゃない。水穂とは終わったのかとおもってたわ」

「うるさい」

水穂の剣幕に、ママが私にウィンクして、水割りを置いてから、焼きうどんを作りはじめた。

「今年に入ってからのマー君、どこか変だわ。まさか、こんなすてきなわたしをさし置いて、新しい彼女でも作ったんじゃないでしょうね」

「なんだ？　焼きモチかい？　今は仕事が忙しいんだよ」

「本当に仕事なら許してあげる。いろいろと、報告があるから、会いたかったのよ」

水穂は、セーターと同じように赤い、カクテルのようなものを飲んでいた。グイ、とひと口飲むと、誇らしげな顔で言った。

「もしかしたら、わたしたち、この五月にデビューするかもしれない」

わたしたち？　デビュー？　私は首を傾げて、言った。

「たち、って、なんだい？　デビュー？　もうしてるじゃないか」

「これまでのは、片手間のお仕事よ。テレビに出るかもしれない、っていうこと。それと、たち、っていうのは、三人で、ユニットを組むからなの。ユニットの名前はまだ決まっていないけど」

「なるほど。スターになれるかどうか、の勝負というわけだ」

水割りを飲みながら、私は小脇に置いた『断絶の時代』の表紙を、そっとなでた。

焼きうどんを食べながら、水穂の話を聞いた。

空腹だったので、洒落たイタリア料理や、高価な寿司などより、はるかに旨く感じた。

「今、ね。歌の特訓をしているのよ。『スリー・キャッツ』、って覚えてるでしょ？」

「スリー・キャッツ」。たしか十年ほど前に「黄色いさくらんぼ」という歌が大ヒットした女性三人組のユニットだ。私は、記憶にある歌詞を、軽く口ずさんでみせた。

「若〜い娘は、ウッフ〜ン、てやつかい？」

「そう、それよ」

「それで？」

私は、焼きうどんを箸《はし》でつまみ、口に運んだ。

訊きはしたが、頭のなかでは、別のことを考えていた。たぶんクン——大森との四戦目の将棋のことだった。勝てそうな局面だったのに、私が悪手を指したばかりに、簡単に逆転されてしまった。あそこは、７八銀成りだったな……。

「あの路線で、新しくユニットを結成するのよ。プロダクションの社長が、絶対にウケる、って言うの」

焼きうどんを食べ終え、私はおカマのママに、空いた皿を下げてくれるよう、言った。

「ねぇ、聞いてるの？」

水穂が口を尖らせた。

「ああ、聞いてるよ。つまり、お色気作戦、ってわけだ」

水穂に目をやって、私は水割りを喉に流し込んだ。

近ごろめっきりと垢抜けしてきた水穂は、口を尖らせる表情にも、大人びた色気を感じさせる。

「マー君、どうおもう？」

「俺に訊かれてもね。だって、事務所の方針なんだろ？」

「そうだけど……、ウケるかどうかを訊いてるのよ。マー君は、麻雀のプロみたいなもんだし、そういう鼻は利くでしょ？」

「満貫《マンガン》を上がれるかもしれないし、お流れになるかもしれない。でも、上がれようと、お流れになろうと、どっちでもいいじゃないか。ミホは若いんだし、なにかの目的にむかって突き進むことに意味があるんだよ」

「本当に、そうおもってくれる？」

水穂の機嫌が急によくなった。ママ、お替わり、と言って、空のカクテルグラスを振ってみせた。

二人の若い女の子。ひとりは、将来の起業を夢見て、E・デボノやP・F・ドラッカーなどの難解な本を勉強している。もうひとりは、華やかな芸能界を夢見て、金儲けのことしか頭にない大人に言われるがままに動いている。

人間というのは面白いな、と私はおもった。

生まれたときは、どちらも、ギャーギャーと泣き叫ぶだけの赤ん坊だったのに、それから二十年も経つと、こんなふうに、まったくちがう枝葉に分かれていってしまう。

水割りを飲みながら、ふぅ〜、と私は嘆息を洩らした。

「なによ、その嘆息。わたしと久々に会ったというのに、失礼じゃない。退屈なの？」

機嫌を直したのも束《つか》の間、水穂がまたへそを曲げた。

「ちがうよ。ミホがどんどん、遠くに行ってしまうような気がしたからさ」

心にもないことを平気で口にできてしまう自分に、私は自分ながら呆れた。

「バカね。遠くになんて行かないわよ。現に、こうして、マー君と一緒にお酒を飲んでるじゃない」

でもな――、私は声のトーンを落として、水穂に言った。

「事務所がそんなふうにしてミホを売り出そうとするのなら、ミホの陰に男がいることに、いい顔はしないいんじゃないのかい？」

「でも、マー君のことなんて、わかりっこないじゃない」

「そうでもないさ。壁に耳アリ、障子にナントカ、さ」

そっと見るんだよ、と言って、私はカウンターの一番奥に座っている三十前後の男のことを教えた。

その男は、私が水穂の横に座ってから、まるで私と水穂をチェックするように、時々ぶしつけな視線を送ってきていた。

「あの男《ひと》がどうかしたの？　ごくふつうのサラリーマンのようじゃない」

「ふつうに見えるやつが、一番危ないんだよ。サラリーマンの最大の武器は、ふつうに見えるようにすることなんだ。目立てば、叩かれるし、あまり地味だと、埋没してしまう。ふつうに見えるようにするのは、大変なんだ。個性を殺さなきゃいけないし、ね。だから、ストレスがいっぱい溜まってしまう」

「なにを言いたいの」

水穂がカクテルをひと口飲んで、首を傾げた。

「若い娘は、ウッフ〜ン」

私はもう一度、「黄色いさくらんぼ」のワンフレーズを口ずさんでから、言った。

「つまり、今度、ミホたちがやろうとしているユニットというのは、彼のようなタイプの男たちを虜《とりこ》にしよう、ってわけだろ？　だから気をつけなきゃ、ってことだよ」

「事務所に、チクられるということ？」

「人気が出れば、ね」

「じゃ、人気が出なかったら？」

さも、おかしそうに、水穂が笑った。

「アッサリと、今の生活に見切りをつけられるかい？　周囲には名の売れたタレントはいない。この前行ったような、ゴージャスな店にも出入りできない。今、ミホが着ているような最新の、高価なファッションとも、おサラバなんだぜ。人間というのは、一度味わった蜜《みつ》の味は、なかなか忘れられないものだよ」

「そのときは、わたし、マー君と結婚するわ」

「結婚？」

アッケラカンと言った水穂の言葉に、おもわず私は、ムセそうになった。

その日私は、水穂が私と寝たがっていることに気づいてはいたが、あしたは仕事で朝が早い、との口実で、店を出るなり、自分の部屋に帰ってしまった。

結婚？　水穂の口から出た言葉に、私は少々、うろたえていた。

初めての女性はテコ。次は、姫子。それから、香澄、和枝、ベティ——。これまで寝た彼女らのなかで、結婚の二文字を口にした女性なんて、ただのひとりだっていない。だいいち、この私ですら、そんなことを考えたことすらなかった。

それなのに、まだ女子大生の水穂が、まるで当然の如く、私と結婚する、とアッサリと言ってのけた。

姉の援助で大学に通い、タレントになるための費用は私に頼り、挙げ句、もしその道が閉ざされたときには、私と結婚する？

冗談じゃない……。時間が経つにつれ、私は水穂のその考え方に、うろたえを通り越して、呆れる気持ちのほうを強くしてしまった。

その一方で、私が水穂をそんな目で見るようになった根底には、ベティの存在があることにも気づいていた。

無性にベティの声が聞きたくなり、彼女の部屋に電話してみたが、コール音が鳴るばかりだった。どうやら彼女は、また今夜も遅いようだ。

32

今月――一月の最終日に、松崎課長が前日に通達を出したとおり、朝十時には、マーケティング局の全員が顔を揃えた。新木局長の姿もある。

「きょうを以《もっ》て、長年、我々をお世話してくださった新木局長が、本社の電鉄に戻られることになりました」

そう言って、松崎課長が新木局長に挨拶のバトンタッチをした。

「今、課長が話したとおり、私はきょうで、皆さんとお別れになる。でも、これは終生のお別れということじゃない。かのマッカーサーは言いました。アイ・シャル・リターン、と。

今はその心境です。皆さん、お元気で」

局長の挨拶は、短いものだったが、その言葉の端々には、私がベティから聞かされていた社内抗争の匂いが感じられた。

では、これで――。局員の拍手に手を挙げて応えると、例のセカセカとした足取りで、局長は何事もなかったような顔で、フロアを後にした。

デスクに戻ると、隣の菅田先輩が、私に言った。

「局長の最後の挨拶、なんとなく、キナ臭かったね」

「今や、いざなぎ景気で平和ボケ。でも、僕は好きですよ、ああいう人」

私は笑った。

「で、新任の今度の局長の噂、聞いている？」

「いえ、まったく」

若干の情報は、有村部長から得ていたが、私は首を振って、とぼけた。

「松尾専務がスカウトしたらしいけど、どうやら、新木局長とは正反対のタイプの人物だってさ」

まるでハリウッド映画の俳優みたいに、菅田先輩が、肩をシュリンクしてみせた。

翌日の、二月最初の日、松崎課長の再度の通達で、朝の十時に、局員の全員がフロアに勢揃いした。

課長の横には、背丈百八十センチは優にありそうな、恰幅《かっぷく》の良い男が立っていた。黒々とした頭髪のオールバック。やや派手めなスーツとネクタイ。そして、伊達眼鏡ではないかと見間違えそうな、黒縁の眼鏡をかけている。

「新木前局長の後任の、田代新局長を紹介します。田代局長は、大手家電メーカー、N電器で、長年にわたって新製品の開発に携わり、松尾専務も期待されている方です」

では、お願いします、と言って、松崎課長が田代局長に頭を下げる。

大手家電メーカーのN電器？　私が大学を卒業して初めて就職したS電機の隣町に本社を構える日本最大の家電メーカーだ。出身がどこかは知らないが、つまり田代局長は、長年、大阪にいたということだ。

「皆さん、おはようございます」

自信満々の顔で、田代局長が頭を下げる。

面喰らったように、居並ぶ局員たちも、おはようございます、と取ってつけたように、頭を下げる。しかたなく、私も頭を下げた。

新木局長は、間違っても、こんな大仰な挨拶はしない。軽いノリ、と言っては失礼だが、すくなくとも、もっと気さくな挨拶をする人だった。

「私のことを知っていただくために、少々、自己紹介の弁を述べさせていただきます」

そう前置きして、田代局長が東大出身であることや、N電器において自分が開発した商品のことを、自慢たらしく長々と喋りはじめた。

たぶん、五十ぐらいだろうが、年齢のことについては、なにも触れなかった。

なるほど――。前日に菅田先輩から聞かされたとおり、新木前局長とは、真逆のキャラと言ってよさそうだ。新木前局長は、自分の自慢になるような話など一切しなかったし、むしろ、自慢話は恥ずべきこと、とおもっているようなフシさえ見受けられた。

まるで高級官僚だな。田代局長の話をあくび半分で聞く私の、それが彼に対する偽らざる感想だった。

やれやれ、と私はおもった。私が最も苦手とするタイプの人物が、ここの大将となってしまった。その大将の下で、これから働かなくてはならないのだ。

「では、今後、力を合わせて、このマーケティング局を発展させていきましょう」

三十分ほどかけて、田代局長の挨拶は終わったが、私の見るところ、誰もがウンザリした顔をしていた。そればかりか、挨拶が終わったというのに、拍手すらも起こらなかった。

見かねたように、松崎課長が手を叩く。しかたなくとでもいうように、追随の拍手が起きたが、私はシラッとした気分になって、拍手もせずに、ただうつむいていた。

33

その日の午後、有村部長から社内電話があり、例の喫茶店に呼び出された。

顔を出すと、部長は、「E&M」の石原社長となにやら相談をしていた。

「おう、来たか。そこに座れよ」

部長に言われるままに、私は石原社長の隣に腰を下ろした。

「で、どうだ？　今度の新任の局長は？」

「今朝、初めて挨拶があったばかりですし、まだ、なにもわかりませんよ」

田代新局長に対する印象も感想も、私はなにひとつとして言う気はなかった。

「そうか。じゃ、おまえに、とっておきの情報を教えてやろう」

有村部長がニヤリと笑った。

「やっこさんが、なぜN電器のような大企業を辞めて、うちみたいな中堅の広告代理店に来たかというとだな――」

これだよ、これ、と言って、部長が右手の小指を立てた。

「女……、ですか？」

「そういうこと」

部長がうなずいた。

私は隣の石原に、チラリと目をむけた。社内の人間ならまだしも、彼は外部の、しかも下請け会社の社長だ。こんな話を聞かせていいのだろうか。

お構いなしに、部長がつづけた。

「仕事はできたみたいだが、なにしろ、酒と女には滅法目がないらしくてな。会社の女に手を出して、問題を起こしたとのことだ。クリエイティブの、小久保局長、知ってるだろ？」

「顔だけは……」

私は曖昧に答えた。

小久保局長の顔は知っているが、話したことなど一度もない。しかし、いつかベティから聞いたことはある。

彼もまた、松尾専務がスカウトしてきた人物で、専務の腰巾着《こしぎんちゃく》のような存在らしい。会社に来る前は、デザイン畑の世界では、そこそこに名の売れた人間だったとのことだ。

「田代を松尾専務に紹介したのは、小久保局長だよ。なんでも、田代のN電器時代、新製品開発の仕事で、二人は知り合いになったらしい」

「そんな話を聞かせるために、僕を呼んだのですか？」

社内の力関係の話など、どうでもいいし、興味もない。私は鼻白んだ顔で、有村部長に言った。

「おまえの、その、我関せず、みたいなところも、俺は気に入ってるよ。言いたいのは、だな――」

部長がくわえたたばこに、石原がライターの火を差し出す。

「人間、性癖、ってのは、一生直らんということだよ」

きっとまた、うちの会社でも同じことを繰り返すだろうよ、と言って、部長がたばこの煙を勢いよく吐いた。

この話はこれで終わりだ、と言うと、有村部長が横の椅子の上に置いてある書類を私に差し出した。

この前、部長が石原に渡したM乳業の「社外秘」の資料だった。しかし表紙の「社外秘」の文字は、黒のマジックインキで塗り潰されていた。

「おまえも、それに目を通しておけよ。『社外秘』と記された書類は、いくらなんでもマズイから消しておいた」

それと——、部長が石原に顎《あご》をしゃくった。

「部長にはもう見てもらいましたけど、今度の仕事の見積り書です」

そう言って、石原がアタッシェケースのなかから、茶色い紙封筒を取り出した。

最初から、自分の役目は操り人形の、そのまた手足でしかない、との認識を持ってはいたが、これでは正にそのとおりだ。仕事の順序からすると、まず私が目を通し、それから部長の決裁を貰うというのが筋だろう。もう部長が見ているというのなら、私の出る幕はない。

「部長がチェックしたのなら、もう、僕が見る必要はないでしょ」

私は紙封筒を開ける気にもならなかった。

私の言葉が意外というか、想像外だったのだろう。石原がドギマギした顔をする。

「まあ、そう、ムクれるな。他の仕事の打ち合わせがあったんで、社長は先に俺に見せてくれたんだ」

私をなだめるように、有村部長が言った。

「まあ、いいですけど……」

正直、どうでもよかった。社内での立場なんてことに、私は興味もない。

紙封筒から書類を引っ張り出し、視線を走らせた。

市場調査費、消費者調査費、味覚テスト費、料理研究家によるレシピ作成費――、その他にもいろいろな項目が並べられ、その総額は、一千万ぐらいになっている。

「こんなにかかるんですか？」

それは、私の正直な感想だった。

これまでに私は、マーケティング局にストックしてある過去の事例の大半に目を通している。ざっと見つくろっても、その半分ぐらいの費用でできそうな気がした。それに、M乳業の㊙資料まであるのだ。

「どうってことないよ。アカウントの半分以上は、うちに決まっているようなもんだし、原価費用に組み込んでしまえばいいんだ」

事も無げに、部長は言った。その口調には、おまえはもう俺の仲間なんだぞ、とでも言いたげな響きがある。

きっと、この内の二、三百万は、キックバックとして、部長の懐に入るにちがいない。

「わかりました」

どうぞお好きに、と言いたい気分だった。

「じゃ、一、二週間以内に、そこに上がっている項目の実施案を石原社長に提出してもらおう」

話は終わりだ、と言って、有村部長はたばこの火を消した。

34

新任の田代局長が来てからというもの、マーケティング局の空気が微妙に変わってしまった。

これまでは、良い意味でノンビリとしていたのだが、局員たちは皆一様に、どこかピリピリとしている。

それは、田代局長が終日、局長デスクにいるせいだ。いるだけならまだしも、全員の仕事ぶりを観察しているフシがある。

そして、就任してから三日目には、田代局長は、局員ひとりひとりの個別面接までするようになった。古参の局員から順番にはじめたので、私はまだだった。

田代局長のいない昼の休憩時間には、局員たちが集まって、局長の悪口を並べている。つまり、まったくの不人気ということだ。

それも無理はない。彼らはずっとこの職場で働かなければならないのだし、今の重々しいこの空気ではストレスが溜まってしまう。

私はというと、呑気《のんき》なものだった。この会社に骨を埋める気などサラサラないし、いざとなれば辞めればいい。したがって、新木局長の時代と同じように、マイペースを決め込んでいた。

夕刻、私は新聞の株式欄を見ていた。

昨年の秋に、一千万を投じて買った二つの株はいずれも値上がりして、すでに三割近くも利を生んでいた。

株で儲けようというつもりで手を出したわけではなく、銀行に放っておくのも能がないとおもって買っただけなのだが、三割近くの利益額といえば、私と同世代の人たちの年収をはるかに超えている。

この好景気だ。金に余裕があって株に興味のある人間の多くは、株に投資していることだろう。そして、よほどの失敗でもしなければ、儲けているはずだ。だが、株を買う余裕のない人間は、ただ指をくわえて見ているしかない。早い話が、この資本主義の世の中では、金のある人間のもとに、金が集まる仕組みになっているのだ。

かといって、私は今ある金のすべてを株に投入する気など、微塵もなかった。それをやりはじめると歯止めが利かなくなることは、大阪時代の相場の勝負で、身を以て知っている。株へ使う資金は、一千万だけ、と決めていた。

「ふ〜ん」

肩越しのつぶやきに目をやると、たぶんクン——大森が私を見つめていた。

「きみ、株なんてやるの？」

「いえ、見てるだけです。今、どんな業種が注目を集めているのか、それぐらいは知っておこうとおもって」

この前、将棋の手合わせをしてからというもの、大森は時々、私に話しかけてくるようになっていた。

「勉強家なんだな。株の欄で世の中の動向を知ろうとするところを見ると、きみは実践派というわけだ」

笑った大森が、どうだね？　と言って、将棋を指すしぐさをした。

35

翌日の昼、地下鉄で渋谷まで行き、N証券の渋谷支店に顔を出した。

この好景気に、昼休みということも手伝ってか、店内には近隣のサラリーマン風の人たちの姿もかなり見られた。彼らには、株に投資する余裕があるということなのだろう。

私の担当者は、若杉という、三十前後の男だったが、数分待たされただけで、彼は来客用の小さな応接室に私を案内した。

一千万の現金を手にして、初めてこの支店に顔を出したときに応対に出たのが若杉だったが、彼はちょっと驚いた顔をしていた。

たぶん、彼よりも数段若い私が、一千万もの大金を持っているのが意外だったのだろう。

あのとき私は彼に、取引をするにあたって守ってほしいことがある、と申し出た。

それは、彼のほうから、私の会社や自宅には、一切電話をしないこと、というものだった。

株屋の営業マンというのは、一旦《いったん》顧客になると、こちらの場所や時間なんてお構いなしに、推奨銘柄うんぬんとか称して、ひっきりなしに勧誘の電話をかけてくる。もっと多額の投資をさせたいのと、売買を重ねさせることによって、手数料稼ぎをしたいからだ。株屋独特のそういう体質について、私は大阪時代の相場経験で、嫌というほどおもい知らされていた。

必要なときには、私から連絡を入れるし、株の売買に関しては、電話ではなく、私が直接ここに顔を出して指示をする——。そう私が言うと、最初彼は嫌な顔をしたが、私の話の端々から、株の経験者との判断をしたのだろう、結局、渋々顔で承諾した。

「で、きょうは?」

若林が訊いた。

私は彼に、後場で今保有している二銘柄を成り行きで売り、その金でM乳業を一千万、やはり成り行きで買ってくれるように言った。

「M乳業……、ですか?」

若杉が首を傾げた。M乳業の株価は、ここ一年ほど、ほとんど動きらしい動きはしていない。買ったところで、たぶん、利益など取れないだろう。

それでいい、と私はおもっていた。「MBチーム」が解散するまで、持っておこう、と単純に考えてのことだった。

「残った利益金は、私の銀行口座に。それと、売買報告書は、私の自宅のほうに」

前回の対応で、私にはどんな甘言も通用しない、と判断したのだろう。若杉は、わかりました、と言うと、諦め顔で腰を上げた。

店内の赤電話から、坂本に電話を入れた。昼食時なので不在かとおもったが、すぐに、電話は坂本に回された。

――久しぶりだな。どうした？

「例の仕事、どうなった？」

――例の？　ああ、通販の件か？

やることにしたよ、今、会社を作る準備をしている、と坂本は言った。

「資本金は？」

――二千万だが……。

「ひと口、乗るよ。ただし、三百万だけだけどな」

私は言った。

36

夕刻、ベティから社内電話があった。久々に、夜の仕事から解放されたので食事をしよう、という。

昼の電話で、仕事を終えてから虎ノ門の会社に顔を出す、と坂本には言ったのだが、ベティの申し出のほうが、何百倍も大切だ。私はベティに、ＯＫの返事をして、久しぶりに西麻布の寿司屋で待ち合わせることにした。

すぐに坂本に電話を入れ、顔を出すのは、また今度にするよ、と私は言った。

――どうした？　気が変わったのか？

「いや、変わらないよ。大切な用事ができたんだ」

――金より大切なこと、ってのは、女しかないな。水穂、頑張ってるみたいじゃないか。

雑誌にモデルとして出ていた水穂を見たよ、と坂本は言った。

どうやら坂本は、今夜の相手は水穂とおもい込んでいるようだ。

「みたいだな。皆、それぞれの道、ってことだよ」

じゃ、また――、と言って、私は電話を切った。

そのとき私は、自分に注がれる視線をなんとなく感じた。

松崎課長のデスクのほうに顔をむけると、私を見ている田代局長と視線が合った。どうやら、私に視線を注いでいたのは、田代局長のようだった。

田代局長が腰を上げて、私のほうに歩いてきた。

たぶん私用電話は慎め、とでも叱責《しっせき》されるのだろう。

「きみ、梨田クンだったたね」

「ええ」

覚悟して、私はうなずいた。

「ちょっと、いいかな」

田代局長が、応接室のほうに顎をしゃくった。

そのようすを見ていたらしい大森と目が合った。彼は、お気の毒とでもいうように、さもおかしそうに笑った。

応接室のソファに田代局長が座るのを待って、私もむかいのソファに腰を下ろした。

「私に、なにか？」

なんの話か確信はしていたが、私はとぼけて、訊いた。

「きみ、S電機にいたらしいな」

案に相違して、田代局長の問いは、まったく別だった。

「ええ。いた、と言っても、わずか三ヶ月ほどでしたけど……」

「どうして辞めたんだね？」

「つまらなかった……。こんな答えでは、答えになっていませんか？」

突然、田代局長が声を出して笑った。

「なるほど。きみは、なかなかユニークなキャラをしている。で、今度の、今の仕事は気に入っている？」

「気に入るもなにも……。まだ一年も経ってはいませんし。でも、前の仕事よりは数段、マシですね」

「そうか。マシか」

田代局長がまた笑った。

ところで――。田代局長が笑いを引っ込めて、私の目をのぞき込む。

「きみの仕事の時間の半分を、私にくれんかね？」

仕事の時間の半分？　私は意味が解せないという顔で、訊き返した。

「言われている意味がわからないんですが」

「つまりだな。一日の半分の時間を、私の助手的な仕事に使ってくれないか、ということだよ」

「秘書？」

「まあ、そんなものだ。なにしろ、この会社に来て、私はまだ日が浅い。そのせいか、局内の古参社員たちと、どうもシックリとはいってない気がする。だからきみに、潤滑油的な役割をしてほしいんだ」

「それ、本気ですか？」

「冗談で、こんなこと頼めるかい？」

「なぜ、私に？」

「大阪のS電機とN電器は、隣町同士で、互いの社長も親戚という間柄だった。つまり、そこで働いていたきみと私は、満更赤の他人というわけでもないだろ？　もうひとつ、つけ加えると、きみはユニークだし、少々のことがあったって、動じないだろ？」

田代局長とは、赤の他人じゃない？　その論理の飛躍に、私は内心苦笑していた。

そんな私を、局長はたばこに火を点けて、じっと見つめている。

局内の社員の大半は、この新任の田代局長を嫌っているが、正直なところ、私は好きではないにしろ、それほど嫌っているわけでもない。むしろ、外様《とざま》というだけで冷たい目で見られていることに、かすかな同情も感じていた。私も外様だから、同じような身の上だ。

しかし私がマーケティング局で働いているのは、小野人事部長の指示と、それに賛同した砂押の言葉があったからだ。田代局長の秘書まがいの仕事をするために働いているわけではない。マーケティングの仕事は、将来の自分に役立つが、小間使いの秘書みたいなことをやって、私にどんなメリットがあるというのか。

「それは、業務命令ですか？　それとも、局長の個人的な要望ですか？」

私は訊いた。

「そんなことはどうでもいいじゃないか。その区分けになんか意味があるのかね？」

「業務命令なら、答えはノーですから、辞表を提出します。個人的な要望でも、やはりノーですけど、その場合は、局長に嫌われながら仕事をつづけます」

「なるほど。意味は大きくちがうわけだ」

たばこの灰を払い、局長がニヤリと笑った。

「わかった。今の話はなかったことにしてくれ。しかし、私は益々、きみが気に入ったよ。サラリーマンらしくなくて、とてもいい」

たばこの火を灰皿に押し潰し、田代局長は部屋から出て行った。

37

約束の七時を二十分ほど回っても、ベティは来なかった。

すでに私は、十分ほど前から熱燗をひとりで飲んでいた。

カウンターは半分ほど埋まっているが、全員が四十すぎの人たちばかりで、二十代前半の私が、ひとりで熱燗を傾けている図は、どこか似合わないのかもしれない。

そのせいだろう、私とは数席離れた席にいる紳士然とした五十代の男が、まるで珍しい人種でも見るような目で、時々私のほうに顔をむけることに気づいていた。

無理もない。同じ寿司屋でも、この西麻布の店は、飛びっきりに高く、社用で来る以外、私のような若造が出入りできるわけがないからだ。

時計にチラリと目をやると、店主の親爺から、カウンター越しに声をかけられた。

「お連れさん、遅いようだね」

「ええ。今、忙しいみたいだから、遅れてるんでしょう」

「会社のほうは、慣れたのかい？」

「無理矢理、慣れさせてます。音を上げたんじゃや、砂押先生の顔に泥を塗ることになりますから」

「いいことだ。人間、辛抱が大切だよ」

これ、旨いよ、と言って、親爺がトリ貝の刺身の何切れかを、私の前に置いてくれた。

七時半になったとき、さすがに私は心配になった。ベティは、これまでに約束の時間に遅れたことなどなかったし、それに、この間はイタリアンレストランで、倒れてもいる。

親爺が私に、顎をしゃくった。見ると、ベティが入ってくるところだった。

「ゴメン。急な仕事が入っちゃったんだ」

「いいよ。閉店までだって、待ちつづけるつもりだった」

「おもってもないことを平気で言うのね」

私の脇腹をつねると、ベティは脱いだコートと白いマフラーを、女性従業員に預けた。

私はちょっと安心した。いつものベティと同じだ。

「すごい寒いわ。雪でも降るんじゃないかしら」

二月も半ば。例年、いつもこの時期が一番寒く、ひと雪降ったりすると、ようやく春めいてくる。

「大将、わたしにもお猪口、くれます？」

ベティの声に、親爺が笑みを浮かべて、お猪口を置いた。

「仲、いいね。二人は、大学の先輩、後輩ってとこかな」

「アラ、同級生よ。大学じゃなくて、今の会社でだけど」

「ほう。会社が一緒なのかい。でも、同僚って間柄にゃ見えねえな」

「じゃ、どう見えるの？」

「内緒だ。寿司屋は、口が堅いんだよ」

親爺がニヤリと笑って、ソッポをむいた。

ベティが私の猪口に熱燗を注いで、言った。

「梨田クンに、ちょっと相談があるんだ……」

「相談？」

猪口を口に運び、私はベティの顔を見た。

「梨田クン。ほら、万博に一緒に行こう、って約束したじゃない。あれ、四月の初めでどう？」

「なんだ、そんなことか」

あらたまった口調で相談などと言うから、私はもっとちがう話かとおもっていた。

「好きにしたらいいよ。任せる、って、言っただろ」

万博の開幕は、もう一ヶ月後に迫っている。そのせいか、このところの新聞や雑誌では、以前にも増して、万博の記事が目立つようになっている。

しかし、四月の初めでは、まだ開幕からさほど経っていないし、場内は大混雑ではないだろうか。

「じゃ、日程とかは、わたしに任せてね」

「でも、四月の初めなんて、すごく混んでるんじゃないのかい？」

「混雑なんて、いつ行っても一緒よ。それに、どうしても、その時期にしたいの」

ベティが猪口を手に取り、一気に飲み干した。すこし、むせる。

「熱燗なんだ。チョビチョビ飲めばいいんだよ」

私は親爺に、酒のつまみになにかを切ってくれるよう、頼んだ。

「わたしは、たくあんと玉子でいいわ」

「なんだ。寿司ネタは、大好物じゃないか」

「いいのよ。なんとなく、きょうは生物《なまもの》は食べたくないの」

「なら、他の店にしよう、と言えばよかったじゃないか」

「でも、梨田クン、このお店好きじゃない」

サラリと言い、ベティは、ウィスキーの水割りにしてもいい？　と私に訊いた。

「じゃ、俺もそれにしよう」

私は親爺に、バランタインの水割りを二つ作ってくれるよう、言った。

「じつは、わたしの相談事というのは、万博に行ったあとのことなのよ」

「どういう意味だい？」

私は残りの熱燗を飲み干した。

「わたし……」

ちょっと迷い顔をしてから、ベティが言った。

「四月いっぱいで、会社を辞めよう、とおもってるの」

「四月いっぱいで会社を辞める？」

私はおうむ返しに訊いたが、あまりに突然の話に、すこし動揺していた。

「なにか、嫌なことでもあったのか？」

「そういうわけじゃないわ」

親爺がバランタインの水割り二つを、私とベティの前に置いた。

その水割りを手に持って、すこしだけ口をつけてから、ベティが言った。

「わたし、留学しよう、とおもってるの」

「留学？　それはまた、突然の話だな」

驚きと動揺を隠すように、私はバランタインの水割りを口に含んだ。

「留学なんて話、これまでに一度も聞いたことがないけど、ずっと胸に秘めていたのかい？」

「大学生のときには、漠然とした希望を抱いてなくもなかった。でも、実行に移すほどの勇気がなくてね」

ベティが小さく、笑って、水割りをひと口、飲む。

「その希望がぶり返すようになったのは、二つの理由からよ。ひとつはほら知ってのとおり、今、うちの家庭がゴタついてるでしょ？　原因の根っこは、わたしなの。わたし、家のなかでは、浮いた存在で、邪魔者扱い。義父《ちち》にも、義きょうだいにも反抗的だし。お母さん、わたしを連れて家を出てもいいなんて言ったりするほど、今は最悪の状態なのよ」

「だから、って留学かい？」

「今の揉め事を鎮めるには、わたしが家族の皆と距離を置くのが一番だとおもう。それも、同じ日本じゃなくて、遠く離れた外国。そうすれば、お母さんも、家を出てゆくなんてこと、言わなくなるわ。お母さん、もう年だし、今更家を出たって、どうにもなるもんじゃないわ」

「ふ〜ん」

すごく飛躍した理屈のようにおもえて、私は鼻を鳴らした。

「それで、二つ目は？」

「営業への異動願いは、以前に話したように、将来を見据えてのものだった。でも、実際に営業に移ってみてわかったわ。今のうちの会社の営業の仕事って、学生時代に習った広告の理論とは、まったくの別物だって。わたしがやっているのは、単なる雑務の連絡係。それと、夜の接待の芸者役よ。つまり、わたしの将来には、なんの役にも立たないわけ。このままだと、あっという間に時間が経って、すぐに三十になっちゃう。それだったら、広告の先進国であるアメリカに留学して、勉強したほうがマシ。四、五年もしたら、日本の広告業界も変わっているとおもうし……」

ベティがチラリと私を見る。

「でも、わたしが留学を断念する途がないこともないわ」

わかる？　とベティが訊いた。

「会社を辞めて、さっさと独立しちゃう……？」

「実力もないのに、今そんなことしたって、すぐに潰れちゃうわ。ホント、鈍感なんだから」

すねたような顔をして、ベティが水割りの残りを飲み干した。

「鈍感？　俺がかい？」

「そうよ。梨田クン、って、女の子のこと、わかっているようでいて、じつはなにもわかってないのね」

ベティが親爺に、水割りのお替わりを頼んだ。

鈍感？　俺が？　私は内心苦笑していた。

そのとき私は、ふと気になった。

この間のイタリアンレストランで、ベティは体調不良で倒れた。そして今夜は、あれほど好きな寿司ネタを肴にして酒を飲まない。生物は欲しくないという。

もしかして……。

「ベティ……。もしかしてだけど……」

私はベティの腹部にチラリと目をやった。

「もしかして？　なによ？」

ベティがすました顔で、水割りに口をつけた。

その表情に私は、湧《わ》き上がった自分の疑念を振り払った。

「いや、なんでもない」

「そう……、なんでもないというわけね……」

ベティがつまみの玉子焼きをひと切れ、口に放り込んだ。

「梨田クンはまだ若いし、なにより自由が好きだし、これからなにをやるのか、その目的も定まっていない。だから、わたしをお嫁さんにする気なんて、ないでしょ？」

「お嫁さん？　結婚ということかい？」

「そう、結婚」

ベティが私を見て、笑った。

「わたし、梨田クンに、結婚して、なんて迫るつもりないから安心して。でも、四、五年先だったらわからないわ。梨田クンもいい大人になっているし、わたしだって、そう。それに、遠くに離れていれば、わたしの良さを再確認してくれるかもしれないし」

「つまり、なにかい？　留学を断念する途、っていうのは、俺と結婚する、ってことかい？」

「まあ、そうだけど、無理な話よね。それに、今の梨田クンとでは、たとえ結婚したとしても、二、三年もしないで、すぐに破綻《はたん》してしまうわ。だからわたし、待ってみることにしたの、四、五年……。でも、ただ待つだけじゃ、能がないから、留学して勉強する。もし、その四、五年の間に、梨田クンに新しい恋人ができたら、わたし、諦めるわ」

「そんなこと言ってもだな……。そんなに離れていたら、ベティのほうにこそ、新しい恋人ができるかもしれない」

「わたしは、できないわ。自信がある」

「そんなこと、わかりゃしないよ。人生なんて、一寸先のことだって、わかりゃしないんだよ」

「でも、わたしにはわかるの」

自信満々の顔で言ったが、ベティの表情はどこか悲しげだった。

先日は、水穂の口から、結婚の二文字が出た。そして今度は、ベティだ。若い若いとおもっていたが、私も含めた同世代の人間にとって、結婚ということは、もう現実味を帯びた事柄なのかもしれない。

「留学の相談と言ったけど、もう、ほぼ決めてるってことかい？」

「お店に入るさっきまでは、迷ってたけど、梨田クンに相談してみて、心は固まったわ」

わたし、留学するわ、とベティは力強く宣言した。

ベティが寿司を食べないので、頃合いを見計らって、表参道のベティの馴染みのバーに席を替えた。

例によってベティは、ブルーのカクテルを頼んだが、私はバランタインの水割りにした。

「さっきの留学の話だけど、他の誰かにも相談したのかい？」

「するわけないじゃない。こんな大切なこと、最初に相談したかったのは、梨田クンよ」

「決心は、もう揺るぎない？」

「揺るぎないわ。わたし、こう見えても頑固で、一途《いちず》なの」

「こう見えなくても、頑固で、一途だよ」

「あまり、寂しそうにも見えないわね」

怒ったように、ベティがピスタチオをひと粒口に入れて、カリリと噛みくだいた。

「でも、心配しないで。梨田クンの出資してくれた一千万には手をつけないから。あれは、約束どおり、わたしが会社を興したときの資金にするから」

「心配なんてしてないよ。それどころか、留学の資金に使ってほしいくらいだ。それで、留学先の目星はつけてるのかい？」

「ロスアンゼルスにするつもり。この秋を目標に頑張るわ」

アメリカの大学は、日本とはちがって秋に入学者を受け入れるらしい。

「ロスアンゼルスか……」

私の頭のなかに、坂本の顔が浮かんだ。

「じつは、ね……」

私は坂本の素姓《すじよう》と彼が準備をはじめた通信販売の仕事のことについて、ベティに語った。

「前にもそんな話をしてたわね。それにしても、梨田クンの周りには、意外な人物もいるのね。それで、梨田クン、その男《ひと》に出資することに決めたわけ？」

「ああ、三百万だけだけどね」

私はついでに、その金が昨年の秋に買った株の利益金であることも教えた。

「株なんてやってたんだ」

「銀行に預けといても能がないからね。それに、株の欄を見ると、今の日本の経済情勢がわかる、という利点もある」

「もう相場には手を出さない、と言ってなかった？」

「商品のインチキ相場と株は、似てるようでいて、まったく非なるモンでね。心配はないよ」

ところで、今、ふとおもったんだが――と私は言った。

「もし、なんだったら、留学したあと、彼がロスアンゼルスで興す会社でアルバイトでもしたらどうだい？」

「なによ。梨田クンのほうが、わたしの留学話に積極的みたいじゃない。そんな先のことまで考えてくれるなんて」

「安心だからさ。そこで働いてくれたら、ベティが、今、なにをしているのか、逐一、知ることだってできるだろう」

それは私の本心だった。

「じゃ、一度、その坂本とかいう社長に会わせて」

「わかった。話がそうとなれば、乾盃といこう」

水割りグラスを手に取ったとき、私は初めてベティの目に涙が溢れていることに気がついた。

新任の田代局長に替わってから二週間がすぎた。

その間、私がやった仕事というのは、下請けの石原社長と打ち合わせをすることだけだった。

この前、有村部長と石原社長と話をしたとき、私は石原社長に、仕事の流れに対する不満を態度で表した。そのとき社長は、私をひと筋縄ではいかない男だとおもったのだろう。以来、言葉つきも丁寧になったし、私を持ち上げるように、なんでも事前に報告するようになっている。しかし下請け会社を使うというのは楽なものだ。細々《こまごま》としたことはすべてやってくれるし、報告に対して、ただうなずいて聞いていればいいだけだからだ。

数日前、私は三百万の現金を携え、会社が終わった足で、ベティを伴って坂本の会社に顔を出した。

坂本には、うちの会社に紹介したい人物がいる、と伝えただけで、ベティのことはなにも教えなかった。

たぶん坂本は、紹介したい人物というのが男だと勝手に決め込んでいたのだろう。ベティの顔を見るなり驚いた表情を浮かべていた。

話をひととおり聞き終えた坂本は、今進行中の通販会社の説明をした。

立ち上げる新会社の本社は、今坂本が使っている事務所に置き、ロスアンゼルスのほうの事務所は、この前会った、デューク山畑という男に一任しているという。どうやら、ロス市内にある「リトル・トーキョー」界隈に目星をつけているらしい。

会社の設立は、この三月末。坂本は、役員に入らないか、と私を誘ったが、出資金だけにするよ、と言って私はその申し出を断り、用意した三百万を彼に渡した。

三百万の出資など、今の私には痛くも痒《かゆ》くもない。しかし新しく設立する会社に出資するという初めての経験は、私に妙な高揚感をもたらした。

ベティはベティで、坂本に好印象を抱いたこともあるのだろうが、実際のそうした動きに、留学することの現実味をヒシヒシと感じているようだった。

長年水商売に関わってきた坂本は、男女の仲を見抜く鋭い嗅覚《きゅうかく》を持っていて、すぐに、私とベティの仲を察知したようだった。しかし、そのことに対しての余計な質問は一切しなかった。むろん、もし水穂に会うようなことがあっても、口にチャックはするだろう。そのことだけでも、三百万の出資の値打ちがあるというものだ。

帰りしな坂本は、ベティの目を盗むようにして、おまえもやるな、と私の耳元で言って、片目を瞑った。

次の日、出勤すると、田代局長が全局員に集合をかけた。そして、席替えをすると宣言した。

局員たちは、一様に、ウンザリという表情を浮かべている。

松崎課長が指揮を執って、席替えが開始された。

しかし、奇妙な席替えだった。場所はこれまでと一緒で、デスクの方向を変えるというだけのものだった。

田代局長のデスクは窓際にあり、それまでは、その局長のデスクにむかって全員が座っていたのだが、今度は、局長のデスクを背にするのだ。つまり田代局長は、全局員の働く姿を背中から見ることになる。

田代局長が席を外したとき、隣の菅田先輩がゲンナリとした顔で、私にささやいた。

「なんだい、これ？　これじゃ、まるで監獄にいる気分だよ。よほど、俺たちは信用されてないんだな」

どうやら、他の局員全員も同じおもいのようで、顔を寄せ合って不満を洩らしている。

「皆からむけられる冷たい視線が嫌なんでしょ。それに後ろから見ていれば、誰がサボっているか、見極められるし。たぶん、俺なんて、一番目立つことになるでしょうね」

そう言って、私は笑った。

新任の上司が一番やりたがるのは、会議とデスクの配置替え、だという話を聞いたことがある。それで言えば、田代局長が着任してからの行動は、正にこれにピッタリと当てはまる。

「これ、背面管理術、っていうらしいよ」

いつの間にか横に来ていた大森が、皮肉っぽい笑みを浮かべて、言った。

「自信のない上司がやりたがる方法さ。メーカーじゃ通用したんだろうけど、俺たちの仕事は、ベルトコンベアに流れる製品をチェックすることじゃない。ベルトコンベアに流す製品を考えることなんだ。あの局長、そのちがいが理解できてないんだよ。これじゃ、萎縮しちゃって、いいアイデアなんて生まれるわけがない。しかし、松崎課長も松崎課長だよ。反対すりゃいいのに」

しかし、そんな愚痴や不満も、田代局長が席に戻ってくると、すぐに影をひそめて、各々が自席に戻って、黙々と仕事に取り組みはじめる。

田代局長に替わってから、ただでさえ嫌な雰囲気に変わっていたのに、この席替えによって、局内の空気は益々剣呑なものへと変化してしまった。

この空気には、覚えがあった。初めて就職したS電機の職場の空気も同じようだった。あのときは背面管理ではなかったが、上司である課長は、大きな目をギロリと光らせて、いつも配下の社員たちを観察していた。そのために社員たちは、いつも息を詰まらせるようにして仕事をしていたものだ。

S電機とN電器は兄弟会社じゃないか。だからきみとは、満更、赤の他人じゃない――。

私は田代局長の言葉をおもい出し、内心苦笑していた。

なにが赤の他人じゃないだ。田代局長と私とは、まったくの赤の他人で、共通項なんてただのひとつもないじゃないか……。

39

月が明けて三月に入ると、急に春めいてきた。しかし、ビルの合間を吹き抜けてくる風は、まだまだ冷たい。

その日の午後、私は原宿にある「E&M」の石原社長を訪ねた。

「E&M」は下請け会社であるから、用件があるときは呼び出せばいいのだが、どんな会社なのか、一度この目でたしかめておきたかったからだ。

なにしろ「E&M」には、うちの会社から一千万もの金が支払われる。いくら有村部長の指定した下請け会社とはいえ、直接の担当者である私にだって責任というものがある。

石原社長には、アポイントメントを取っていなかった。ふだんどおりの生の会社の姿を見たかったからだ。もし私が行くことを知れば、石原社長は会社を取り繕うかもしれない。

名刺の住所を頼りに「E&M」を探した。

すぐに見つかったが、驚いたことに彼の会社は、私が時々、水穂やベティと食事をしたことのあるあの鉄板焼き屋から数軒離れた雑居ビルのなかにあった。

古ぼけたビルで、洒落者の石原社長にも似合わないし、「E&M」などという大仰な社名もふさわしくない。

ビルの入り口にある入居者プレートを見ると、どうやら三階のワンフロアを借りているようだった。

エレベーターもなく、私は階段を使って、三階に上がった。

右手の鉄製のドアの上部に、「E&M」のロゴが刻印された社名プレートが貼られていた。

ノックもせずにドアを開けると、カウンターの後ろにいた女性事務員が、怪訝な顔を私にむけた。

「なにか？」

どうやら彼女は、私のことをセールスマンかなにかと疑っているらしい。私の全身に素早く、値踏みするような視線を走らせる。

「石原社長はおられますか？　私、こういう者です」

私は名刺入れから名刺を取り出し、彼女に手渡した。

一瞥《いちべつ》するなり、彼女の態度が変わった。

「失礼しました。ちょっとお待ちください」

女性事務員が慌てて、奥に仕切られた部屋のほうにむかう。

フロアには、十名前後の若い社員たちがいて、デスクにへばりつくようにして仕事をしている。誰も私には関心がなさそうだった。

しかし、私に提出したマーケティングプランを実行できるような会社には、とても見えなかった。スタッフは、アルバイトに毛の生えたような面々で、とてもではないが、マーケティングのキャリアなどありそうもない。

そのとき、奥の部屋のドアが開いて、石原社長が顔を出した。そして、次に顔を出したのは、有村部長だった。二人共、予想外とでも言いたげな表情を浮かべている。

「どうした？　いきなり」

近づいてきた有村部長が、私に言った。

「石原社長の会社を、一度拝見しておこうとおもいまして。幽霊会社じゃ、まずいですし」

冗談ですよ、と言って私は笑った。

「そうか……。まあ、こっちに来いよ」

奥に仕切られた部屋は、どうやら社長室だったようだ。ドアには、申し訳程度の大きさで、「社長室」のプレートが貼られていた。

「ひと言、言ってくれたら、お迎えに行ったのに」

ソファに座ると、石原が慇懃無礼な言葉つきで、私に言う。

「特に用事もなかったですから。社長の会社の所在地を知らないのもナンだとおもったんですよ」

テーブルの上には、いくつかの資料が置かれていた。それを見る私に、石原が言い訳をするような表情を浮かべる。

「この前提出したプランを、見積り書どおりにやっておきました。有村部長に目を通してもらってたんですよ」

「なるほど」

石原から受け取った見積り書には、いくつかのプランが並べられていた。そのすべてを終えるには、少々早いような気がしたが、私はなにも言わなかった。

女性事務員がコーヒーを運んできた。彼女が退室すると、有村部長が言った。

「きみは賢いから、隠したってしょうがない。正直に話しておくよ。これらの資料は、石原社長の所の子会社が、M乳業の㊙資料を基に、取りまとめたものだ。なかには実行したものもあるし、実行しなかったものもある。でも、そんなことはどうだっていいんだ。M乳業は、うちなんかより丁寧に市場調査をしているし、マーケットのことにだって数段詳しい。ひとつとおりの調査をした上で、B社の製品を販売することに決めたんだからな。だから、今更、うちが新たに調査なんてしたって意味がない。M乳業の方針どおりに、うちは動けばいいんだよ。それが担当課長の意向でもあるしな。妙な提言をして、うちに広告予算がむけられなくなると、それこそ困った事態になる」

わかるだろ？　とでも言うように、有村部長が私の目をのぞき込む。そして、ダメ押しをするように、つけ加えた。

「きみも、うちの社に入るに当たって、広告業の勉強ぐらいはしただろうが、今の広告業界にそんな理論や理屈なんて通用しないんだよ。クライアントとの人間関係さえうまく運べれば、すべてが円滑に進むんだ。広告に対しての過大な期待や、妄想なんてものは棄《す》てることだよ」

なるほど、とおもった。先日、ベティが私に洩らした不平不満を、正に地で行っている言葉だ。これでは、ベティが留学したくなるのも無理はない。

私は黙って、テーブルの資料のひとつを手に取ってみた。

「料理研究家のレシピと意見」と題されていた。

そのレポートをパラパラとめくってみた。

六名の料理研究家の名前とプロフィールが紹介されていたが、私が雑誌やテレビで見たことのある人物も二人いた。

そのなかで、私の知らないひとりの女性料理研究家だけが、特にクローズアップされていた。彼女だけ、顔写真が添付されている。どうやらハーフらしく、目鼻立ちのクッキリとしたかなりの美人だ。

プロフィールに目を通してみた。

バーバラ三宅。二十五歳。既婚。父親はデンマーク人、母親は日本人。三年前の結婚を機に、日本に移住。日本料理と西洋料理を融合した料理研究に熱心、とある。

彼女にかぎらず、全員の料理研究家が、各々、チーズを利用した料理レシピの何点かを紹介し、と同時に、B社のスライスチーズがいかに優秀で使い勝手がいいか、そしてまた、これからの日本の家庭の料理では、チーズが重要な役割を果たすようになる、との太鼓《たいこ》持ち的なコメントを寄せていた。

「このレポートにある人たちには、直接会って、意見やレシピを聞いたんですか？」

私は石原社長を見て、訊いた。

「そりゃあ、会ったさ」

横から有村部長が口を挟んだ。

「まさか、会いもせずに、勝手に書くことはできんだろ？　でも、実際に広告として使用するかどうかは別問題だ。コメントを貰うにも、ギャラは払うし、M乳業といえば大企業だから、断るわけもない。と言っても、そこにあるコメントは、全部、俺が考えたんだがな」

有村部長がたばこをくわえて、笑った。

「この女性だけが、クローズアップされてますね」

私は、バーバラ三宅の写真に目をやりながら、言った。

「今、売り出し中の、若手美人料理研究家だよ。チーズは、西洋風の食材だし、ハーフの彼女は、広告に使うのに適任だとおもったのさ。今じゃ、俺の言うことには、なんでも従うよ」

「なるほど……」

つまりは、社内の「MBチーム」なんてものは名ばかりで、すべては有村部長の独断で、進行しているということだろう。

「だから、きみは、これらの資料を取りまとめて、M乳業に提出できる、我が社としてのマーケティングレポートを作成してくれればいい」

そうだ、社長——、と言って、有村部長が石原に目をむける。

「さっきの子を呼んでくれないか。彼女に手伝ってもらおう」

どういう意味かわかっているのだろう。石原が、コーヒーを運んできた女性事務員を呼んだ。

「悪いが、きみの字で、サインしてくれないか」

石原社長が、用意した領収書とメモをテーブルに置き、彼女にボールペンを渡す。

領収書の金額欄には数字の記載はなく、メモには、バーバラ三宅の住所と氏名が記されていた。

まだ打ち合わせがあるという有村部長を残して、私はひとりで先に、「E&M」を出た。

すごく嫌な気分だった。というより、気持ちは、ささくれ立っていた。

金額欄が空白の領収書。バーバラ三宅に成り替わってサインしたときの女性従業員の表情。金額をいくらにするのかはわからないが、その全額が本人に渡ることは、間違ってもないだろう。

なにをどうしようと、有村部長の勝手だ。しかし、私の目の前で、臆面《おくめん》もなくそんなことをやった部長に、私は腹を立てていた。まるで、私も共犯だと言わんばかりではないか。

きっとバーバラ三宅だけではなく、他の料理研究家の領収書も、同じ手口で作成しているにちがいない。

いったい何人の社員がこんな出鱈目《でたらめ》なことをやっているのだろう。部長のあの態度からすると、彼だけとは考えられない。

もしかしたら部長は、今度の「MBチーム」を解散するときに、他のアルバイト仕事と同じように、私に金を握らせようとするのかもしれない。しかし、そのときには、突っ返してやるつもりだった。この仕事は、会社での表の仕事であって、陰のアルバイト仕事とは意味がちがうのだ。

会社に帰る気持ちが失せてしまった。

たばこ屋の角にある赤電話に十円玉を放り込んで、姫子の部屋に電話した。

——あら、どうしたの？　久しぶりじゃない。元気にしているの？

どうしてだろう。腐った気分のときに姫子の声を聞くと、どこかホッとする。

「良い天気だから、ママの声を聞きたくなったんだ」

——ちがうわね。なにか嫌なことがあったんでしょ？　わたしに隠し事は通用しないわ。

姫子が電話口で笑った。

「ママにはかなわないね。きょうはもう、仕事をやる気にならないから、新宿で麻雀でもやるよ」

そのあとで店に顔を出すよ、と私は言った。

——わたしの顔でお役に立つなら、どうぞ。

もう一度笑うと、姫子は電話を切った。

今度は会社の松崎課長に電話した。

「課長。きょうは、グレますんで、もう社には戻りません」

——グレる？　グレるって……。

急に松崎課長が笑いだした。

——そんな大切な仕事じゃ、会社には戻れないよな。了解。

切れた赤電話を見つめながら、私も苦笑した。

金には縁のない松崎課長。きっとこの人のもとには、絶対に金は寄ってこないだろう。

会社というのは、とりわけうちの会社は妙な組織だ。企業は公器だともいう。いったいうちの会社の存在意義というのはどこにあるのだろう。

このまま会社に籍を置くことに、なにか意味があるのだろうか。砂押が逝って以来、初めて抱いた疑問だった。

40

タクシーに乗って、新宿にむかった。

レートの安いフリーの麻雀荘で時間を潰すつもりだったが、ふとおもいついた。

いつか砂押が亡くなる前に、彼が連れて行ってくれた、「遊潮社」という会社。社長の小泉という人物に、なにかのときには私の力になってやってくれ、と砂押は言ってくれた。

今はまだ四時前だ。この時刻だったら小泉は在席しているのではないだろうか。

新宿駅の東口広場でタクシーを降り、記憶を頼りに「遊潮社」のビルのほうに歩いた。

相も変わらず、新宿の街は、学生やら遊び人風やらの人間たちで溢れている。

「遊潮社」の古ぼけたビルの前に来て、ちょっと躊躇した。砂押はアポイントもなしに訪れたが、はたして小泉社長は、突然顔を出した私に会ってくれるだろうか。

エレベーターで三階に上がったが、この前と同じように、人影はまったくなかった。

小泉社長の本業は、出版プロデュース業だと言ったが、その他に、貿易やら金融やら旅行業など、いろいろな事業を手掛けている、と砂押は説明した。

しかし無人のフロアを目にすると、その言葉を疑いたくなる。

エレベーターの前のドア。砂押はノックもせずに入ったが、いくらなんでも、私はそうはいかない。

緊張の面持ちで、ドアをノックしたが、なんの返事もなかった。ドアノブに手をかけてみると、ロックされていた。不在なのだろう。

諦めて帰ろうとすると、エレベーターが開いて、記憶にある小泉社長が出てきた。

一瞬、怪訝な顔をしたが、おう、いつぞやの、と言って、小泉社長が口元をほころばせた。

「覚えてくださいましたか。梨田です」

私は小泉社長に一礼した。

「先生から紹介された人間を忘れるわけがないよ。で、なんだ？　もう会社を辞めたのか？」

「いえ、まだです」

「まだ？　その口振りでは、辞めないまでも、それに近い心境にはなってそうだな」

笑って、まあ入れよ、と言って、小泉社長がキーを鍵穴に差し込む。

中央のソファテーブルを勧められて、私は腰を下ろした。

小泉社長は大きなデスクに座り、卓上の電話から、お茶を用意するよう、ひと言言うと、私の前に移ってきた。

「しかし、いかにも先生らしい逝き方だったな。昨今、あんな人物を見ることもなくなったから、寂しいよ。それで、とりあえずはまだ、広告屋で働いてはいるわけだ？」

「ええ、まあ……」

私は言葉を濁した。

「自由な会社といえば聞こえはいいが、その自由を持て余しているという顔だな」

小泉社長がまた笑った。

そのとき、ドアがノックされた。

入ってきた女を見て、私はおもわず自分の目を疑った。大阪の雀荘、「赤とんぼ」のママだった和枝だったからだ。

お茶を載せたお盆を持つ和枝も、目を見開いて、立ち尽くしている。

「なんだ？　二人は知り合いなのかね？」

小泉社長が私に訊いた。

「ええ、まあ……」

私は余りの驚きに、言葉を濁した。

「なら、ついでだ。有馬さん、あんたもここに座んなさい」

有馬さん？　そうか、タッちゃんとは離婚した。和枝は旧姓に戻ったのだろう。

「では、失礼します」

和枝がお茶を、私と小泉社長の前に置くと、私の横のソファに腰を下ろした。

和枝はよく和服を着ていたが、今のいでたちは、まるで遣《や》り手のキャリアウーマンをおもわせるような、紺のツーピース姿だった。

「ところで、二人はどんな知り合いなのかね？」

笑いながら、小泉社長が、私と和枝を交互に見て訊いた。

私は返答に窮した。どうやら和枝は、ここで働いているらしい。となると、すべてを正直に話していない可能性がある。迂闊な話はできない。

私の胸の内を察したのだろう。和枝が言った。

「社長。わたしが大阪にいたころの知り合いです。ほら、麻雀屋を売り払って東京に戻ってきた、と言いましたでしょ？　その麻雀屋が借金漬けになっていたのを、この梨田さんが助けてくれたんです。もし梨田さんが救いの手を差し伸べてくれなかったら、わたし、大阪で女郎にでもなっていたかもしれませんでした」

「女郎？　いったい、いつの時代の話だ」

小泉社長が声を出して笑った。

「それほど困り果てていたんです」

チラリと私を見て、和枝が言った。

「なるほど。しかし麻雀屋の借金漬けともなると、十万や二十万の金ではすまんだろ？」

「麻雀の勝負で、決着をつけてくれた、ということです」

「ほう。それはまた豪気な話だ。いったい、いくらの金が動く麻雀をやったのかね？」

小泉社長が興味津々の顔で私に訊いた。

「八百万くらいでした」

和枝がそこまで話したなら、別に隠し立てする必要もない。私はアッサリと打ち明けた。

「相手は？」

さもおかしそうに、小泉社長がたたみかけるように訊く。

「金融を業にするやくざモノと、パチンコ屋の親爺、それと、大阪のミナミや曽根崎《そねざき》でアルサロなどを経営していた男です」

「そいつは面白い。ところで、今夜、梨田クンは暇かい？　飯を奢るから、その話をもっと聞かせてくれよ」

小泉社長が、はしゃぐように言った。

砂押は、この小泉社長を信頼しているようだった。博打麻雀の話など、自慢にもならないが、これほど興味を持たれてはしかたがない。

「さほど面白い話ではないですが、それでもよかったら」

私は小泉社長にうなずいてから、お茶にひと口、くちをつけた。

「じゃ、有馬さん。時間がきたら、呼ぶよ」

小泉社長は和枝に、仕事に戻るよう、言った。

「わかりました。失礼します」

一礼し、私に笑みを見せ、和枝は静かに部屋を出て行った。

「いやあ、世間は狭いと言うが、本当だな。わしも驚いたよ」

「こんなことを訊いてもいいものか……」

私は迷い顔で口にした。

「なぜ彼女が、うちにいるのか？　ということかね？」

「ええ……」

「知り合いからの紹介だよ。どうやらきみは麻雀に自信があるようだ。歌舞伎町のフリー雀荘にも出入りするのかね？」

「ええ。時々ですけど。それも気分がムシャクシャしたときのうさ晴らしで、です。学生時代には頻繁に通いましたけど」

「なら、風林会館の近くにある『小三元《ショウサンゲン》』という雀荘には？」

「いえ、行ったことはありません。歌舞伎町には腐るほど麻雀屋がありますから、全店を制覇することなんて無理です」

そう言って、私は笑った。

「まあ、そうだろうな。その雀荘の親爺は、むかしからの知り合いなんだが、彼女は一年半ぐらい前から、そこで雀ゴロを相手に、麻雀で食ってたらしい。ところが、親爺が彼女と話してみると、もっとまっとうな仕事をしたい、と嘆いてたというんで、わしに紹介してきたんだ。ところが会ってみると、あのとおりの美人で、しかも大卒の、なかなかのインテリだったんで驚いたよ。大阪で失敗したから、どんな仕事でもやるから、働かせてほしい、と言ってな」

お茶を飲み、愉快そうに、小泉社長がつづける。

「そんなわけで、三ヶ月ほど前からとりあえず、わしの秘書替わりみたいな仕事を手伝わせている。しかし、なかなか使えるよ、彼女は。いつまでも秘書替わりというわけにもいかんから、なにか適当な仕事があればやらせてみるつもりだ」

「彼女の腕なら、ふつうの仕事の何倍も麻雀で稼げるでしょうに」

「人生は金だけじゃない、って教えてくれた年若いアンちゃんがいたそうだ」

小泉社長がニヤリと笑った。

「今の彼女の表情でわかったよ。その年若いアンちゃん、ってのは、どうやら、梨田クン、きみのようだな」

私はドギマギした。たしかに「赤とんぼ」の権利を賭けて麻雀はしたが、あれはただ、博打麻雀に痺《しび》れたかっただけのことだ。

「ところで、きょう、わしを訪ねてきた理由はなんだね？」

小泉社長が訊いた。

「じつは、せっかく砂押先生に紹介されたんですが、広告代理店という職場が、はたして自分に合っているのかどうか……。ただ無駄に時間を潰しているだけのような気がしてきたんです。社長は、いろいろな事業をされていると先生からは聞かされていましたから、そろそろ他の業界に転身すべきかな、とおもいはじめて……」

「なんだ、そんなことか。決めるのはきみだが、今、辞めたところで、きみになにか専門的な知識はあるのかね？　社会人になってからまだ三年にも満たないんだろ？　先生も言ってたが、きみのような人間は、いずれは独立してなにかをしなくちゃ、この世の中では生きてはいけないよ。まさか、腕に自信があるからといって、麻雀で一生食っていくつもりもないだろ？　もうちょっと、辛抱してみることだよ。広告屋には、クダらん人間が、ゴマンといる。しかし、クダらん人間の遣り口を見るのも社会勉強だ。いつかは役に立つ」

まるで有村部長という人物を知っているかのような、小泉社長の言葉だった。

「そうですか……」

ベティはこの四月で会社を辞める。小泉社長に相談すれば、ひょっとして、社長が面白い仕事や職場を紹介してくれるのではないか、とおもったのだが、どうやら徒労のようだった。

「じつは今の今で、驚いたんですが、さっき話した、博打麻雀の相手――大阪でアルサロをやっている人物ですが――、彼、この東京でも、旅行会社を経営してるんです」

「ほう。なんという？」

「『ドリームトラベル』という会社なんですが……、ご存知ですか」

「いや、知らんな。わしは現場のことはあまり知らんのだよ。担当者に任せっきりでな。この前、先生が言ってただろ？　このビルは、マッカーサーの総司令部みたいなもんだって。わしは偉そうな顔をして、あれやれ、これやれ、と命令を下してるだけという、いい身分なんだ」

煙に巻くように笑って、小泉社長がそれで――、と私に先を促した。

「彼が言うには、旅行業なんてのは、ちっぽけな資本でやったって先は知れている、と。それで今、新しい事業を考えてるんです」

私は坂本から聞いた仕事の内容を大雑把《おおざっぱ》に説明した。

「なるほど。しかし、その彼自身は、東京に腰をすえて、ロスの事務所は人任せにするわけだろ？　新しい事業の生命線は、人材だよ。それも、自分で直接現地に行って陣頭指揮を執らなきゃ、成功はせんな。しかしそれと、きみとが、なにか関係があるのかね？」

「三百万、出資したんですよ。別にその金が心配で相談したわけではないんです」

「なら、なんだい？」

小泉社長が、呆れたような顔で、訊いた。

「出資するだけではなく、いっそのこと、僕も手伝おうかな、と」

そう私が言った瞬間、小泉社長が武骨な手を左右に振った。

「まあ、やめとくんだな。他人の発想の片棒を担ぐことは、独立とはいわん。自分の発想でやったことが失敗したのなら、なにも悔いは残らんがな……。今も言ったように、まだ会社を辞めるのは早い。なんせ、きみはまだ若いんだ。しばらくは社会勉強をすることだよ。わしのアドバイスは、それだけだ。きみがあと数年して、なにかをやりたい、とおもったときには、いろいろと相談には乗るよ」

ただしわしがまだ生きてれば、だ、と言って小泉社長は笑った。

しばらく雑談をしたあと、では飯にでも行こう、とつぶやいて、社長は電話で和枝を呼んだ。

41

連れて行かれたのは、数軒離れた所にある小料理屋だった。

小泉社長の行きつけの店らしく、なにも言わないのに、奥の小部屋に案内された。

もう一度顔を合わせた和枝は、終始無言だった。

ビールを頼んだあとは、やはりなにも注文しないのに、次々と料理が運ばれてくる。

「じゃ、大阪での麻雀武勇伝を聞かせてもらおうか」

上機嫌の顔で、社長が言った。

「社長は、麻雀は？」

ビールにひと口、くちをつけ、私は訊いた。

「先生とは勝ったり負けたりの勝負だった。つまりは、その程度の腕、ということだよ」

「では、大阪については？」

「何度か行ったことはあるが、わしには水が合わなかった」

「それなら、僕と一緒ですね」

私は笑ってから、「赤とんぼ」の話をしたらどう？　と和枝に促した。

和枝が大阪時代の話をどの程度まで社長に話したのか知らなかったからだ。私が下手なことまで喋ってしまっては、彼女に迷惑がかかってしまう。

「ええ。隠すことでもないですし……」

ビールを飲み、覚悟を決めたかのような顔で、和枝が話しはじめる。

なるほど、とうなずきながら耳を傾ける小泉社長は、とても愉快そうだった。

しかし、和枝が離婚の話を打ち明けたのはまだしも、亭主のタッちゃんが、最後は覚醒《かくせい》剤でボロボロになったことまで白状したのには、さすがの私も驚いた。ふつうの会社だったら、そんな話をしたら、立ちどころに首を切られてしまうだろう。

「つまり、梨田クンは、そのヤク中の亭主が作った借金で人手に渡りそうになった麻雀屋を救ったというわけだ」

「結果的にはそうですけど、有馬さんだって、イカサマなんてやらなくたって、勝てたはずなんです」

「イカサマ？　益々話が面白くなってきたな」

身体を乗り出し、どんなイカサマをやったんだい？　と楽しそうに、小泉社長が訊いた。

ガン牌《パイ》ですよ、と私は言った。

「ガン牌《パイ》？　ガン牌《パイ》といったら、傷のある牌《ハイ》のことだろ？　そんな大きな賭け麻雀で、そんな牌《ハイ》を使ったのかい？」

興味津々という顔で、小泉社長が、身を乗り出す。

「社長に説明してあげなよ」

私はうつむいている和枝を促した。

少し恥ずかしそうに、和枝が顔を上げる。

「わたしの家系というのは、どうやら麻雀好きのようで、祖父も父も、大の麻雀狂でした。ですから、わたしが麻雀を覚えたのは、まだ小さかった四、五歳のころのことです。学生時代は、女だてらに、新宿の麻雀屋にひとりで顔を出して学費や小遣い稼ぎをしてたほどですから」

ふむ、ふむ、なるほど、とうなずきながら、小泉社長が、和枝のグラスにビールを注ぐ。

頭を下げた和枝がビールに口をつける。

「祖父、父、わたしへと受け継がれた大切な麻雀牌《マージャンパイ》の一式が、我が家にはあったんです。もう巷《ちまた》では見ることもなくなった象牙《ぞうげ》製の牌《ハイ》なんですけど、その牌《ハイ》を使って、勝負したということです。麻雀に自信のある玄人《くろうと》でも、まず見破れないほどなんですが、わたしは、その牌《ハイ》のほんのわずかな色合いのちがいででも、それがなんであるのかがわかります。だって、麻雀を覚えたてのときから、その牌《ハイ》に触れてきたわけですから」

「きみにも見破れなかったのかね？」

小泉社長が、私に訊いた。

「ええ。でも、彼女の後ろで見学していたときに、妙だな、とはおもいました。なにしろ、次になんの牌《ハイ》が入るのか、わかっているような切り方をしてましたから」

「でも、バレた？」

さもおかしそうに、小泉社長が、私と和枝の顔を交互に見た。

「バレはしなかったんですけど、やはり妙だとおもったんでしょう。金貸しのやくざが、牌《ハイ》を交換しろ、と言い出しましてね」

当時のことをおもい出し、私は笑いながら言った。

「なるほど、だいたい、推測はついたぞ」

小泉社長も声を出して笑った。

「牌《ハイ》を替えた途端に、彼女が負けだしたわけだ。そして、きみと選手交替、ってことだろ？」

「早い話が、そういうことです。なにしろ有馬さん、酷い負けようになってしまって。でも、僕に運があったんです。メンバーは、いずれも、似たり寄ったりの凄腕ばかりでしたから」

「さっき話してた、坂本という社長も、麻雀は達者だったわけだ」

「彼、強いですよ」

さっき話してた、というと？　聞いていた和枝が首を傾げた。

「いやな。坂本は今、東京にいるんだ。近々、大阪の店は全部整理するらしい」

そう言ってから、私は自分と坂本の近況を、かいつまんで、和枝に説明した。

「そうですか……。貴方《あなた》は広告会社で、あの坂本さんは、今、東京にいるんだ……」

和枝が懐かしそうな顔をした。

「それで、貴方《あなた》は、どうして小泉社長と知り合いなの？」

「話せば長くなるけど、俺の知り合い――もう亡くなってしまったけど――その男《ひと》と小泉社長とが古い知り合いでね。紹介してくれたんだよ」

「一風、毛色の変わった若い衆がいるから、と言って、うちの会社に連れてきたのさ」

小泉社長が、茶化すように言ったあと、そうだ、とつぶやき、私に目をむける。

「その、坂本とかいう社長、二人の知り合いなんだろ？　いっそのこと、有馬さん、その社長の所で働いてみたらどうだね？　妙な事業を新しく立ち上げるらしいから」

「妙な事業？」

和枝が訝る顔をした。

「梨田クン。その新会社、働く人が必要なんじゃないのかね？」

小泉社長が私に訊《たず》ねた。

「さあ、どうなんでしょう」

私は首を傾げると同時に、小泉社長の突飛な提案に驚きもしていた。

坂本からは通販事業の話を聞いているだけで、人材やらなんやら、そうした細部のことまでは知らなかった。

「一度、彼に訊いてみてくれないかな？　この有馬さんも、きみ同様、小さな箱のなかでおとなしくしてはいられない性格のようだし、どんな仕事をしてもらおうかと、わしも頭を捻ってたところなんだ」

小泉社長は、坂本がやろうとしている事業の話を和枝に聞かせてやってくれ、と私に言った。うなずき、私は和枝にかいつまんで説明してやった。

「ロスアンゼルス、ですか……」

和枝は不安げな表情を浮かべたが、若干、好奇心ものぞかせる。

「坂本には、いちおう話してみるが、彼が雇ってくれるかどうかはわからないよ」

「人が必要なら雇ってくれるさ。なんてったって、きみは出資者なんだ。きみの提案に逆らえるわけがない」

小泉社長がニヤリと笑った。

その笑みは、かつて私と和枝が男女の関係だったことは見抜いているぞ、とでも言いたげだった。

「でも、わたし、英語なんて話せないわ」

和枝の不安の色は更に濃くなった。

「大丈夫さ」

手酌でビールを注ぎながら、小泉社長が言った。

「聞いた話では、日系人相手の商売らしいし、英語なんてのは、すぐに喋れるようになるよ。そうだ、この話、益々面白くなってきた。有馬さん、こんなちっぽけな日本なんか、さっさと飛び出しちゃったほうがいい。それにだいいち、この日本にはあまり良い想い出もなさそうじゃないか」

勧める小泉社長の顔は、もうこの一件のカタはついた、と言わんばかりだった。

雑談をしながらの食事が終わったのは、八時前だった。

「若いときはよく遊んだが、もうこの年になると、しんどくてな」

お先に失礼するよ、有馬さんの仕事の件は頼んだよ、と言い残して、小泉社長はさっさと帰ってしまった。

「今夜、なにか予定はあるの？」

和枝が訊いた。

「いや、特には……。気分の悪いことがあったから、新宿で麻雀でも打とうかとおもってやってきたんだ。タクシーのなかで、小泉社長のことをおもい出したんで、ちょっと寄ってみたというわけ」

「相変わらず、麻雀はやってるの？」

「去年の暮れに、少しばかり大きなやつを一度。安いレートの麻雀は、以来、二、三度ほどかな。『小三元』とかいう雀荘に入り浸りだったそうだけど、いいカモがいたのかい？」

「大したレートのお店じゃなかったもの。素人に、チョット毛の生えたような客ばかり。それにお金も持ってないし……」

なにも予定がないのなら、すこし飲みに行かない？　と和枝が誘った。

麻雀を終えたら店に顔を出す、と姫子には言ったが、また今度の機会でいいだろう。いいよ、と言って、私は腰を上げた。

42

コマ劇場のほうにむかって歩いた。

この時刻の歌舞伎町は、遊び目当ての客でゴッタ返している。それに、六本木や西麻布、赤坂、銀座などとはちがって、胡散臭《うさん》いにおいが満ち満ちてもいる。

「こうやってママと肩を並べて歩くと、大阪時代をおもい出すな」

「もう、ママはやめてよ。わたし、勤め人なんだから」

和枝が睨むような目で私を見た。さっき飲んだ酒のせいか、その目はほんのりと赤かった。

「じゃ、なんて呼べばいいんだい？　有馬さん」

私は茶化すように、本名をつけ加えた。

「それも、なんか変ね。和ちゃん、とでもしといて」

一瞬迷った顔をしたが、和枝がいきなり腕を絡めてきた。私は知らぬふりをして、雑踏のなかを歩きつづけた。

和枝と初めて寝たのは、大阪のミナミの繁華街で酔い潰れたときだ。目覚めたとき、私の横で全裸の和枝が眠っていた。

それから何度か肌を合わせたが、和枝にはタッちゃんという亭主がいて、その亭主にも私は親近感を抱いていたから、すこしばかり罪悪感も覚えていた。

だが男と女になったとはいえ、恋愛感情とは程遠い関係だった。

当時の和枝は、亭主の度重なる不始末の尻拭いで、生活が荒れていた。だから和枝も、割り切って私とつき合っていたのだった。

歌舞伎町の裏通りにある飲み屋のなかには、ボッタクリの暴力バーが多い。だから私は、よほどのことでもないかぎり、一見の店には近寄らないようにしている。

「どこか、知ってる店はあるかい?」

私は和枝に訊いた。

「ないわ。女ひとりで飲みに行くような趣味はないもの。こっちに戻ってきてからは、麻雀をやっているか、部屋で寝ているか、の日々だったし」

「それはまた、味気ない日々だな」

私は笑ったが、和枝のその言葉で、今彼女にはつき合っている男がいないのではないかとおもった。

スタンド・バー、と書かれた看板の店が目に入った。ホステスがいなければ、ボッタクられることもないだろう。

そこに入ろう、と和枝に言って、バーのドアを開けた。

なるほど、看板どおりのスタンド・バーで、カウンターで飲むスタイルだった。バーテンと客がひとりいるだけだ。

「水割りを二つ」

うなずいた中年のバーテンは、黙って私と和枝の前に水割りを置くと、先客とお喋りのつづきをはじめた。

「じゃ、あらためて、奇遇に乾盃といこうか」

「乾盃」

和枝が私の水割りグラスに、彼女のをぶつける。

「で、今は、どこに住んでるんだい？」

「中野の安アパートよ。でも、ひとりじゃないわ」

「そりゃ、よかった。和ちゃんほどの美人を、男どもが放っとくわけがない」

笑いながら言ったが、さっきの予想が外れたことが少々意外だった。

「カンちがいしないでよ。もう、男はコリゴリ。当分はいいわ。ひとりじゃない、と言ったのは、ノラ猫のことよ」

はすっぱな言い方をして、和枝が笑う。やはり和枝は、こういう口調と、飲むしぐさが似合っている。

アパートの周囲には何匹ものノラ猫がいて、毎朝、あるいは寝る前に餌《えさ》を与えているのだ、と和枝は言った。

「なるほど。しかし、なんとなく寂しい図だな」

「そうでもないわ。慣れれば、こんな生活も楽しいものよ。それで、梨田さんは、まだ独りモンなの？」

「結婚したか、ってことかい？」

「だって、猫を被って、勤め人なんてやってるんだもの。してたっておかしくないじゃない」

「猫を被ってるか……。たしかにそうだな」

私はバーテンにお替わりを頼んだ。

「それで、さっきの話だけど……、坂本さんに本当に頼むの？」

和枝が真顔で私に訊いた。

「頼むもなにも、決めるのは和ちゃんだ。嫌だったら、坂本には話さないよ」

私はチラリと和枝を見て、水割りを飲んだ。

「梨田さんは、どうおもうの？」

「人の一生の問題だから、安易なことは言えないけど、たしかに面白いかもしれない。旅行で外国に行けることはあっても、仕事で住むなんて機会は、まずないだろうし。でも、男と女はちがうからな……」

「どっちか、と言ったら？」

「それは、俺が訊きたいよ。和ちゃんは、どっちなんだい？」

和枝が迷い顔をした。無理もない。つい数時間前までは、日本を離れてロスアンゼルスに行くなんて話は、まるでカケラもなかったことなのだ。

「わたしのほうが坂本さんとのつき合いは古いけど、よく知ってるのは、梨田さんのほう。どう？　彼って信用できる人物？」

首を傾げながら、和枝が訊いた。

「まあ、ワルじゃないのはたしかだね。信用できたから、彼の新商売に出資したんじゃないんだ」

「じゃ、なんなの？」

「なんとなくさ。麻雀と似たようなアブク銭が入ったからだよ」

「しばらく会ってなかったけど、その性格は以前のままね」

和枝がおかしそうに笑い、ふと、おもいついたように言った。

「ねえ、これから麻雀しない？　半荘《ハンチャン》を一回戦だけ。その一回戦の結果で坂本さんの会社に行くかどうかを決めるわ」

「和ちゃんが俺に勝ったら、行くことにするのかい？」

「教えない。だって、教えれば、梨田さんが気にするでしょ？」

どう？　やさぐれ人生のわたしにピッタリの決め方でしょ？　そう言って、和枝が空の水割りグラスを揺すりながら、お替わりを注文した。

和枝は、私の性格が以前のままだと言ったが、それは和枝も同じだ。

さっき会社で会ったとき、和枝の、いかにもキャリアウーマン風に見えるツーピース姿に驚きはしたが、彼女こそ、猫を被った生き方をしている。

「わかった。つき合うよ」

「じゃ、『小三元』に行きましょ。マスターと、もうひとり、強い人に入ってもらうの。ヘボが入ってきたんじゃ、わたしの運命がかわいそうじゃない」

和枝がカウンターの隅の電話機にむかい、電話をお借りしますね、とバーテンに断ってから、プッシュボタンを押しはじめた。

二言三言、電話で話してから受話器を置き、OKよ、と和枝が私に言った。

店の勘定は、ボッタクリバーどころか、ボッタクられなさすぎるほど、安かった。

三枚の千円札をカウンターに置いて、和枝と一緒に店を出た。

43

「小三元」は、風林会館のすこし手前にあった。百メートルほど先には、姫子のクラブがある。

「なんで『小三元』なんだい？　ふつうなら『大三元《ダイサンゲン》』にするだろう」

「マスターの話では、『小三元』は狙ってできるけど、『大三元』はツキがないと完成しないからだそうよ。つまり、ツキだけで麻雀をする人は、やめときなさいよ、と暗にアピールしてるんだって」

和枝が笑いながら、店のドアを開けた。四卓しかない小さな雀荘で、しかも動いているのは一卓だけだった。

奥の雀卓で、スポーツ紙を広げていた五十代後半に見える男が、和枝に手を挙げた。彼のむかいの椅子では、やはり同年代の男がひとりで卓上の牌《ハイ》をいじっている。

「やあ、お嬢。久しぶりだな」

どうやら和枝は、この店ではお嬢と呼ばれているらしい。

店主の声に、麻雀をしている卓のひとりからも、声がかかる。

「長らく顔を見なかったんで、勝ち逃げしたのかとおもってたぜ」

「逃げるほど勝ってなんかいないわよ」

和枝が応えると、今度またやろうぜ、と言って、客はもう振り返りもしなかった。

「了《りょう》さん、お久しぶり」

和枝が牌《ハイ》遊びをしていた男に、頭を下げた。

「おう。親爺から、すぐに顔を出せ、って呼ばれてな」

了と呼ばれた男が、品定めをするように、私をチラリと見た。

「紹介するわ。この男《ひと》、梨田さんというの。ご覧のとおり、了さんとはちがって、ふつうの勤め人」

和枝がマスターと了に、私を紹介した。

「梨田です。よろしく」

私は二人に、小さく頭を下げた。

「こちらがマスターと、了さん」

和枝が私に、二人を紹介する。二人も私同様、よろしく、と言って軽く頭を下げる。

「半荘《ハンチャン》、一回だけなんだって？」

了が不服そうな顔で、和枝に訊く。

「そうなの。きょうは、ちょっとした事情で。長丁場は、今度、つき合うから勘弁して。その替わり、レートは了さんに任せるわ」

「じゃ、いつもの十倍に、すっか？」

了がニヤリと笑って、冗談だよ、と言う。

「わたしは構わなくってよ」

「お嬢がよくたって、こちらの若いボンに気の毒だ」

「僕もいいですよ」

十倍のレート。いつもやっているレートがいくらなのか、和枝に訊いてなかったが、私はアッサリと応えた。

無造作に私が応えたので、了が笑みを引っ込めた。

「十倍、って、千点一万円になるんだぜ」

もう一度品定めをするように、了が私の全身に目を走らせる。

「梨田さんなら、大丈夫よ。この若さでも、修羅場を踏んでいるから」

「ふ〜ん」

だとよ、と言って、了がマスターに、それでいいか？　と訊く。

「わしは、お客さんの要望に応えるだけさ」

「よし、じゃ、決まった。半荘《ハンチャン》一回。千点一万円、オカはレートに合わせて、十万二十万にしよう」

了の目が急に活き活きとした。

レートに私の関心はなかった。興味を抱いたのは、了と呼ばれるこの男の素姓だった。やくざモンではない。ただの遊び人風にも見えない。しかし、千点一万円のレートで麻雀を打てる人間なんて、そうザラにいるものではない。

「最初にお断りしておきますが、今、僕の財布には、三十万の現金しかない。もし足が出たら五分だけ待ってくれます？　持ってきますから」

私の頭にあったのは、姫子だった。箱点のラスを引いて五十万。不足分は、ひとっ走りすればすむ。

「なんだい？　この近くに住んでるのかい？」

マスターが私に訊いた。

「いえ。家は六本木なんですけど、学生時代からこの界隈にはチョクチョク顔を出してたんで、知り合いがいるんです」

「なるほど。いろんな方面で場数を踏んできたってわけだ」

茶化すように言って、了がニヤリと笑った。その笑みは、女だろう？　とでも言いたげだった。

「了さんというのは、渾名《あだな》なの。本名は、蒼井《あおい》さん。この近くに住んでいて、職業は、本人いわく、株の相場師。株屋に長く勤めていたんだけど、一匹狼のほうが稼げるからとの理由で、辞めちゃったそうよ」

ねっ、了さん、と言って、和枝が笑う。

「そんなことは、どうだっていい。さっさとやろうぜ」

了が牌《ハイ》のなかから、東南西北の牌《ハイ》を拾い集める。

「もうひとつ言うとね。了さん、って、なぜ言われるようになったかというと、この男《ひと》、物事の終わりには、いつも、了、とひと言発するのよ。株の手仕舞いも、了。女の手仕舞いも、了。麻雀だって、ロン、とは言わずに、了。以上、終わり。ちがった。了」

「お嬢。お喋りはそれで、了だ」

場決めをしようぜ、と言って、了が東南西北の牌《ハイ》をひっくり返して、かき混ぜる。

和枝がバッグから手帳を出し、ボールペンでなにやら書き込むと、その頁を破って、マスターの胸ポケットに突っ込んだ。

「その前に――」

「なんだい？　こりゃあ？」

マスターが胸ポケットに入れられた和枝のメモを取り出そうとする。

「駄目よ、見ては。それ、マスターには関係ないの。この半荘《ハンチャン》が終わったら、私に返して」

和枝の言葉にマスターが怪訝な顔をしたが、ふ～ん、と鼻を鳴らしただけで、それ以上質問しようとはしなかった。

「梨田さん、といったっけな。一番若いんだ。アンタから、取んなよ」

了が場決めの牌《ハイ》に、顎をしゃくった。

「じゃ」

私は言われるままに、牌《ハイ》をつまんで、ひっくり返した。北だった。

次いで、和枝、マスター、了の順で、牌《ハイ》をひっくり返す。

東は、和枝。南は、マスター、西は、了だった。

「ルールは、知ってるかな？」

マスターが私に訊いた。

「ええ。有馬さんから説明を受けてます」

今、関東麻雀では主流になっている、佳代ママの秘密麻雀クラブと同じルールだった。

仮東の和枝がサイコロを振り、了が出親。

私に緊張感は、まるでなかった。高額なレートとはいえ、わずか半荘《ハンチャン》一回の戦いなのだ。負けたって、今の私の懐具合からすれば、大したことはない。

それよりも、和枝がマスターの胸ポケットに入れたメモの内容が気になった。和枝は、この麻雀の勝負で、坂本の会社に行くかどうかを決める、と言った。

なんと書いたのだろう。私が勝てば行く、と書いたのだろうか。それとも……。

了の振ったサイコロは、六の目。私はサイコロを振り返した。五の目。

私同様、了にもまったく緊張の気配がない。株の相場を業としているというから、五、六十万の勝ち負けなど、さしたる金額ではないのだろう。きっと麻雀にも自信を持っているにちがいない。

ドラは🀛。私の配牌《ハイパイ》はクズッ手だったので、了とマスターの打牌《ダハイ》に注意を払うことにした。和枝とは何度か卓を囲んでいるので、腕はもちろん、癖までも知っている。

七巡目、了がリーチをかけ、三巡後に、ドラの🀛を自摸《ツモ》り上がった。辺《ペン》🀛待ち。他の順《ジュン》子《ツ》は、断幺系《タンヤオ》と整っているにもかかわらず、不自由なドラ待ちの辺張《ペンチャン》リーチ。

裏ドラは🀙で、親の満貫《マンガン》。

「早速、了、かね」

点棒を払いながら、マスターが苦笑を浮かべる。

そういえば、このマスターにも緊張の色は感じられない。街なかの小さな麻雀屋。それも歌舞伎町。きっとマスターも、修羅場麻雀を経験してきたにちがいなかった。

一本場、二本場と、役牌《ヤクハイ》をいち鳴きして、親の了が上がりつづけた。安上がりだが、上がりを重ねることで、勢いづかせてしまうことを、私はちょっと惧れた。

しかし、了の口から、ここまで和枝が説明したような、「了」の台詞が洩れることはなかった。

もしかしたら和枝は、半分冗談のつもりで言ったのだろうか。

三本場。ドラは🀋。

十二巡目、私が切った🀒で、了の口から、初めて「了」の声が洩れた。

こんな手だった。

🀚🀚🀉🀉🀊🀊🀋🀋🀒🀓🀓🀔🀔

「ハネ満《マン》かな」

私の顔をチラリと見て、了が言った。

黙聴《ダマテン》でハネ満《マン》の手というのは、なかなかできるものではない。しかも二盃口《リャンペーコー》という手役は難しい。

「箱点で、終了じゃなかったですよね？」

点棒を払いながら、私はマスターに訊いた。

「続行だよ。終了するのは南《ナン》の四局で、だ」

笑いながら、マスターが答える。

そのとき初めて、私の胸にかすかな疑いが頭をもたげた。

もしかしたら、このマスターと了は、コンビ麻雀を打っているのではないだろうか。

私が🀒を切る二巡前に、了の上家《カミチャ》のマスターは🀕を捨てている。

了の牌《ハイ》操作は手慣れていて、自摸《ツモ》った牌《ハイ》を、指先でインサイド、アウトサイドに、器用に切り換えながら手配を整える。並みの麻雀打ちなら、自摸《ツモ》切りなのか、手牌《テハイ》のなかから牌《ハイ》を捨てたのか見抜けないだろう。

しかし私は、開始早々から、自分が上がることよりも、了とマスターの打牌《ダハイ》を観察することに集中していたから、ある程度、それらを見抜ける自信があった。私の見たところ、マスターが捨てた🀕以降、了はすべて自摸《ツモ》切りだったはずだ。

🀕でも満貫《マンガン》。高目の🀒を待つ理由などない。あるとすれば、マスターと了とがコンビ麻雀を打っている場合だけだ。

チラリと和枝を見た。和枝はまったく無表情だった。

四本場。ドラは□。

七巡目に、下家《シモチャ》の和枝がリーチをかけた。

こんな河だった。
（リーチ）
私はドラの□を配牌《ハイパイ》から二枚抱えての一向聴《イーシャンテン》。安全牌《パイ》のつもりで、二枚切れの西を残していた。

次巡の自摸《ツモ》は、。この勝負、私にはツキがないのかもしれない。

じつは前局、を打ち込んだとき、すでに私は、での黙聴満貫《ダマテンマンガン》を聴牌《テンパイ》していて、了の親を蹴飛ばすつもりだったのだ。は、本命中の本命。私は、手の内から、西を捨てた。

「ロン」

和枝から、声がかかった。

広げた和枝の手牌《ハイ》は、こんなだった。

裏ドラに、中が寝ていて、□はW《ダブ》ドラで、ハネ満《マン》。
「こりゃ、気の毒だな」

まるで同情には聞こえない声で、マスターが言った。

「まあ、こんなこともありますよ」

私は鷹揚さを装って、小さく笑った。

「点棒、二万点貸しとくよ」

そう言って、了が私の前に、二万点の点棒を置いた。

そのとき、麻雀を打っていた卓から声がかかった。

「マスター、終わりだ。勘定してくれ」

どうやら、フリーの卓ではなく、セット麻雀だったようだ。

「ひとりアタマ二千円だ。金はこっちに持ってきてくれ」

マスターは腰も上げずに、声の主に返した。

私の親。

和枝の山からの配牌《ハイパイ》で、こんな手が入った。ドラは🀙。

🀙🀙🀚🀛🀜🀐🀐🀗🀗🀇🀇🀈🀄🀃

第一打、🀃。

狙いは、七対子《チートイツ》だったが、最初の自摸《ツモ》は、🀉だった。打、🀄。

次の自摸《ツモ》で🀘を引いて、打🀜。

「マスター、ほら、八千円だ」

店に入ったとき、和枝に声をかけた男が、マスターに金を差し出す。

「おう。またな」

場代にはまったく関心がなさそうで、マスターが、出された金を無造作にポケットに収《しま》い込む。

「ちょっくら、見させてもらっていいかい？」

男がマスターに訊いた。

「わしは構わんが、他の三人に訊きな」

構わんよ、と了。和枝も、いいわよ、と言って、私を見る。

三人がいいと言うなら、私だけノーとは答えづらい。どうぞ、と私は言った。

「しかし、ケンの字。黙って見ろよ。この勝負、おまえらが打ってるレートの十倍なんだからな」

牌《ハイ》を伏せ、マスターが男に言った。

男が目を剝《む》いた。ウソだろ？　とつぶやく。

「勝負の最中だ。ツベコベ言わずに、座れ」

マスターの一喝で、男が隣の椅子を引き寄せる。

どうやら、新参者の私に興味を覚えたのか、男は、私の斜め後ろに陣取った。

二巡、無駄自摸《ヅモ》がつづいて、次にを引いてきた。

男の視線を感じ、いたずら心が働いた。東《トン》の一局での、了への親のハネ満《マン》と、和枝へのハネ満《マン》の放銃で、この半荘《ハンチャン》の勝負に、私は負けを覚悟していた。

打、🀛。

背後で、男が首を傾げたのが伝わってくる。

次巡の自摸《ツモ》で、🀡を引き、打🀚。

一巡回って、🀘で、打🀖。

私の手牌《テハイ》はこうだった。

🀙🀙🀐🀐🀗🀗🀘🀘🀇🀇🀈🀉🀡

ドラドラ七対子《チートイツ》の一向聴《イーシャンテン》。

次巡の自摸《ツモ》🀏で、🀉を切ると、次に引いたのも🀏だった。🀈を切り、七対子《チートイツ》の聴牌《テンパイ》。

🀙🀙🀐🀐🀗🀗🀘🀘🀇🀇🀏🀏🀡

見《ケン》をしている後ろの男の視線を感じた。

レートは、ウソだろ？　とつぶやいた男がやっている麻雀の十倍。もしかしたら、このひと上がりでの金の計算をしているのかもしれない。

一巡回って自摸《ツモ》ってきたのは、🀇だった。

私はノータイムで、対子《トイツ》の🀗を一枚外した。

後ろの男が息を呑《の》んだ気配が伝わってくる。

十人中、十人までこんな麻雀は打たない。しかし、半荘《ハンチャン》一回の勝負で、しかも和枝の将来を賭けた麻雀なのだ。夢はデカいほうがいい。麻雀の勝ち負けは、二の次だ。

次の巡目で、対面《トイメン》のマスターが🀐を切った。

これもまた、十人中、十人までがポンをするだろう。しかし私は黙ってやりすごした。後ろの男が、もどかしげに、足を組み替えた。たぶん胸のなかでは、このド素人が、とでも嘲っているにちがいない。

了が、🀘を捨てる。またしても、これをスルーし、私は牌山《ハイヤマ》に手を伸ばした。

指先に、🀙独特の感触が広がる。

打、🀗で、こんな手になった。

🀙🀙🀙🀐🀐🀘🀘🀇🀇🀇🀏🀏🀡

清老頭《チンロートウ》の役満《ヤクマン》、一向聴《イーシャンテン》。

了が訝しげな視線で私の河をチラリと見た。

さっきから後ろの男は、私の一打毎に、息を呑んだり、身体の動きをせわしなくしている。たぶん了も、当然そのことに気づいているだろう。

次巡、和枝がリーチをかけてきた。

彼女の河からすると、断平《タンピン》系の手のような気がした。つまり、私とは真逆の手ということになる。

私は自分が聴牌《テンパイ》するまで、すべての牌《ハイ》を勝負するつもりだった。

マスターが、和枝の河の現物を切る。つづいて了が、和枝の河の🀘の筋の🀘を打つ。どうやら、私が見越したとおり、対子《トイツ》落としだったようだ。

「ポン」

を晒し、打。
和枝から、ロンの声はかからなかった。

これで、清老頭《チンロートウ》の聴牌《テンパイ》。
（ポン）
もしマスターのを鳴いていたら、ドラのはマスターに入り、聴牌《テンパイ》はしなかっただろう。

和枝が私の鳴いたを横目に、牌山《ハイヤマ》に手を伸ばす。そして、黙って、を河に置く。

「ロン」

「了」

私と了の声が、同時に重なった。

「上っパネだな。悪いが」

了が手牌《テハイ》を広げた。

平和《ピンフ》だけの手だった。

私の後ろの男が、奇妙な声を洩らした。

私は黙って、自分の手牌《テハイ》を崩した。

「どんな手だったんだい？」

了が私に訊いた。

「上がれなくっちゃ、意味がありません。対々《トイトイ》ですよ」

私は笑って、たばこに火を点けた。

「なに言ってんだい」

後ろの男が興奮混じりの声を上げる。

「何年に一度、できるかできないかの役満《ヤクマン》だよ。お嬢、命拾いしたな」

「単なる対々《トイトイ》じゃなかった、ってわけだ」

了が口元をニヤリと緩めて、私に言った。

「本当？」

和枝が目を細めて、私に訊く。

「だったかもしれないな」

私は笑いながら、後ろの男を振り返った。年のころ、三十六、七。風体からすると、歌舞伎町を根城とする遊び人だろう。

「見《ケン》をするのはいいけど、余計なお喋りはナシにしてほしいな。ツキが逃げてしまう」

「いや、スマン。つい興奮しちまった」

男が私に、ピョコンと頭を下げた。そのしぐさに愛嬌があり、私はそれ以上言う気にはなれなかった。

役満《ヤクマン》の上がりを上っパネで逃がすようでは、先は知れている。

結局、その半荘《ハンチヤン》勝負は、私が大敗し、了がトップを取った。

「負け、いくらになるのかな？」

三着だったマスターに私は訊いた。

「点棒の借金が、了さんに二万点、それとお嬢にも一万点、借りてるだろ？」

私の手元に残ったのは、千点棒が六本だけだった。つまり、点棒のマイナスだけで、五十四万。それに馬《ウマ》の二十万。全部で七十四万の大負けだった。

「さっき言ったように、五分ほど待ってくれます。ひとっ走りしてきますから」

私は懐の三十万を卓上に置いて、了に言った。

「必要ないわ。わたしが貸してあげる。わたしの浮きは、十九万。差っ引き、これでいいわね」

和枝がバッグのなかから、不足分の二十五万を取り出して了の前に置く。

「なんだい？　お嬢。本当に、一回こっきりなのかい？」

不服そうな顔をして、マスターが自分の負け金を数え、それからふとおもい出したように、胸のポケットのメモを取り出した。

「梨田さんがラスだったら、ロスに行く……？」

メモを見てつぶやいたマスターが、なんだい？　こりゃあ、と妙な顔をした。

「いいのよ。返して」

和枝がマスターの手からメモを取り上げ、内容をたしかめさせるように、私に見せた。

たしかに、マスターがつぶやいた内容がメモ書きされていた。

「なるほど。そういうことなのかい」

私は和枝に笑ってみせた。

つまり、和枝は、坂本の会社に入ってロスアンゼルスに行くことには、もうひとつ踏ん切りがつかなかったのだろう。大阪で、私の麻雀の腕を目の当たりにした和枝は、まさか私がラスを引くとは考えていなかったにちがいない。

「マスターに了さん、どうもありがとう。無理言っちゃって。近いうちに、またやりましょ。もしかしたら、わたし、しばらく歌舞伎町から姿を消すことになるかもしれないから」

「ロスに行くのかい？　ロス、っていえば、アメリカのロスアンゼルスのことだろ？」

マスターが訊く。

「もしかしたら、って、言ったでしょ」

笑って軽くいなし、和枝が行きましょ、と私を促した。

「どこに行くんだい？」

勝ち金を財布に収いながら、了が和枝に訊く。

「シッポリと濡れる、ってのならお邪魔はしないが、飲みに行く、ってのなら、俺も加えちゃくれないかな。こんなに勝っちまったから、俺が奢るよ。それに――」

了が私の顔を見て、言った。

「アンタ、若いのに、いい度胸してる。すこしばっかり、気に入ったんだ」

私はやくざは大嫌いだが、了のような正体不明の男は嫌いではない。

どうする？　と私は和枝に訊いた。まさか彼女は、焼けぼっくいに火が点いたように、私とこれから寝るつもりだったのではないだろう。

「じゃ、一時間だけよ。梨田さん、わたしの古い知り合いで、積もる話もあるんだから」

「わかったよ。じゃ、ついてこいよ」

ジャケットを羽織り、了が出口にむかう。

「ゴメンね。いいの？」

和枝が小声で私に訊いた。

「成り行きだよ。しょうがない。半荘《ハンチャン》一回戦のために、わざわざ呼び出したんだから」

44

了に連れて行かれたのは、姫子の店に程近い、小さなクラブだった。

店構えは小さいが、きれいな女性が四人ほど揃っていて、なかなかの高級店に見える。

客が三組いたが、いずれもやくざモンではなさそうだったのが、私は気に入った。

奥の席に腰を下ろすと、ママらしき女が他のテーブルから飛んできた。

「ママ。雀友《ジャンとも》を連れてきたよ。おかげで、飲み代が稼げた」

レミーマルタンを一本入れてくれ、と了が言った。

「で、お二人さんは、どういう間柄なんだい？」

レミーマルタンの水割りをひと口飲むと、了が訊いた。

「そんなこと、了さんに関係ないじゃない」

和枝がアッサリとかわす。

「まあ、そうだけど、デキてる関係じゃ、あんなバカデカい麻雀は打たんだろ？　それに、お嬢は、負け金だって事も無げに貸してやった。気にもなろう、というもんだ」

「麻雀打ちは、麻雀ができれば、それでいいの。お金さえ払ってくれるなら、わたしは誰とだって打つわ」

「じゃ、そういうことにしておこう」

了が苦笑して、私に顔をむける。

「兄さんは、鉄火場麻雀でしのいできたクチだな。きょうはツキがなかったけど、腕はまあ、俺と五分と見たよ」

「それは、どうも」

私は笑って、レミーを口に運んだ。正直なところ、レミーはすこし甘すぎて、私の好みではない。だが今夜の味は妙にホロ苦い。

「ところで、どうして、マスターの切ったで、上がらなかったんです？」

私はで了に打ち込んだ二盃口《リャンペーコー》のことを疑問におもって訊いた。

「知ってたのかい」

「たった今、腕は五分だと誉めてくれたばかりじゃないですか」

「金のないやつをイジめたくなかったのさ。マスター、ここんところ、競馬でヤラれっ放しだったからな」

「俺には金がある、と踏んだんですか」

「そりゃそうだろう。千点一万円だと言っても、顔色ひとつ変えやしなかったしな。麻雀の腕にいくら自信があったって、一万円じゃビビるよ。まあ、俺の見たところじゃ、最低でも、二、三千万の懐の余裕はあるね」

そう言って、了がニヤリと笑った。

「まあ、すごい。この若さで、そんなに大金を持ってるの？　でも、了さんの十分の一ね」

ママがチラリと了を見、それから私に愛想笑いをむけた。

「俺のは麻雀資金じゃねえよ。株の資金だ。株なんてのは、常時それぐらいは用意しとかなきゃ、ここぞ、というときの勝負はできんからな」

ところで、どうだい？　と了が私に言った。

「麻雀なんてチンケな勝負事は遊びにしといて、株でも張らねえか。ひと動きで、一千万、二千万なんてのは簡単に手に入る」

「まあ、やめときましょ。僕の器量じゃ、麻雀がお似合いですよ」

「そういうところが、ふつうのやつとはちがうんだ。でも、断言しておくよ。お兄さんは、そのうち、きっと相場に手を出す。人間の度胸ってのは、そういうもんだ」

了がポケットの名刺入れから、名刺を抜き出した。

「その気になったら、電話しな。アドバイスするよ」

渡された名刺には、一丸光一という名前と電話番号が書かれているだけだった。

小一時間ほどで了と別れ、クラブの外に出ると、私は和枝に言った。

「借りた金、返すよ。ちょっとつき合ってくれるかな」

「別に今じゃなくていいわよ」

そして一瞬、躊躇したあと、和枝が言った。

「今、恋人いるの？」

「いるよ。三人」

私はアッサリ言った。

「そりゃそうよね。なんか、わたし……、久々の大きなレート麻雀で、身体が火照っちゃった。わたしと寝るのは嫌？」

「むかしなら、即座にOKしただろうけど、やめとくよ。坂本の会社に世話になる覚悟を決めたんだろ？　新しい人生には、新しい男が似合うよ」

「ふ〜ん。すこし見ない間に、ずいぶんと大人になったのね。じゃ、諦めるから、どこかで、もうすこし飲も」

和枝のサッパリとした気質は、むかしと変わっていなかった。

時刻は十時。さすがに歌舞伎町のこの時間は、酔客で溢れている。姫子の店もいっぱいだろうか。

たばこ屋の角の赤電話で、姫子の店に電話してみた。

「ママに替わってくれるかな。梨田というんだ」

一分ほど待たされて、姫子が電話に出た。

——あら、来ないの？　席を取ってあるわよ。

「わかった。連れがひとりいる。麻雀で負けて、彼女に借金を作っちゃったんだ。五十万ほど、貸してくれるかな？」

——お安い御用だけど、彼女、って、連れは女性《おんな》なの？

「そういうこと。大阪時代の知り合いだよ」

——どこででも、大暴れなのね。

姫子が冷やかすように笑って、待ってるわ、のひと言で電話を切った。

「じゃ、行こうか。すぐそこなんだ」

私は和枝に言って、歩きだした。

「ママとは、ずいぶん仲が良さそうね」

肩を並べた和枝が言う。

「ああ。三人いる恋人のひとりだよ。恋人というより、俺の人生の指南役かな」

「ふ〜ん。興味津々」

和枝の口振りは、本音をおもわせた。

姫子の店のドアを押す。顔馴染みの黒服が、愛想笑いを浮かべながら、素早く和枝に品定めの視線を走らせる。

「予約席」の立て札が置いてある奥のテーブルに案内された。

テーブルの上には、すでにウィスキーがセットされていた。

初めて見る若いホステスが席に着いた。

「ママからの伝言よ。積もる話もあるでしょうから、三十分ほどしたら顔を出すって」

私はおもわず苦笑した。

いかにも姫子らしい。男と女の裏事情を、トコトン知り尽くしているのだ。

「ねぇ、ママ、って、どの女性《ひと》？」

ホステスに水割りを作ってもらうと、グラスを口に運びながら、和枝がすかさず訊く。

「あそこにいる和服の女性《ひと》よ」

ホステスが五、六席離れたテーブルに座る姫子のほうを指差す。

姫子もこっちを見ていたようで、私と目線が合うと、ちょっと冷やかし気味の笑みを浮かべた。

「すごいきれいな女性ね」

和枝の口から賞賛の声が洩れる。

「それはそうよ。ママ目当てのお客さんがいっぱいですモン。でも、全員、空振り。どうやらママには、好きな男性《ひと》がいるみたい」

私と姫子とのことを知らない若いホステスが、遠慮なく言う。

「女の子たちも全員、ママのファンよ。美人の上に、とても情が厚いし、性格だって、竹を割ったように、サッパリしている」

「悪いけど、二人だけにしてくれないかな。なに、きみを嫌ってるんじゃない。俺たちだけの話があるんだ」

「わかりました」

不服そうな顔も見せず、彼女はアッサリと引き下がった。

「やるわね。梨田さんも」

和枝の口調に、棘はなかった。

「学生時代からのつき合いなんだ。歌舞伎町の裏の顔だよ」

そんなことより、いつ坂本の会社に顔を出す？　と私は和枝に訊いた。

「いつでもいいわよ。決まったら、連絡ちょうだい」

あしたにでも坂本に電話してみよう、と私はおもった。和枝の話をしたときの坂本の驚く顔が目に浮かぶ。

「ねえ、私が突然大阪から消えて驚いた？」

私のグラスにウィスキーを注ぎながら、和枝が訊いた。

「東京に帰る、のひと言があったってよかっただろうに、とはおもったよ。でもまあ、しょうがないか。いっときも早く、あの街から消えたかったんだろ？」

「あのあと、梨田さんはどうしてたの？」

「大暴れだよ」

私はさっきの姫子の言葉を借りて言って、小さく笑った。

「大暴れ、って？」

「話せば長くなるし、クダらないからやめよう。やくざモンに追っかけられたり、すんでのところで、命を落としそうになったり、ということだよ。その替わり、さっき了が言い当てたほどの金は手に入れたけどね」

「二、三千万、ということ？」

「いや、それ以上かな」

「それが、坂本さんの新しい会社への出資金ね」

「いや、ちがう」

株での利益金だと言おうとしたが、やめた。そのときなぜか、いずれおまえは株相場に手を出す、と言った了の言葉が、私の頭に蘇《よみがえ》った。

大阪時代の想い出話をしていると、ようやく姫子が顔を出した。

「はい、これ」

姫子が封筒を差し出す。

私はなかから五万円を抜き出して、封筒を和枝に渡した。

「今夜でなくていい、と言ったのに」

姫子を見て、和枝が申し訳なさそうな顔をした。

「ママ。紹介するよ。こちら、大阪時代に俺が通った雀荘のママだよ。酷い旦那《だんな》のせいで、すべてを打っちゃって、東京に戻ってきたんだ」

「すごい紹介のしかたね」

笑った姫子が、この店のママの姫子よ、と名乗って和枝に頭を下げる。

「それで、旦那さんとは？」

「離婚しました。わたし、梨田さんに助けられたんです。別れた亭主が酷い博打狂いで大借金を作ってしまい、麻雀屋を奪われそうになったのを、すんでのところで、梨田さんが麻雀の勝負で取り返してくれたんです」

「へ〜。マー君、やるじゃない」

姫子が冷やかすように笑ってから、離婚の原因はそれだけ？　とさもおかしそうに口をすぼめる。

「それだけ？　とは？」

和枝がちょっと顔を赤らめた。

「マー君のせいもあるんでしょ？　マー君は女性《おんな》に手が早いから」

「それは……」

和枝は口ごもった。

「いいのよ。男と女は、寝る瞬間が訪れたら寝る。人生なんて、その繰り返しよ。ありきたりじゃや、つまらないじゃない。それで、どうなの？　また焼けぼっくいに火が点いた？」

姫子が笑いながら、ズケズケと言う。しかし口調にはまったく嫌味がない。だから、店のホステスたちに慕われるのだろう。

「なるほど。よくわかりましたわ」

和枝も笑いながら応える。

「わかった、って、なにが？」

姫子が小さく首を傾げて、流し目のような目で和枝を見る。

私はおもわず吹き出しそうになった。

私と二人だけのとき、姫子は間違ってもこんなしぐさはしない。今は、「クラブ姫子」のママ、姫子の顔だ。

たぶん女性をよく知らないスケベな客は、姫子の首を傾げての流し目には、ひとたまりもないだろう。

「さっきの若い女《こ》が、ママのことをとても誉めてました。美人で情が厚くて、竹を割ったようなサッパリとした性格だって。梨田さんも、ママは恋人のひとり——それも、人生の指南役だって言ってました」

羨ましいです、と言って、和枝は水割りを口に運んだ。

「あら、マー君。すてきな誉め言葉じゃない。わたし、恋人の末席に座らせてくれてたんだ」

姫子がいたずら心いっぱいの笑みを浮かべる。

「やめてくれよ」

私は苦笑した。

「それで、さっきのわたしの質問は？」

焼けぼっくいに火、の話よ、と姫子が和枝に訊く。

「わたし、ここに来る路上でフラれました。ママより、ず〜っと下の席に座ろうとおもったんですけど、ね」

和枝がアッケラカンと白状して、笑った。

「そうなの？　マー君」

姫子が笑いをこらえている。

「ホントにもう、やめてくれよ」

「わかったわ。これぐらいで勘弁してあげる。ロクデナシの若い男の子は、時々、こうしてお灸《きゅう》をすえてあげなくちゃね。ねぇ、和枝ママ」

「ママにかかってはカタナシね、梨田さんも」

和枝がふと、おもいついたように、店内を見回した。

「わたし、アメリカに行くのやめて、ママのお店で働こうかしら。すてきなママだし、とても居心地が良さそう」

「あら、アメリカ、って、なんの話？」

姫子が私の顔を見た。

「いや、ね……。ほら、年末に麻雀をやった、旅行会社の坂本を覚えてるだろ？　彼が新しい事業をロスアンゼルスでやることにしてるんだよ」

私はきょう麻雀をやることになったいきさつを、かいつまんで姫子に説明した。

「ふ～ん。新しい事業ねぇ……。よくわからないけど、取った解決方法は、いかにも和枝ママらしくて面白かったじゃない。ママのその性格、わたし、好きよ。でも、ママはこれまでに、外国に行ったことはあるの？　英語は？」

「その両方とも、ノーです。でも、どうせこれまでだって、行きあたりバッタリの人生だったから、なんとかなるぐらいの気持ちなんです」

さほど不安そうな顔もせず、和枝が水割りを口にした。

「女性には珍しい、あしたはあしたの風が吹く派なのね。さしずめ、女版マー君、というところかしら」

黒服が姫子の耳元で、なにかささやく。どうやら他の席から声がかかったらしい。

「マー君、どうする？　今夜、うちに来る？」

姫子はどこまでも開けっぴろげだった。おもわず私は和枝を盗み見た。

「わたしのことは気にしないで。なにしろフラれたんだから。これからは、梨田さんとは、親友の関係で行こう、と決めちゃったから」

「じゃ、これ。先に帰ってて。まさか、二時、三時までは飲まないでしょ？」

姫子が帯の間から家のキーを取り出して、私に渡すと、呼ばれた客席のほうにむかった。

「E&M」の石原から受け取った資料を基にして、マーケティングレポートの作成をした。仕事はほんの数日で片づいた。新しい提言や調査などなにもする必要がなく、ただ取りまとめればいいだけだから、簡単だった。

出来上がったレポートは、有村部長には渡さず、デスクの引き出しに収っておいた。すぐに渡さなかったのは、まだ心の片隅に引っかかるものを覚えていたからだ。

一昨日の夕刻、坂本の会社に和枝を連れて行った。

坂本には珍しい人間も一緒だと伝えただけで、和枝のことは教えなかった。

案の定、和枝を見た瞬間、坂本は腰を抜かすほど驚いていた。

事情を話し、和枝を新会社で雇ってもらえないか、と私は頼んだ。

すこし躊躇したあと、わかった、と坂本は和枝の全身に目を走らせながら承諾した。

濃紺のスーツ姿。知らない人が見たら、和枝のことを、どこかの大企業に勤めるキャリア女子社員と見間違えるかもしれない。たぶん坂本も、それを評価したのだろう。

とりあえず和枝は、四月一日から「ドリームトラベル」で働くことになった。

一件落着したおもいで、なんとなく私はホッとした。

坂本の新会社への私の出資金などわずかな額だし、彼には彼の方針があるだろうから、無理強いなどできない。もしかしたら断られるかもしれない、と内心では心配していたからだ。

これから先に、なにかの折に力になってくれるかもしれない小泉社長。これで社長への顔も立つ。

別れしな和枝は、姫子ママを大切にしなくては駄目よ、とお節介とも取れる言葉を口にした。ママは梨田さんの人生の指南役として、なくてはならない女性《ひと》よ、と短くつけ足して、彼女は足早に地下鉄の駅のほうに歩き去った。

私は胸の内で苦笑していた。永田、砂押、小泉社長、それに姫子——。いったい自分には何人の指南役が必要なんだろう。

「人類の進歩と調和」。あした、三月十四日に開幕式を控える「大阪万国博覧会」のテーマだ。

その日の午後、田代局長がマーケティング局全員をフロアに集めて、一席ブッた。

「これは、戦後の日本が大国入りを宣言する画期的なイベントだ。これを機に、我々の広告業界も、更なる飛躍を遂げるだろう。この流れに乗り遅れてはいけない。きみたちも、是非、その目で万博を観てきてほしい。すでに会社が約束したとおり、万博の見学は、出張扱いにするし、自分の仕事を調整して必ず行くように」

背面管理方式を導入して以来、局員たちの田代局長にむける目は冷たい。熱弁がつづけばつづくほど、シラけたような空気がフロア全体に広がった。

ミーティングが終わったあと、田代局長に会議室に呼ばれた。

私は自分の背に注がれる局員たちの視線を感じた。それに松崎課長も、首を傾げながら、私を見ている。

無理もない。仕事の話だったら、私の直属の上司の松崎課長にすればいいのであって、田代局長が直接私に声をかける必要はないからだ。

テーブルに座った私に、田代局長が訊く。

「きみは、営業のほうの評判がいいね。例の『M乳業』の仕事は終わったのかい？」

「いえ、まだです」

出来上がったマーケティングレポートはデスクの引き出しに収ったままだ。

「それが、なにか？」

有村部長の悪行が局長の耳に入ったのだろうか。それならそれで、構わなかった。私にはいつでも辞める覚悟はできている。

「いや、課長に、皆が今やっている仕事の内容を訊いてみたら、きみは『M乳業』を担当してる、と耳にしたもんだから」

田代局長が私に、遠慮なくたばこを吸っていいんだよ、と言った。

「いえ。我慢できますから」

なんの話ですか？　とでもいうように、私は局長の目をうかがった。

「きみは、どうおもう？　今度の席替えについて」

さすがに、背面管理法などという言葉を、局長は使わなかった。

「どうおもう？　とは、どういう意味ですか？」

「きみも、皆と同じように、反対かね？　私だって鈍感じゃないから、皆が反対しているのは知ってるよ」

「それを、僕に訊いてどうなさるんです？　僕なんて、まだ入社そこそこの若造ですよ。僕の意見なんて、参考にならない、とおもいますが」

「そういう、きみの態度が気に入ってるんだよ。なんせ外様の私に、皆は未だに心を開いてくれない。きみなら、生の声を伝えてくれる、とおもったんだ」

「ずいぶんと、弱気ですね」

私は局長から視線を外して、サラリと言った。

「弱気か……。そんな感想を聞くのは、初めてだよ」

局長が皮肉っぽい笑みを口元に浮かべた。

「じゃ、ズケズケと言わしてもらいます。はっきり言って、即座にやめるべきですね。ここは、N電器やS電機とちがって、メーカーじゃないんです。管理しながらする仕事と、自由に泳がせながら、個人の責任において任せる仕事があるとおもうんです。誰だって、背中に視線を感じながら仕事をすれば、萎縮してしまいます」

「わかった。ありがとう」

うなずくと、局長は腰を上げた。

46

表参道のバー。

すでにベティはカウンターにいた。

「久しぶり、って気がするわね」

「電話で話すより、やはり、うれしいな」

私はバーテンに、バランタインの水割りを頼んだ。

夜の十時。客は三人いた。

「ちゃんと病院に行ったんだろうな。まだ顔色が悪いよ」

「病気じゃないから心配ないわよ」

「病気じゃない？　どうしてそんなことがわかるんだよ」

「まあ、いいから」

ベティが白い歯を見せ、カクテルを飲んだ。

「忙しいみたいだな」
二、三日に一度、夜遅くなってから、ベティから部屋に電話がかかってくる。声は相変わらず元気だが、こうして会ってみると、どこか具合が悪く見えてしまう。
「使いっ走りの仕事よ。同期の男の子たちも似たり寄ったりのことをしてるんだとおもうけど、疑問におもうことはないのかしら。梨田クンが知的に見えるわ」

「隣の芝生はなんとやら、って言うだろ。どこも同じさ」

私はバランタインを飲みながら、笑った。

「そう、そう。梨田クン、マーケティング局の、あの評判の悪いデスク配置、田代局長に直《じか》談判《だんぱん》して、廃止させたそうじゃない。営業の人たち、梨田クンのこと、なかなかやるじゃないか、って誉めてたわよ」

「そんな噂になってるのかい。直談判なんてしてないよ。呼ばれて、意見を訊かれたから、率直な感想を述べただけさ」

会議室から出て行った田代局長は、松崎課長を呼んで、すぐに席をむかしのように戻すよう、言った。そして、ものの三十分もかけないで、局内は、新木局長時代のようになった。

私はなにも同僚たちに言ってはいない。会議室を出るなり、局長が命じたので皆がそうおもったのか、ひょっとして局長が松崎課長に、私の意見だと口を滑らせたのか、どちらかだろう。

「局長、って、人望がないのね。梨田クンのほうが人望があるんじゃない？」

「冷やかしは、ナシだ。俺に人望があるんだったら、会社の連中は全員、人望があるよ」

「じゃ、そういうことにしておくわ」

ベティがピスタチオをひと粒、口に放り込んで、カリリと嚙みくだいた。

「万博、いよいよね。ところが、問題発生よ。大阪や京都のホテルを当たってみたけど、四月中は、もうどこも満杯なの」

「じゃ、中止にするか。大混雑は、あんまり好きじゃないんだ」

「なによ。競輪場には行くくせに」

笑ってカクテルを飲もうとしたベティが、この前と同じように、気持ちが悪くなった表情を浮かべた。

「マスター。そのレモン、スライスして頂戴《ちょうだい》よ」

ベティがカウンターに置いてあるフルーツ皿のレモンを指差す。

「ベティ……、まさか……」

妊娠をした女性は酸っぱいものを欲するようになると聞いている。

「まさか、なによ？」

すこし顔色が白くなったベティが、つぶやくように訊いた。

この前のイタリアンレストランや寿司屋でのことが頭に浮かんだ。寿司屋では、あれほど寿司が好きなくせに、今夜は生物を食べたくない、とまでベティは言った。

「子供ができたんじゃ……」

私はマスターの耳を気にして、ベティの耳元に顔を近づけた。

「もし、そうだったら？」

小声で訊き返すベティの笑みは、肯定しているようにも、馬鹿なこと言わないで、と否定しているようにも見えた。

戸惑う私に、ベティが言った。

「そんなわけないでしょ。もしそうなら、相手の男にちゃんと言うわよ」

「相手の男？」

「それは、ユー」

茶化した口調で、ベティが私の額を指先でつついた。

「どうしようか？」

困り顔をしたベティが置かれたレモンスライスの一片をつまみ上げ、口に放り込む。

「どうしようか、って……」

「なに勘ちがいしてるの。万博に行こうにも、ホテルがない、という話よ」

「本当に、ちがうんだな？」

「だから、ちがう、って。人の子の親になれる資格なんてないんだから、妙な心配はしないの」

ベティが笑った。しかし私の目には、その笑みが、どこか作り笑いのように見えた。

「大阪や京都は、万博会場に近いから満杯なんだ。いっそ、すこし離れた所にすればいい。まさか、何日も万博参りするつもりじゃないんだろ？　俺は一日だけで十分だよ」

「それ、案外、いいアイデアかも。下田に旅行して以来、梨田クンとどこにも行ってないし……」

ベティの顔色は戻っていた。考えすぎだったのかもしれない、と私はおもった。

そのときふと、金沢の永田の顔が浮かんだ。しかし、金沢からだと、万博会場までは、余りにも距離がある。それに、去年の夏届いた彼の結婚式の招待状は、出席不可で送り返した。永田は、奈摘《なつみ》と結婚する決意をしたときに、もう二度と麻雀を含めた博打事には手を出さないと宣言した。彼は彼の、この世の中で生きてゆく枠を自ら設定したのだ。私が顔を出すのは控えたほうがいい、と判断したのがその理由だった。

「じゃ、その件も、わたしに任せてくれる？」

ベティが、もうひと切れ、レモンスライスを口に含んだ。

「いいよ。俺は首輪をつけられた犬みたいなもんだから。ご主人様の行く所に、黙ってお供するだけさ」

ところで――、と私はベティに訊いた。

「会社を辞めて留学する、という話。お母さんにはもう打ち明けたのかい？」

「まだよ」

「まだ、って、もうそんなに時間がないじゃないか。ベティの家での味方は、お母さんだけだろ？」

「会社を辞めてから言うわ。梨田クンに迷惑がかかるかもしれないから」

「俺に迷惑？　どういう意味だい？」

なんで俺に迷惑がかかるのか、と私はもう一度訊いて、ベティの顔を見た。

「失言よ。忘れて」

ベティが小さく笑った。しかしその笑みは、私の目には、いかにも取り繕ったものに見えた。

「ベティ。俺に、なにか隠してないか？」

「隠し事なんてしてないわよ。だいいち、毎日、雑用に追われて、隠し事をしてる暇なんてないわ。ところで、あの子、どうしてる？　元気？」

話を逸らすように、ベティが訊いた。

「あの子、って？」

水穂のことだとはわかっていたが、私はとぼけながら、バランタインを飲んだ。

「わたしに、隠し事はないか？　なんて訊いてくるくせに、梨田クンのほうこそ怪しいんだから。水穂さんのことよ」

ベティが横目で私を見て、飲むのを小休止していたカクテルに手を伸ばした。

「ああ、彼女のことか……」

「しらばっくれて」

ベティが笑った。

「時々、電話したり、会ったりしてるんでしょ？」

ベティは勘がいい。妙にしらばっくれたりしたら、もっと追及されるような気がした。

「たまに、電話では話すよ。食事を奢らされたのは、一ヶ月半くらい前かな。今、とても忙しいらしい」

「モデルをやってるんだもんね」

「忙しいのは、レッスンのせいだよ」

先日の夜かかってきた電話で、水穂はそう言っていた。五月に、ユニットでデビューすることが本決まりになったとのことだった。

「レッスン？　なんのレッスンなの？」

ベティが興味深げに、私を見た。

「どうやら彼女、こっちとは縁のない遠い世界を夢見てるようだよ」

そう言って私は、水穂から聞いた話をベティに話してやった。

「なるほど……。そうなんだ。モデルの世界から、芸能界に、ね……。彼女、とてもきれいだし、それに男心をくすぐるような魅力も持っているから、案外成功するかもね」

ベティが首を傾げながら言った。しかし、水穂の仕事にさほど興味はなさそうな顔をしている。

「きっと彼女、派手なことが好きなのよ。梨田クンは、派手な女の子と、わたしみたいな地味な子と、どっちが好き？」

「ベティは地味じゃないよ。自分のポリシーどおりに生きてる女性さ」

「ポリシーどおりに、ね……。聞こえはいいけど、それって、女の子への誉め言葉じゃないわ」

「そうかな。ひとり、部屋で、ドラッカーを読む女の子なんて、そうそういるもんじゃないし、俺は賢い子が好きだよ」

「あら、見たのね」

ベティが照れ笑いを浮かべた。

「枕元に置いてあったから、目に入ったんだよ」

ベティは、水穂のことを派手な女の子だと決めつけている。たしかに水穂は派手だ。芸能プロダクションにスカウトされてからは、ちょっと調子に乗りすぎているような気がしないでもない。

しかし私は、水穂を嫌っているわけではない。興味や関心など、人それぞれだ。それらのなにが良くて、なにが悪いなんてものはない。

「じつは彼女、姉ひとり、妹ひとり、という身でね。両親はとっくに他界してしまっている」

「ふ〜ん。そうなんだ」

「小さいころから親戚の間をたらい回しされ、お姉さんと二人で上京したんだよ」

私は水穂の打ち明け話を、淡々と語った。

「だから彼女、いっときも早く、お姉さんから独立したいんだとおもう。目指す世界はちがうけど、そういう意味では、ベティとどこか共通している部分はあるんじゃないかな」

「梨田クン、彼女のこと、詳しいのね。絶対に怒らないから、白状しなさいよ。彼女と寝たこと、あるでしょ？」

ベティの口調は冷やかし気味で優しかったが、その裏にはこれまでには見せなかったような、半分嫉妬の響きが隠されているように感じた。

「ないよ」

私は後ろめたさを覚えながらも、アッサリと否定した。

「彼女、まだ学生だぜ。まあ、可愛くて、なついているから、話をしたり、たまに食事を奢ってやったりしている仲だよ」

「神に誓って？」

「どうしたんだい？　こんなところで、神を持ち出したりして」

私はベティの目を避け、ピスタチオをひと粒、口に放り込んだ。

約束どおり姫始めは、ベティとしたし、それから数日後には、水穂とも寝た。しかしそれ以来、私は二人と一度もベッドを共にしていなかった。

ベティは営業局に異動となり、いつも帰るのは遅くなって、二人だけで会う機会に恵まれなくなってしまい、その上体調を崩していたし、水穂は水穂で、タレント業のレッスンとやらで時間に追われるようになってしまったからだ。

その夜、私は久々にベティとベッドを共にする腹づもりで会ったのだが、その期待に反して、店を出るなりベティは、今夜は部屋に帰るわ、と私に言った。

戸惑いと不服そうな表情が私の顔に浮かんだのかもしれない。ベティが私の耳元に口を近づけて、言った。

「ちょっと体調が悪いの。わかるでしょ？　女の子の身体はデリケートなのよ。もし梨田クンが、なにもしないと約束してくれるなら、わたしの部屋に泊まってもいいわ」

「わかった。俺は若いから、その約束に自信が持てない。だから今夜は帰るとするよ。万博旅行まで、おあずけだな」

私は自分の欲望を見透かされたような気になって、すこし恥ずかしかった。

「ごめんね」

ベティが私の手を握った。握ったその手はどこかひんやりとしていて、彼女の体調が本当に悪そうなことが伝わってくる。

「ベティ。病院に行けよ。身体を悪くしたら、留学の夢なんて、消えてしまうぞ」

「そうね。ありがとう」

周囲に目を走らせ、人の来ないのをたしかめてから、ベティが私の唇に、軽く唇を合わせた。

「部屋まで送るよ」

「ひとりで帰るわ。わたしが約束を守れなくなりそうだから」

笑みを残し、ベティは通りかかった空車に乗って、すぐに見えなくなった。

ひとり取り残されたような気分になって、私はネオンの煌《きら》めく大通りを歩いた。

胸のなかでは、どこか納得できない気持ちが渦巻いていた。

ベティが私と距離を置こうとしている……？　それはない、とおもった。私を見る目は、以前と変わらないどころか、もっと深い愛情に満ちているようにすら感じる。別れ際のキスだって、ベティの感情がこもっていた。

梨田クンに迷惑がかかるから、とはどういう意味だろう。失言だと、慌てて取り繕っていたが、そう言ったときのベティの表情には、真実味があった。

ベティの今年に入ってからのようすや態度から考えられる結論は、やはり、アレしかおもい浮かばなかった。

一月の、あのイタリアンレストランでの出来事が、つかい、つわり、ということなら……。

私は首を振って、大通りを歩みつづけた。

47

数日後、有村部長に呼び出されて、いつもの喫茶店で会った。

当然、石原社長も同席しているものとおもったが、部長ひとりだった。

「持ってきたかい？」

「これです」

私は引き出しに収っておいたマーケティングレポートを部長に差し出した。

たばこに火を点け、部長がレポートに目を走らせる。

「さすがに、俺が見込んだだけのことはある。よくできているよ」

目を通し終えた部長が満足そうに言った。

「虎の巻がありましたからね。創意工夫が欠如していることには自信があります」

「なんだ、嫌味か」

部長が口を歪《ゆが》めた。

「半分は、そうですね」

「おまえ、ってやっぱ、本当に変わってるよ。俺にそんなことを言うのは、おまえだけだ」

歪めた部長の口元に、苦笑が浮かんでいる。

「これ、今度の仕事の報酬だ」

部長がスーツの内ポケットから、白い紙封筒を取り出して、私の前に置いた。厚さからすると、四、五十万はありそうだった。

「貰えませんね」

テーブルの封筒を一瞥し、私は部長に言った。

「貰えない？　なんでだ？　今までは受け取ったじゃないか」

部長の私を見る目は鋭かった。

「それは、アルバイト代、と割り切ってたからですよ。でも、今回の仕事はアルバイトではなく、社内での正規の仕事です。だから、貰うわけにはいきません」

「金にも、種類がある、ってわけか」

部長が皮肉のこもった笑みで、私を見る。

「別に、正義面《ヅラ》をしようというんじゃありません。部長には部長の理屈があるように、私にも私なりの理屈があるということです」

「なるほど。しかし、懐に収ってくれないと困るな」

「口止め料のつもりだったら心配無用です。誰にも、なにも言いませんから」

ふ〜ん、鼻を鳴らし、部長が新しいたばこに火を点ける。

「まったく、おまえは変わったやつだ。俺が目をかけたやつで、逆らったのは、おまえだけだよ」

「逆らってるんじゃないですよ。自分の理屈に正直なだけです」

「もう、バイト仕事にも手を出さないということか？」

「そうは言ってません。でも、これからは、選ばせてもらいますよ。もしそれでいいのなら、その都度、相談してみてください」

たばこの灰を払いながら、部長が言った。

「わかった。こいつは引っ込めよう。しかし、一度足を踏み入れたんだ。勝手な理屈で、もう辞める、とは言わせんぞ」

私の言葉に怒ったのか、あるいは私が妙な発言をすることを惧れたのか、数日後に開かれる「MBチーム」の会議には出席しなくてもいい、と言い残して、有村部長は喫茶店から出て行った。

なるほど。ワンマン専務に、ワンマン営業部長か……。胸でつぶやきながら、私は苦笑した。しかし、その一方で、クダらない会議に出なくてもいいことに、喜んでもいた。

48

四月に入った日、出社すると、一階のエレベーター前に、数人の社員がたむろしていた。一階の奥の壁近くには、会社の行事や伝達事項を掲示するボードが置いてあり、どうやら彼らは、そのボードに貼り出された一枚の紙の内容について話し合っているようだった。

私もボードに目をやった。

社内の人事についての発表だった。松尾専務が退任し、常務だったひとりが新専務に昇格することと、これまでお飾りだった社長も同時に退任し、私が初めて目にする名前の人物が新社長になる、と記されていた。

自分のデスクに腰を下ろすと、隣席の菅田先輩に声をかけられた。

「一階のボード、見た？」

「ええ」

笑いながら、私はたばこに火を点けた。

「我、関知せず、という顔だね」

「僕のクビ宣言が掲示されてたわけじゃないですから」

「ということは、松尾専務の辞任がクビだということも知ってるんだ？」

「えっ、そうなんですか？」

私はとぼけて、菅田先輩の顔を見た。

昨年、ベティから、赤坂に移転したあとに内乱がありそうだ、と教えられていた。でも、そんなことは間違っても口に出せない。

「じつは、そうらしいよ。親しい営業のやつから聞いたんだけど、ね……」

周りの耳を気にするかのように、菅田先輩が小声で言った。

私はそのそぶりに、おもわず笑ってしまった。周りには、誰もいないし、むしろ、ふだんより、デスクにいる局員がすくないほどだ。

「皆、その話がしたいんだろうな。連れだって、モーニングコーヒーを飲みに行っちゃったよ」

赤坂に本社が移転してから、人事部による出勤チェックは廃止となった。いちおう出勤時間は九時ということになってはいるが、それは各社員の自主性に委《ゆだ》ねるとの通達が出された。部署によっては、深夜や徹夜仕事になることもある、というのがその理由だった。

しかし田代局長は、就任以来、必ず九時前には出社している。局員への示しのつもりなのか、メーカー時代から身についた習性なのか、たぶんその両方なのだろう、と私はおもっていた。

勤勉な社員とは言い難い私だが、慣れというのは不思議なもので、今の私はだいたい九時すぎには出社するようになっている。

この時刻だと、デスクにはたいてい田代局長の姿が見られるのだが、今朝は空席だった。

「大将も、モーニングコーヒー？」

私は菅田先輩に訊いた。

「首脳会談をやってるよ」

菅田先輩が、会議室のほうに目をやった。

言われて、課長たちのデスクを見ると、四人の課長の顔もなかった。

「どうやら、午前中は仕事にならないみたいだし、僕らもモーニングコーヒーに行こうか」

「いいですよ」

会社の半地下にコーヒーショップはあるが、客の大半は社員なので、私は滅多に顔を出さない。

会社の裏の喫茶店に行った。有村部長と会うときに使う店だ。

奥のテーブルに座って、コーヒーを頼んだ。

「例の仕事、終わったの？」

おしぼりを使いながら菅田先輩が訊いた。

「MBチーム」のことを言っているのだろう。終わりました、と私は言った。

「優秀だよね、きみは。僕なんて、仕事を一丁前に任せてもらうようになったのは、入社して四、五年経ってからだったよ」

「虎の巻が手に入ったんですよ」

私は笑って、軽くいなした。

「虎の巻？」

菅田先輩がコーヒーをかき混ぜるスプーンを止めた。

「まあ、いいじゃないですか」

それで――、と私は切り出した。

「営業の人から、なんて、聞いたんです？」

ベティが言っていたように、松尾専務の解任の背景に、下請け会社の問題があるとするなら、有村部長にも矛先がむけられるのではないだろうか。

有村部長に飛び火したところで、一向に構わなかった。もし私に事情を訊かれるようなことがあったら、正直に話すつもりだった。その結果、辞めるよう言われたら、さっさと辞めるつもりだった。

「専務、自分が設立したプロダクションに、ずいぶんと仕事を流していたらしいね。その責任を問われたという話だ」

「なるほど。でも、会社の金を横領したわけじゃないでしょ？　下請けに流すのは、営業の人間なら、誰でもやってることじゃないですか。流した先が、専務のプロダクションだったことが問題だったというわけですか？」

「詳しくはわからないけど、余り好ましくない、ということじゃないかな。もっとも、これは表向きというか、裏の事情話で、本当は、電鉄の本社が、実力をつけた専務を切りたかったということだろ。なんせ、外様だからね、専務は」

「広告会社としての基礎はできた。ハイ、お役御免、ということですか」

「まあね……」

菅田先輩が寂しそうに笑った。そういえば、先輩も途中入社組で、私同様、外様だ。

「知っているとおもうけど——」

菅田先輩が言った。

「うちの親会社は電鉄で、上層部の大半は電鉄系の人間で占められている。電鉄マンというのは地味だからね。松尾専務のような派手な人間は嫌われるんだよ」

「でも、広告業なんて見栄を張ってナンボの世界じゃないですか。派手だけじゃ駄目ですけど、派手な上に実力があれば申し分ないとおもいますけどね」

「ちっちゃな個人企業ならそれでいいんだろうけど、組織というのは、そういうもんだよ」

「うちも大きくなったというわけですか」

「もう、社員が二百名近くもいるんだよ。この業界で、ナンバー3になることが当面の目標らしいよ。まあ、僕はそんなこと、どうだっていいんだけどね」

菅田先輩がコーヒーを飲みながら笑った。

「僕は心配要らないけど、きみは気をつけたほうがいいとおもうよ」

「どういう意味です？」

一瞬、有村部長との裏仕事のことを知っているのだろうか、と私はおもった。

「きみは営業のほうで評判がいいし、それに派手だからね。つまり、入社してまださほど時間がないのに、目立っているということだよ。僕は心配要らない、と言ったのは、僕は地味で出世欲なんてないから、定年までコツコツ働けばいい。でも、きみはいずれ、マーケティング局から離れそうな気がする。営業局は、出世争いに鎬《しのぎ》をけずっているから大変だよ」

「そんな話があるんですか？」

「僕の親しい営業の人間は、なかなかの情報通でね。きみのことも知っていたし、有村部長がきみのことを相当買っている、と言ってたよ」

「それは光栄と言いたいところですけど、買い被りですね。それに、誤解を解いておきますけど、この会社で出世しようなんて欲は、菅田さんよりもありませんよ」

私は苦笑して首を振り、ところで僕は派手に見えるんですか？　と訊いた。

「間違っても地味には見えないね」

菅田先輩が白い歯をのぞかせた。笑うと、頬に小さなえくぼができ、それがまた先輩の人の良さを強調していた。

「麻雀も強いし、どういうわけか、お金も沢山持っているらしい、というのが、営業での噂らしいよ」

「ふ〜ん。そうなんですか」

たぶんそうした噂の出どころは、佐々木とか、麻雀をやったことのある連中なのだろう。

しばらく雑談をしてから、デスクに戻った。

まだ首脳会談をやっているようで、田代局長と四人の課長の姿はなかった。

ワンマン専務ひとりの退任で右往左往している。会社勤めの人生など、まったくつまらないものだな、と私はひとりごちた。

49

坂本に教えられた銀座の店はすぐに見つかった。七丁目の並木通りの裏手で、バーやクラブばかりが入居しているビルのなかの一軒だった。

六時からの和枝の歓迎食事会には顔を出さなかった。松崎課長に頼まれた仕事が八時ごろまでかかりそうだったからだ。

ギターの弾き語りが入っている店で、さほど広くなく、居心地の良さそうな、クラブに毛の生えたような飲み屋だった。

坂本と和枝は店の奥にいた。

「やあ、また今夜は一段ときれいだね」

私は腰を下ろすなり、和枝を誉めた。

お世辞ではなかった。薄いストライプの入った白っぽいスーツ姿の和枝は、この前の濃紺のスーツよりも、華やかで、品がある。

大阪時代の和枝は、こんなに着る物にこだわってはいなかった。化粧だって薄かったし、美人であることは間違いなかったが、華やかさや品とは程遠かったような気がする。

女というのはつき合っている男や、身を置く環境によって、別の生き物になるのだな、と私はおもった。

「これで、いいか？」

坂本がテーブルのブランデーに顎をしゃくった。カミュだった。

「その前に、和枝さんの新しい門出に、俺が一本奢るよ」

私は席にいるホステスに、ドンペリを一本用意するよう、言った。

「さすがに、金持ちは太っ腹だな」

坂本が茶化すように笑った。

「どうだい？　坂本の会社は？」

私は和枝に訊いた。

「とても良い雰囲気よ。社長が名うての麻雀打ちだとも知らないで、若いスタッフは全員、遣り手の青年実業家だとおもってるみたい」

「酷い言いようだな。きみも相当な女だと言いふらすぜ」

二人の間の雰囲気に、私はすこしホッとした。

坂本が知っているのは、雀荘のママと、あのロクデナシ亭主、タッちゃんの妻という顔だけで、はたして彼と和枝がうまくやっていけるのか、すこし心配していたのだ。

四月の一日付で坂本の会社に勤めはじめてから、やっと一週間。和枝もすこしずつ会社に慣れてきたのだろう。

ドンペリが運ばれた。

私が手に取って、栓を抜いた。ポーン、と乾いた音が弾けた。

グラスに注いで、坂本と和枝、それとホステスにも配ってやった。

「なにはともあれ、おめでとう」

乾盃と言って、私はシャンパンを一気飲みした。

「いや、彼女、仕事の呑み込みが早いよ」

坂本が和枝の仕事ぶりを賞賛した。

店の弾き語りは、去年か一昨年に流行《はや》った「みんな夢の中」を演奏していた。

それで――、私は坂本に訊いた。

「ロスのほうの準備、進んでいるのかい？」

「ああ、すこしずつだけどな」

この前紹介されたデューク山畑が、先日、ようやく格好の事務所物件を見つけてくれたという。

「『リトル・トーキョー』の隅にある雑貨屋なんだが、主人がもう老齢なんで廃業したがってるというんだな。本当は、買い手を探してたらしいんだが、こっちも先がどうなるかわからんし、相場より高い賃料で借りることにしたよ。それに、店にはまだ、日本から運び込んだ美術品やらガラクタの骨董品《こっとうひん》も多数残っているんで、通路で売り捌いてやることにした」

「なるほど。で、社長は、今度はいつ、むこうに行くんだい？」

「来月だな。有馬さんには、パスポートを作らせているから、彼女も連れて行こうとおもう」

「入社早々、海外視察ですか」

私はおかしそうに和枝を見た。

「なるように、なれ、という心境よ」

和枝が笑った。

「なあ、梨田」

シャンパンをひと口飲んで、坂本が言った。

「俺、この歌が好きなんだ」

ギターの弾き語りは、「みんな夢の中」を歌いつづけている。

「みんな夢の中、か。まったくそのとおりだとおもわんか。世間じゃ、やれ万博だのなんだのと浮かれている。その一方じゃ、革命だ、なんて、わけのわからんことを叫んで、ハイジャックをする連中もいる。今度の俺の仕事だって、雲のなかに手を突っ込んでいるようなもんだ。みんな夢の中なのさ」

先月の末、日航機のよど号が、赤軍派数人によってハイジャックされ、数日後に人質を解放して北朝鮮に飛び立った。坂本の言うように、たしかに今の世の中は混沌としている。私の会社員生活なんてのも、正に夢の中の出来事みたいなものだ。

「夢の中の三人衆かね」

「まあ、そんなモンだろう。どうだ？　梨田。いつまでも不似合いなサラリーマン生活をやってたってしょうがないだろ？　辞めて、俺の仕事を手伝わないか？」

「心が動かんでもないけど、まあ、やめておくよ。なにかをやるときは、俺ひとりでやる。失敗しても、人のせいにしなくてすむしな」

「そう言うだろう、とおもったよ」

坂本が小さく笑った。

きょうの昼、渋谷の証券会社に電話して、M乳業の株をすべて売り払った。株価はほとんど動いておらず、売買手数料を払ったようなものだ。

担当者は、新しい株をしつこく勧めたが、私は断って、売却代金のほぼ一千万は口座に眠らせたままにしている。

「この間、麻雀を打った、了という男。そんなに株に詳しいのかね？」

私は和枝に訊いた。

「麻雀だけのつき合いだから、よくは知らないわ。でも、どうして？　株でもやろうというの？」

「最近、ちょっと刺激のない日々でね。金を遊ばせておくのも能がないから」

誰だい？　その男は、と坂本が訊いた。

「いや、な……」

私は先日の一件を坂本に話した。

「なんだ。俺の会社に入るかどうかを、そんなことで決めやがったのか」

坂本が苦笑した。

「たった今、みんな夢の中だ、って言ったばかりじゃない」

和枝が残りのシャンパンを飲み干した。

「おい、梨田。そんなに遊ばせてる金があるんなら、もうすこし俺の会社に投資したらどうだ？」

上目遣いで私を見、坂本が言った。

「アブク銭が入ったら考えるよ」

「アブク銭……？」

「ああ。じつは、あの三百万も株で儲けた金だよ。だから、返ってこなくても、ちっとも惜しくはない。社長の今度の新しい商売が失敗したって、諦めもつく」

それは私の本心だった。

今、私が持っている二千万ほどの金だって、先物相場で得たアブク銭といえなくもない。しかし、ふつうのアブク銭とはちがう。すんでのところで命を失うところだった、身体を張って得た金なのだ。

だから、この金は、簡単に他人に渡すわけにはいかない。

ベティに渡した一千万は、彼女の聡明さに賭けた先行投資だったが、水穂の援助資金は、麻雀で勝ったアブク銭と、有村部長の裏仕事のアルバイトで得た金だ。

シャンパンが空になり、ウィスキーの水割りに替えてもらった。

「ところで、社長は万博には行かないのかい？」

「万博？　興味ないね。あんなモン、農協のオッサン、オバサンが観に行くイベントだよ。大企業の連中にとっては、将来のビジネスを考える上で、すこしは参考になるんだろうが、俺みたいな社会の隙間《すきま》で商売をしている人間にとっては、大して役に立ちはしない。おまえは、行くつもりなのか？」

「ああ。俺もあまり気乗りはしないんだが、会社が奨励してるんだ」

二日前、ベティから電話があり、今月の二十日から三日間、行くことになった。ホテルのほうは、なんとか神戸で確保できたとのことだった。

「ってのは、言い訳だな。あの彼女にせがまれたんだろ？」

坂本は笑って、ウィスキーを空けた。

私は無言で、グラスを傾けた。

「ＭＢチーム」の仕事以来、有村部長から正規の仕事も、裏のアルバイト仕事も、声がかからなかった。

私を嫌ったのならそれでいいし、あるいは、裏仕事の一件で、部長は対応に追われているのかもしれない。

その間私がやった仕事といえば、仕事とは名ばかりの、松崎部長から頼まれた補助的なデスクワークだけだった。

ベティと万博に行く約束はしたが、日が経つにつれて、私は憂うつになった。

新聞やテレビの報道を見ると、万博は想像以上の混雑ぶりらしい。

大阪の千里丘陵に造成された三百三十万平方メートルの会場の中心には、岡本太郎が設計・制作した「太陽の塔」が建てられ、百十七のパビリオンが展示を競い合い、なかでも人気を集めているのが、宇宙船のドッキングを展示したソ連館と、月の石や「アポロ11号」の実物大模型を展示したアメリカ館らしかった。

だが、坂本が指摘したように、来場者の大半は、地方の農協をはじめとした団体客で、パビリオンには長蛇の列ができ、入館するのには、四時間近くも順番待ちをしなければならないとのことだった。

入館待ちに四時間？　想像しただけで、ウンザリしてしまう。

50

大阪に出発する二日前の夜、ベティから部屋に電話があった。

——梨田クン。会社にはちゃんと申請を出したんでしょうね。

「いや、出してない。でも、休みは取ったよ」

——なぜ出さないの？　費用は会社が持ってくれるのよ。

「それが嫌なんだよ。研修だのなんだの、そんな名目がつくと、益々行く気が失せてしまう。俺はベティと旅行に行くつもりだから、自腹にするよ。しかし、新聞を見たかい？　気が遠くなるような混雑ぶりらしいぜ。それでも、行くのかい？」

――わたしだって、正直、モチベーションが下がってるわ。でも、行く必要があるのよ。将来のために、ね。

万博会場には、海外からの賓客《ひんきゃく》の案内や通訳を務めるエスコートガイドが多数いるばかりでなく、参加国から派遣されたきれいなホステスだって三千人近くも顔を揃えているらしい。将来、イベント企画会社の設立を考えているベティは、是非一度、そうした女性たちの働きぶりを見ておきたいのだという。

――万博協会は、彼女たちのために、特別な規則を作ったらしいのよ。

ベティが笑いながら、教えてくれた。

一つ、自分の住所は教えない。一つ、金品は貰わない。一つ、仕事で知り合った異性との個人的交際はしてはならない。

「じゃ、俺、きれいなホステスを見ても、ただ、指をくわえてなきゃいけないんだ」

――バカね。横には、ベティ様がいるじゃない。この浮気男。

笑って、じゃ二日後にね、と言うと、ベティの電話は切れた。

出勤すると、本社ビルの裏手のほうがなにやら騒がしかった。行き交う社員たちに交じって、警察官の姿も見られる。

小声で話す社員たちの話が耳に届いた。

小沢部長が自殺したらしいよ。ビルの屋上から飛び降りたんだってさ——。

小沢部長というと、以前、有村部長たちと一緒に麻雀をやった、元プロ野球の選手だったという人物だ。

自殺？　巨体だった小沢部長の姿が目に浮かぶ。金には困っていたようだが、有村部長とはちがって、どこか憎めない人間だった。

デスクに座ると、菅田先輩が早速話しかけてきた。

「知ってる？」

「騒ぎのことですか？」

「うん。営業の小沢部長が、三十分ほど前に、うちのビルの屋上から飛び降りたらしいんだ」

「やはり、本当なんですか……。で、命のほうは？」

「病院に運ばれたらしいけど、即死状態だったということだ。きみは、小沢部長と面識は？」

「一度、麻雀をやったことがあります。でも、どうして？　自殺をするような人には見えなかったけど……」

「わからないけど、人間というのは、見かけとちがって、いろいろな悩みを抱えているからね」

小さく嘆息をつきながら、菅田先輩が首を振った。

午前中は、小沢部長の自殺のことが頭に引っかかって、なんとなく憂うつな時間をすごした。局員たちも何人かが集まって、ヒソヒソ話をしている。

松尾専務の解任騒動につづいての自殺騒ぎ。この会社には、どこか病巣があるのかもしれない。

午後になって、松崎課長からコーヒーショップに誘われた。

会社の半地下にあるコーヒーショップに、松崎課長はよく顔を出すらしい。理由は二つ。ひとつは、社員は半額になるということ。もうひとつは、どうやら課長は、渋谷の古ぼけたビルの間借り社屋よりも、新しく借りたこのピカピカの新社屋がお気に入りのようなのだ。

コーヒーを頼むと、松崎課長が周囲を見回して、小声で言った。

「今朝、自殺騒ぎがあったのは知ってるよな？」

「ええ。噂で聞きました」

「小沢部長とは、よく麻雀をやったのかい？」

「一度だけです。たしか、去年の今ごろだったかな？」

「そうか……」

課長が、ちょっとホッとしたような顔をした。

「なにか、関係が？」

私はコーヒーに砂糖を入れ、スプーンでかき混ぜながら、訊いた。

「じつは、彼……、会社の金を使い込んでいたようなんだ」

また一段と声をひそめて、松崎課長が言った。

「元プロ野球選手だったことは？」

「そうみたいですね。僕も野球小僧でしたから、覚えてました」

「なかなか豪快な人物だったらしいけど、むかしの派手な生活が沁みついてしまってたんだろうな。金遣いも荒かったようだ」

なるほど、と私はおもった。

高額な賭け麻雀に、私も関わったのではないか、と課長は心配しているのだ。

「麻雀をやった人間は、全員、事情を訊かれるんですか？」

「わからんけど、一年前に一度だけなら、もしそんなことがあっても、きみは大丈夫だよ」

「訊かれても、心配要りませんよ。あのときは、僕は負けたし、使い込みの金を受け取ってはいませんから」

「きみは、やはり神経が太いね。もし俺だったら、仕事が手につかなくなってしまうよ」

苦笑した松崎課長が、あしたから休むようだけど、どうしたんだい？　と私に訊いた。

「じつは、万博に行くんですよ」

課長にには正直に話してもいい。私はアッサリと打ち明けた。

「えっ、そうなの？　申請書、出してないじゃないか」

「出さなかったんです。会社から金の援助を受けると、あとで、レポートを提出しろ、なんて言われかねませんから」

私は笑って、煙に巻いた。

「でも、経費や奨励金を含めると、五、六万にはなるんだよ。今からでも遅くない。俺が判を押すだけだから、提出しなよ」

「いや、いいですよ。別に格好つけてるわけじゃありません」

そのとき、有村部長の姿が入り口に見えた。佐々木と一緒だった。

私と視線が合うと、話があるとでもいうように、目配せを送ってきた。

「ホント、きみは変わってるよ。まあ、気をつけて行ってきたまえ」

戻ろう、と言って、松崎課長が腰を上げる。

「営業の有村部長が、どうやら僕に話があるようなんで」

私は有村部長が座った席のほうに顎をしゃくって、松崎課長に言った。

課長は有村部長のほうを見ると、そうか、とつぶやき、先にコーヒーショップから出て行った。

いくつかのテーブルには、何組かの社員たちの姿があったが、昼食時をだいぶすぎたせいか、店内は比較的空いている。

私は、有村部長と佐々木の座るテーブルに足をむけた。

「座れよ」

有村部長が私に言った。

小沢部長が亡くなったというのに、悲しげな表情は微塵もなかった。むしろ険しい顔をしている。

「もう、知ってるよな？」

有村部長が私に訊いた。

「小沢部長の一件なら、知ってます」

「そうか……」

たばこを吹かしながら、部長がうなずく。

「良い人物だったんだが、見かけによらず、気が小さかったからな」

「それで、なにか……？」

部長を見つめる私の横顔に注がれる佐々木の視線を感じた。

周囲を見回してから、有村部長が声を落として、言った。

「佐々木にも言ったんだが、もし総務のほうからなにか訊かれても、なにも知らない、と答えてくれ」

「事実、なにも知らないんですから、知らない、としか答えようがありませんよ」

「麻雀はやったことがある。でも、レートは千点百円ほどのお遊びレートだった。そして俺は、小沢部長に金など貸してはいなかった……。そうだよな？」

「そういうことですか。僕は、訊かれたことには正直に答えますが、訊かれもしないことについては、こちらから喋ることはありませんよ」

「どういう意味だ？」

有村部長が不快そうな顔をした。

「小沢部長と麻雀したことがあるか？　と訊かれたら、あります、と答えます。レートを訊かれなかったら、話しません。でも訊かれたら、正直に答えます。小沢部長が有村部長に、金利付きの金を借りていたか？　と訊かれれば、そんな相談を小沢部長がしているのは耳にしたことはありますが、本当に借りたのかどうかまでは知りません、と答えます」

「おまえさぁ……」

横で黙って聞いていた佐々木が口を挟んだ。

「そういうことじゃないんだよ。すべて、否定すればいいんだよ。でないと、おまえまで困ったことになるぞ」

佐々木は私から借りた金の返済の一件以来、私のことを快くおもっていない。言葉ばかりか、私を見る目にも敵意が丸出しだった。

「困ったこと？　なればなったでいいさ」

私は佐々木を無視するように言った。

「おまえ――」

佐々木が気色ばんだ。

「いいから、やめろ」

有村部長の一喝で、佐々木が唇を噛む。

「まあ、いいや。おまえの好きなようにしろ」

匙《さじ》を投げたように、有村部長が首を振る。

「もう一度、言っておきますけど、訊かれてもいないことを話す気はありませんよ。総務ばかりではなく、他の誰にも、ね」

じゃあ、と言って、私は腰を上げた。

有村部長は、私を引き止めなかった。

小沢部長の自殺に関して、有村部長はいろいろ後ろめたいことがあるのだろう。もっと勘ぐれば、松尾専務の件にも、有村部長は関与しているかもしれない。

そんな諸々に、私は興味はなかったし、有村部長がどうなろうと、知ったことではなかった。

51

ベティとの待ち合わせ場所は、昨年の夏に下田に行ったときと同じ、八重洲中央口だった。

朝の七時。通勤時間にはまだ早いせいか、乗降客の姿はさほど見られなかった。

すでにベティは来ていた。

白の薄手のセーターに、初めて目にするパンツ姿。手には小さな旅行バッグを携えている。

私と目が合うと、ベティが白い歯を見せた。

白い歯はとても健康的で、白のセーターにピッタリだった。

そのとき私は自分がベティに魅《ひ》かれる理由の一端を理解した。

水穂もそうだが、私がこれまでにつき合ってきた女は、一様に、どこか陰があって、健康的という言葉は不似合だった。高校生時代の私は、勉強とスポーツというとても健康的な青春を送っていた。ベティのなにげないしぐさや笑みは、もはや遠くなってしまった私の高校生時代のことをおもい浮かばせるのだ。

「おはよう」

ベティが私の全身を冷やかすように見る。

「梨田クン。ちょっとお洒落じゃない。それに箸より重い物なんて持ったことないなんて言ってるくせに、バッグなんて持っちゃって」

「二泊するんじゃ、替えのパンツぐらい必要だろ?」

「レディに、パンツなんて言わないの。下着で、いいでしょ」

ベティが呆れたように笑った。

数日前、この旅行に備えて、デパートに顔を出した。

春用の麻のジャケットと、何点かのシャツ、それとズボンも二本購入した。ついでに、ヴィトンの旅行バッグまで買ってしまった。

「馬子にも衣装と言うだろ? ベティ様のお供じゃ、不良っぽくしたら失礼だからな」

「それでも、やっぱり不良っぽく見えるわ」

はい、これ、と言って、ベティが新幹線の切符を私に渡した。

指定席だったが、一等車ではなかった。

「乗ってから一等車に切り換えようよ。金は俺が払うから」

「あのねえ、梨田クン」

ベティが小さく首を振って、口を尖らせる。

「お金を持ってるからって、妙な贅沢はしないの。わたしたちの年齢で一等車なんて、慎むべきよ。万事、その調子でいたら、お金なんて、あっという間になくなるわよ」

「スミマセン、ご主人様」

「まったく、もう」

発車時刻まで、まだ三十分ほど余裕があったが、ホームに入ろう、とベティが言った。

改札を抜け、待合所で、時間を潰した。

「小沢部長の、きのうの自殺騒動、むろん知ってるでしょ？」

私は無言でうなずいた。

「以前から、あまり、芳《かんば》しい噂、なかったわ」

「いいよ。人の噂なんて。その話はやめよう」

私はピシャリと言って、ベティの口を封じた。

座席は、二人席だった。

私が一等車にこだわったのは、もし三人席だったら、車内で自由に喋れないとおもったからだ。だが、これなら、気にする必要はない。

品川をすぎると、ベティが旅行バッグのなかから、ビニール袋で包んだサンドイッチと小さな魔法瓶を取り出す。

「むろん、朝食なんて食べてないわよね。早く起きて作ったんだから」

「ありがとう。しかしベティは、何事にも準備万端だな」

「なにもしない女の子と、どっちが好きなの？」

「ほどほどがいい。すべてがキッチリしすぎていると、俺みたいな男は窒息死してしまう」

「じゃ、収うわ」

ふくれっ面をして、ベティがサンドイッチをバッグに戻そうとする。

「ほどほど、と言ったろ？　これは許容範囲だよ」

「まったく、もう」

苦笑を見せたが、ベティはうれしそうだった。紙コップに、魔法瓶のコーヒーを注いでくれる。

ハムサンドに、エッグサンド、野菜サンドの三種類。それに、炒《いた》めたウィンナーソーセージまである。

下田で作ってくれた手料理もそうだったが、ベティの料理の腕はなかなかのものだ。軽く焼いたパンの間に挟まった具材には、いい味付けがしてあった。

ベティは食欲が旺盛《おうせい》で、サンドイッチを二つ、ペロリと平らげてしまった。

「とても、旨いよ」

私も、あっという間に二つ、胃袋に収めた。

コーヒーを飲みながら、ベティに訊いた。

「あれから、病院で診てもらったんだろうな？」

突然訊かれたからだろうか、瞬間、ベティの顔に狼狽の色が浮かんだ。

「うん。単なる疲労で、なんでもない、って」

「本当か？」

「そんなこと、うそ言うわけがないじゃない。サンドイッチ、せっかく作ったんだから、残しちゃ駄目よ」

ベティが残りの二つのサンドイッチのひとつを私の前に置いた。

私の目には、そのしぐさが、なぜか取り繕ったように映った。

そして話題を替えるように、ベティが言った。

「松尾専務の退任、わたしの予言どおりだったでしょ？」

「たしかに、ね。でも、俺には、まったくと言っていいほど関心はないよ。それより、ベティは、辞めることを、もう会社に伝えたのかい？」

「まだよ。わたしも、松尾専務みたいに、突然、辞めるの。この旅行から帰ってきたら、辞表を出すわ」

サバサバとした口調で言ったが、ベティの表情は若干、寂しそうだった。

プラットホームの、京都の標識が流れた。

あと二、三十分もしないで、新大阪に着く。砂押と一緒に新大阪で新幹線に乗り、東京に戻ってから一年と二ヶ月。あのときの記憶が蘇ってきた。

もう二度と顔を出すこともないだろうとおもった大阪の街。それなのに、こんなに短期間で、またその土を踏む。

短期間だったが、いろいろあった。

今の会社に就職し、ほどなくして、まるで自分の任務は終わったとばかりに、砂押は帰らぬ人となってしまった。

ベティと水穂という二人の恋人ができ、砂押の愛人だった堂上《どううえ》とも寝てしまった。

ひとつ言えるのは、未だに、自分がなにをすべきなのかが見えないということだった。

「なにを考えてるの？」

ベティが訊いた。

「なにも」

笑って、私はベティの手に、手を重ねた。

「ところで、神戸のホテル、ってのは？」

きょうは先にホテルにチェックインし、ひと晩神戸で遊んでから、あした万博会場にむかう、とベティは言っていた。

「じつは、禁じ手を使っちゃった」

ベティが、ペロリと舌を出した。

「禁じ手？」

「そう。あまりにホテルが取れないから、義父《ちち》に手を回してもらったの。会社の女友だちと万博に行くんだけど、ホテルが満杯で、って」

「なるほど。そういうことか」

神戸と大阪なんて、目と鼻の先だ。この万博のせいで、どこのホテルも予約でいっぱいなのに、よく取れたな、と私はふしぎにおもっていたのだ。

「さすが、大企業の社長様よ。義父としての尊敬はないけど、社会における地位というのには敬服したわ。神戸でも、格式のあるホテルのようよ。これまでに、わたしのほうからお願い事なんて、ただの一度もしたことがないから驚いてた」

「お義父《とう》さんに、借りを作った、ってわけだ」

「借りじゃないわ。義父親《ちちおや》らしいことを一度させてあげただけよ。義父は、母と離婚したくないから、わたしに恩を売って、味方にしたいんじゃない」

「なるほど。なかなかドライだ。やはりベティは、将来、経営者となる資質がありそうだ」

「それとこれとは別よ」

52

新大阪駅に着き、在来線に乗り換えた。

「神戸も詳しいの？」

「二、三度、来たことがあるぐらいだよ。でも、名前ほど大きくない街だから、だいたいわかる」

三宮《さんのみや》には正午前に着いた。

雨は願い下げだとおもっていたが、幸い、これ以上はないというほどの好天だった。

タクシーに乗り、ホテル名を告げた。

私は知らなかったが、異人館が立ち並ぶ山の手にある、有名なホテルらしい。

運転手がアクセルを踏み込んだ。

繁華街を抜けて十分もすると、タクシーは高台にある閑静な一角に入った。

道の両側には豪邸が立ち並び、その豪邸も東京ではあまり目にすることのない西洋風の建築様式の物が多い。

大阪時代、私は神戸に二、三度来たことはあるが、いつも三宮界隈の繁華街ばかりだったので、目に映る光景は新鮮だった。

「神戸、って、すてきな街じゃない」

ベティも食い入るように、車窓の外を見つめている。

「お客さん。神戸は初めてなんですか？」

ミラー越しに、運転手が訊いた。

「そうなの。万博見学に来たんだけど」

ベティがはしゃいだ声で答える。

「この辺りは、貿易商の富豪たちが建てた家が多いんです。お客さんの行かれるホテルは、芸能人やタカラジェンヌがお忍びで使うことで知られてるんですよ」

「へぇ〜、そうなんだ」

「着きましたよ」

運転手が樹木の生い茂った敷地内の建物のなかに車を滑り込ませる。

「では、万博、楽しんできてください」

「ありがとう」

私とベティを降ろすと、タクシーは引き返して行った。

「いらっしゃいませ」

制服姿のホテルマンが、うやうやしい態度で、私たちを迎えてくれた。

「わたしがチェックインしてくるから、梨田クンは、ここで待ってて」

ロビーの長椅子を指差して、ベティがフロントに足を運ぶ。

運転手が言ったように、たしかにすてきな良いホテルだ。ロビーにいる客も、どことなく品があって、それがまた、ホテルの風情を優雅なものにしている。

ベティが戻ってきた。

「行きましょ」

すこし不機嫌そうに、ベティが言った。

「なにか、あったのかい？」

「義父《ちち》のご威光を、おもい知らされたわ。料金は受け取らないように、と言われてるんですって」

部屋は五階だった。

窓からは、緑の樹木で囲われた広い庭園が見渡せる。

「いい部屋だね。でも、お義父さんのご厚意はありがたいけど、俺が金を払うよ。こういうホテルがいったいいくらするのか、それを知るのも社会勉強だからな」

「梨田クンのそういうところも好きよ」

突き出したベティの唇に、私は軽くキスをした。

「夕食、どうする？　下のフレンチ、完全予約制なんですって」

「じゃ、やめとこう。俺、堅苦しいの、苦手なんだ」

人生と一緒でね、と言って、私は笑った。

荷物を整理して、ホテルを出た。

近隣を散歩してから、そのまま三宮に出て昼食をとり、午後は神戸の港を見に行く、というのが、ベティの案だった。

五月を間近に控えた空気はさわやかで、降り注ぐ日の光も暖かい。

ベティと手を繋いで歩いた。

すぐ先の建物のてっぺんには、時計台があり、その下で、日の光を浴びたステンドグラスの窓がキラリと輝く。

時々車が通り過ぎるが、散歩しているのは私たちだけだった。

「俺、正直に告白すると、真っ昼間に、女の子とこうして手を繋いで散歩するのは、初めてなんだ」

「照れ臭い？」

ベティが笑った。

「ちょっとね」

「社会に出てから、胸を張って生きられるような人生を送ってこなかった罰よ。その罰を、このベティ様が洗い流してあげてるの」

「そこで、懺悔《ざんげ》でもしていくかな」

私は目の前の教会を見て、笑った。

「五分や十分じゃ、足りないでしょ？」

「一時間はかかる」

ベティが繋いでいた私の手を強く握った。

「ベティは、社会で成功して、こういう場所に大きな家を構え、人が見たら羨むような生活をすることに憧れを抱いているのかい？」

「答えは、ノー、ね」

ベティが立ち止まった。

「大きな家を持つことがイコール幸せじゃないのは、今、身を以て経験しているし、こういう場所は、散歩するのはいいけれど、住みたくもない。人が見たら羨むような生活、って、どんな生活？　人生は、人に羨まれるより、自分が満足かどうか、という尺度で測られるべきよ。わたしが梨田クンを好きなのは、人にどうおもわれても関係ない、というそのスタンスなの。どう？　これで答えになってる？」

「答えになってる」

私は笑って、人通りのないのをたしかめてから、ベティを抱き寄せてキスをした。

「留学の準備や下見のために、ロスアンゼルスに行かなくちゃいけないだろ？」

ふたたび歩きながら、ベティに訊いた。

「会社を辞めたら、すぐに行くわ。たぶん、五月の半ばすぎね」

「この間紹介した坂本も、五月にロスに行くそうだ。ちょっと相談してみるよ」

和枝のことが一瞬、頭をよぎった。なにどうということはない。彼女とは友人宣言をしたばかりだ。

私はベティの腰に手を回し、坂道をゆっくり歩いた。

53

タクシーで三宮に出て、繁華街にあるレストランで昼食を食べた。

大阪よりも、神戸の女性たちのほうが垢抜けている、というのは大阪時代の私がよく耳にした話だ。ちょっと気取った大阪の若い女の子は、それがあってか、遊ぶときはわざわざ神戸の街まで足を運ぶらしい。

レストランには、若いカップルや、女の子同士の客が大勢いたが、なるほど、とうなずけるほど、どこか華やいでいて、服装もシャレている。

しかし私の目には、ベティが一番輝いて見えた。

「なによ、じっと見て」

パスタのフォークの手を止めて、ベティが私に言った。

「いや、ね。きれいな子が沢山いるけど、皆、ベティにはかなわないな、とおもって」

「まったく、もう。喜ばせないでよ」

ベティが顔を赤らめた。素直に反応するベティのこういう点も、私の好きなところだ。

食事を終え、コーヒーを飲みながら、ベティが訊いた。

「今度の新しい社長のこと、知ってる？」

「知らない。興味もないし」

「今月で辞めるわたしはいいけど、梨田クンは、それぐらいは知っておくべきよ」

新社長の名前は、木部一郎。ごくありきたりの名前だが、電鉄本社で、広報活動をやっていた人物だという。政財界に顔が広く、電鉄内きっての切れ者とのことだった。

「社長と、前のマーケティング局長だった新木さんとは、とても昵懇《じっこん》の間柄なんです、って。

だからたぶん、そう遠くない日に、新木さんが戻ってくるわ。それも、以前より偉くなってね」

「アイ・シャル・リターン、ってわけだ」

「なに？　それ」

「新木前局長の辞任の弁だよ。なかなかシャレていて、俺はあの人のこと、好きだったよ」

「でも、そうなると、田代局長は、風前の灯《ともしび》ね。なにしろ、退任した松尾前専務が呼び入れた人だから。それに、もう悪い噂があるわ」

ベティがコーヒーのスプーンの手を動かした。

「会社、ってのは、面白いな。人間関係がゴチャゴチャしていて、人の噂がことの外、好きなんだ」

「しかたないわよ。皆、生活がかかってるんだし、自分の立ち位置をしっかりと見極めておきたいのよ」

「俺は、会社勤めにはむかない人間だな」

「でも、現実には、会社勤めをしている。梨田クンは、立ち位置なんて測らなくてもいいけど、在籍している間は、嫌なおもいをしないためにも知っておいたほうがいいわ」

噂というのは、田代局長の悪い癖のことよ、とベティが言った。

「悪い癖？」

私はベティに怪訝な目をむけた。

しかし、ふと、おもい出した。いつか、有村部長が私に言ったことがある。田代局長は女好きの悪癖持ちで、前の会社のN電器を辞めてうちの会社に転身してきたのも、それが原因だったらしい。

「どうやら、役員秘書に手を出したみたい。美人で評判の吉高さんよ。彼女の名前ぐらいは知ってるでしょ？」

知らない、と私はアッサリと答えた。

「どうして、社内の女に手をつけるんだろ」

言ったあと、私はおもわず苦笑してしまった。人のことを言える身ではない。私だって、ベティに手をつけてしまっている。

「わたしも、一応、社内の女性だけど」

すかさずベティに突かれてしまった。

「恋愛は別だよ。田代局長は、不倫だろ」

「じゃ、そういうことで許してあげるわ」

「しかし、ベティは相変わらず地獄耳だな。もしかしたら、噂好きなのかい？」

私はコーヒーを飲みながら、笑った。

「噂好きだなんて失礼しちゃうわ。女の子同士が集まると、自然とそんな話が出てくるのよ」

「耳を塞げばいい。そのうち、俺とベティのことまで噂されるようになるんじゃないか」

わ」

「しょってるわね。梨田クンは、入社したての、まだぺーぺーなのよ。誰も関心なんてない

「そりゃそうだ」

「大体が、田代局長も脇が甘いのよ。社内にはシンパなんていないんだから、気をつけなければいけないのに、よりによって、会社の近くのホテルを使うなんて」

赤坂にオープンしたばかりの赤い外壁のシティホテル。うちの会社同様、電鉄グループの資本で建てられたホテルだ。朝、そこから秘書と出てくるのを、社員に目撃されたらしい。

「後ろ盾の松尾専務はいなくなり、いずれ、新木さんが戻ってくる。おまけに、社内の女性にも手を出してしまった。田代局長の先も、そう長くはないわね」

「有村部長は、どうなんだい？　彼、あまり評判が良くないんだろ？」

私はたばこに火を点けながら、訊いた。

「来るとき、小沢部長の自殺の話はもういい、と言ったけど、じつは、あの件に有村部長が関わっている、というのが、もっぱらの噂なのよ。小沢部長、有村部長から多額の借金をしていたみたい」

「ふ〜ん。そうなんだ……。じつは、ね……」

私はたばこの灰を払ってから、有村部長から口止めをされたときの話をベティに教えてやった。

黙って聞いていたベティが、不安そうな目で、私に訊いた。

「梨田クン。有村部長とは麻雀をしただけの仲？　隠し事なんて、ないわよね？」

「ない、と言いたいところだけど、じつは、あるよ」

私はベティの視線を外して言った。

空いていた隣のテーブルに若いカップルが座ったのを見て、出よう、と私はベティに言った。

外は人通りが多いばかりでなく、この好天のせいで、うっすらと汗が滲《にじ》んでくるほどに暖かくなっていた。

「神戸といえば、港だろ？」

海風に当たりに行こう、とベティに提案した。

「それはいいけど、さっきの話は？」

「港に行ったら話すよ」

タクシーに乗って、港にやってくれるよう、運転手に告げた。

港に着くまで、ベティは無言だった。有村部長との関係で隠し事がある、と言った私の言葉で不安を覚えているのだろう。

54

十五分ほどで、港に着いた。

春の穏やかな日差しの下で、海は静かに輝いていた。

大小、様々な船が繫留《けいりゅう》され、潮の香りを含んだ海風も、日差し同様に優しい。

桟橋をベティと肩を並べて歩いた。

「梨田クン、話してよ」

立ち止まり、ベティが私に言った。

十メートルほど先に、古びたベンチがあるのが目に入った。

ベンチに座ると、ベティも並んで腰を下ろす。

たばこに火を点け、一服吸ってから私は言った。

「じつは、有村部長の裏仕事のアルバイトをしてしまった……」

「裏仕事のアルバイト？　どういうこと？」

「松尾専務が辞任させられたのは、社外に自分の制作プロダクションを作って、そこに会社の仕事を流したからなんだろ？」

「噂では、そういうことになってるわね」

「有村部長も同じようなことをしてるんだよ。もっとも、松尾前専務ほどの規模ではないんだろうがね」

たばこの味が苦かった。有村部長の裏仕事を手伝った後悔から苦味を感じているのではなかった。こんなことをベティに話す羽目になったことが原因だった。

「じゃ、梨田クン、その仕事の片棒を担いだということ？」

「片棒を担ぐほどの重要な仕事じゃなかったけど、部長から小遣い銭を貰った以上、どんな言い訳も通用しないな」

「最低……」

私を見つめるベティの大きな目に、見る間に涙が浮かぶ。

「ああ、最低だな。ベティに嫌われてもしかたないけど、いきさつだけは説明しておかないと、もっと失礼になってしまうな」

「そうよ。梨田クンは、わたしに対してその責任がある……」

絞り出すような声で、ベティが言った。

今更、ベティに隠し事をする気はなかった。私は有村部長と関わったいきさつ、そして部長から頼まれた裏の仕事のアルバイトについて、淡々と語った。

「でも、部長から貰ったアルバイト代は、銀行に別の口座を作って、そこにプールした。俺の所持金とゴッチャにすることに抵抗を覚えたからだよ。でも、そんなことをしたって、なんの意味もないな。たぶん、後ろめたさの言い訳にしたかったんだとおもう」

「何回ぐらいしたの？　そのアルバイト」

「これまでに四回だよ」

「全部で、いくら貰ったの？」

「二百万ちょっとかな」

私はたばこの吸い殻を足元に落として、靴先で踏み潰した。

「最低ね」

ベティがつぶやき、視線を港の先に泳がせた。

白い海鳥が数羽、海面スレスレに飛び交っていた。

「俺が『ＭＢチーム』に入っていたのは知ってるだろ？」

私を見たベティは、無言でうなずいた。

「部長は、あの仕事でも俺に金を渡そうとしたよ。でも、俺は断った。社内の仕事をして金を受け取るのと、社外の仕事のアルバイトで金を受け取るのとでは、天と地ほどにも意味がちがうからな。それ以来、部長は俺を煙たがって、仕事の話は持ちかけなくなったよ」

新しいたばこに火を点け、私は補足するように言った。

「部長に対して、決定的に不信感を抱いたことがあったんだ」

私は原宿の石原社長の事務所で目撃した出来事をベティに話した。

「つまり、依頼した料理研究家たちになりすまして、有村部長は、自分でコメントを書き、そのギャラを会社から受け取ってた、というわけ？」

「そうだよ。自作自演の有村劇場、ってことさ。さすがにその日は気分が悪くなったから、新宿の街で飲み歩いてしまった……」

その日、大阪時代の和枝に会ったことまでは話さなかった。今の話とは無関係だ。

「有村部長の良くない噂は聞いていたけど、そこまでアコギなことをしているとはおもわなかった……。くどいようだけど、梨田クンのほうから、アルバイトをさせてくれ、と頼んだんじゃないのね？」

「ちがうよ。だいいち、俺はアルバイト代になど興味はない。なにしろ、金はあるからね。俺がやってもいい、とおもったのは、他の広告会社の仕事だったことと、今俺がマーケティング局で与えられている仕事では、広告業務を覚えるのに、二、三年はかかる、と考えたからさ。つまり、手っ取り早く、広告業務のイロハを覚えるためだった」

聞き終えたベティが、ふぅ、と大きく嘆息をついた。

「自殺した小沢部長も、有村部長と同じようなことをしていたのかしら？」

ベティが、つぶやくように訊いた。

「どうなんだろ？　似たようなことをしていたとしても、社内での実力や裁量権が、有村部長とは比較にならないほど低かったから、それほどのことはできなかったんじゃないかな。もしできてたら、有村部長に借金なんてしなくてもすんだはずだよ」

「どうしようもない話ね」

もう一度、ベティが嘆息を洩らした。

「で、梨田クン、どうするのよ？」

「どうする、って？」

「有村部長から貰ったアルバイト代よ」

その金はすべて、水穂に渡してしまっている。しかしいくらなんでも、そのことまでベティに教えるわけにはいかない。

「俺がアルバイトしたのは、会社の就業時間を使ってのことじゃない。仕事が終わって、自宅や喫茶店でやったんだよ。それに、他の広告代理店の仕事だったからさ。だから、会社に直接ダメージを与える不正なアルバイトだという認識もなかった。でも……」

「でも……、なによ？」

たたみかけるようにベティが訊いた。

「今、俺が言ったのは、体の良い言い訳なのも知っている。金は全額、有村部長に返すよ。それで、なにもなかった、ということにはならないけどね」

「よかった。早くその言葉を聞きたかったのよ」

ベティが初めて口の端に笑みを浮かべた。

「梨田クンが、この万博見学に、会社からお金の援助を受けなかったのは、そのことが心の片隅にあったからでしょ？」

「そんな綺麗事の理由からじゃないよ。ただ面倒臭かっただけさ」

ベンチから立ち上がって、また桟橋を歩いた。いつの間にか、白い海鳥たちの姿は消えていた。

「梨田クンは、やっぱり会社勤めにはむいてないわ。会社にはルールがあるのよ。定刻に来て、定刻まで働くという意味じゃなくて、会社からお給料を貰うんだから、会社をより良くしよう、という共通の志がなければ、駄目だということ。梨田クンにはそれが欠落してるのよ。すべてを自分の尺度で考えて行動する。それなら、自分で会社を興すか、単独プレーで成り立つ職業を選ぶべきなのよ」

「わかってるさ。でも、俺はまだ若い。独り立ちするほどの、知識も経験もない」

私は桟橋に落ちていた小石を靴の先で蹴った。小石は港の海に飛んでいった。

「いつかベティは、俺は小説家にむいている、と言ったよな？」

「それも選択肢のひとつじゃない？　なにしろ、人に縛られるのは嫌いだし、協調性だって皆無なんだから。でも、わたしのその言葉を覚えていてくれてありがとう」

ベティが私を見て、笑った。

「下田で見た日没の光景、きれいだったでしょ？　こっちと、どうちがうのかしら」

せっかく来たのだから、日没を見たい、とベティが言った。

「そのあと、夕食はスキヤキよ。神戸といえば神戸牛じゃない」

「なるほど。日没とスキヤキのセットねぇ」

私には、万博などよりも、はるかに魅力のある提案だった。

夕刻まで、桟橋をブラブラ散歩し、海の見えるレストランと喫茶店でひと休みしながら時間を潰した。

「わたし、ね……。じつを言うと、万博にはそれほど関心はないの。もうすぐ会社を辞めてしまうし、その前に梨田クンと旅行をしたかったのよ。梨田クンは、ずぼらで、女の子を楽しませてやろう、なんて気持ちがまったくというほどにないから、万博見学を口実に引っ張り出したのよ」

「なるほど。謀略だったわけだ」

「謀略なんて、ヒドいわね。わたしと旅行するの、楽しくないの？」

「楽しいさ。謀略は撤回する」

私は笑って、カプチーノをひと口、すすった。

夕刻の五時近くになると、西の空が茜色《あかねいろ》に染まりはじめた。

「梨田クン、桟橋に出ようよ」

喫茶店の勘定を払って、桟橋に出た。

夕暮れどきの海の風は、いくらか強まっていた。ベティの髪が、海風を受けてかすかに乱れる。

昼間は雲ひとつなかったのに、西の空には薄雲が広がっていた。その薄雲の間から、落ちかけた日の光が輝き、まるで茜色のカーテンを見るようだった。

「きれいね。雲がなかったら、もっとよかったのに」

「雲があるからいいんだよ。雲がなかったら、単なる夕陽《ゆうひ》だね。人生と同じだよ」

「どういう意味？」

「人生はモヤモヤがあるから面白いんだ。なにもかもが透けてたら、つまらないだろ？」

「わかったようで、わからない理屈ね」

ベティが笑って、私の手を握った。

「わたしがロスアンゼルスに行くのも、似たようなものね」

「ああ、どこか似ている。あまりに唐突な話なんで、じつを言うと、まだ混乱している。アメリカに留学することが、将来、イベント会社を設立するのに、そんなに重要なことかい？　日本でだって、いくらでも勉強できるとおもうんだが……。それともなにか、他の目的でも？」

「あるわ」

アッサリとベティが言った。そして手を強く握った。

「でも、それは内緒よ。誰にも教えない」

「ベティに先行投資をした、この俺にもかい？」

「たった今、人生には雲があったほうがいい、と言ったばかりじゃない」

夕陽を見つめるベティの横顔には強い決意と一緒に、どこか寂しげな色が浮かんでいた。

ベティの提案どおり、夕食は三宮のスキヤキ店に入った。

この前食事をしたイタリアンや寿司屋のときとは打って変わって、ベティの食欲は旺盛だった。牛肉のお替わりを頼んでしまったほどだ。

そのベティの食べっぷりを見て、私はすこし安心した。どうやら病院で診てもらって、なにも異常がなかったという話は本当だったのだろう。

食事を終え、この先の「トーア・ロード」で酒を飲もう、とベティを誘った。「トーア・ロード」というのは、三宮の繁華街にある有名な通りで、若者たちで賑わうことで知られている。以前三宮に来た折に飲んだことのある、私が唯一知っている場所だった。

「せっかく良いホテルに泊まってるんだから、ホテル内のバーで飲みましょ。それに、あしたは早いのよ」

ベティの計画は、あしたは八時ごろの電車に乗って大阪に出、そこからまた万博会場の千里丘陵まで電車を乗り継ぐというものだった。

東京に戻って以来、下北沢のアパートからの通勤以外では、電車を使うことがほとんどなくなってしまった。本音は、万博会場までタクシーを飛ばしたかったのだが、会場周辺は大混雑らしい。

55

ホテルに帰ってきたのは、九時すぎだった。部屋には戻らず、そのまま二階のバーに顔を出した。

窓の外には中庭が見える、静かで、大人の雰囲気のあるとてもお洒落な造りのバーだった。お客もすくなく、私とベティは、窓際のテーブルに腰を落ち着けた。テーブルの上には、蠟燭の灯りが揺れている。

タクシーの運転手は、有名芸能人やタカラジェンヌたちがお忍びで利用する、と言っていたが、なるほど、私たちとそう離れてはいないテーブルでは、今人気絶頂の映画女優が、四十代半ばの垢抜けた男性と酒を飲んでいた。二人のムードは、明らかに恋人同士をおもわせた。

ベティは、表参道のバーでいつも飲むカクテルを注文し、私は馬鹿のひとつ覚えのように、バランタインの水割りを頼んだ。

中庭のガス灯がゆらゆらと揺れていて、なんとなく異国のホテルにいるような気分に陥ってしまう。

「どう？　戻ってきて正解だったでしょ？」

「まあ、ね。でも、たぶん、客のなかでは、俺とベティが最年少だろうな」

「わたしは若く見えるでしょうけど、梨田クンは、ふてぶてしい態度だから、三十近くに見えるわよ」

「それ、って、誉め言葉かい？」

「見てくれと、中身とを早く一緒にしてほしいという、わたしの願望でもあるのよ」

ベティが複雑な表情を浮かべ、カクテルを口に運んだ。

「まるで、俺が子供だと言わんばかりだな」

水割りを飲みながら、私は苦笑した。

「すっごい大人の面と、すっごい子供の面とが、両極端にあるわね」

「しかたないさ。まだ二十四だぜ。これからすこしずつ、大人の男になるさ」

「だからなのよ」

ベティがカクテルを飲み、寂しそうに笑った。

「だから？　どういう意味だい？」

ちょっと迷い顔をしたが、ベティが言った。

「この前、わたしが留学して帰ってきて、そのときに梨田クンに恋人がいなかったら、結婚を考える、と言ったでしょ？　それは、わたしの問題というより、梨田クンが大人になっていることを期待しての言葉だったのよ。なにしろ梨田クンは、今はまだ、社会人として失格だから。それに……」

「それに……、なんだい？」

「梨田クンを縛りたくないの。梨田クンには、おもいのままに、好きに生きてほしい。それが梨田クンの魅力でもあるし、ね。好きに生きた経験が、いずれ役に立つわ」

「小説家になったときにかい？」

私はからかうように笑った。

「それも、ある。まあ、今の梨田クンでは、恋人としてはＯＫだけど、結婚相手としてはＮＯよね」

「なんだか、フラれた気分になってきた」

なんとなく、いつものベティとの会話とは調子がちがう。それが私を、若干苛立たせた。

「わたし、来月、ロスアンゼルスに下見に行ったら、帰ってきてすぐにまた、むこうに行くつもりよ。そして、そのまま、当分帰ってはこない」

「変だな……」

「なにが？」

「俺と別れたがっているように聞こえる」

「別れたくなんてないわ」

私を見つめるベティの目には、涙が浮かんでいた。

「わたし、梨田クンを愛してるのよ。わからない？」

「俺もベティを愛しているよ。考え直さないか？　留学の話。会社を辞めることには反対しないが、こっちでだって、勉強できるだろ？」

「それはできない」

キッパリとした口調でベティが言った。

「できない理由があるのよ」

「わからんな。どんな理由だい？」

「話せない」

ベティが残ったカクテルを飲み干し、部屋に戻ろう、と言った。

ベティと一緒にいて、これほど違和感を覚える気分に陥ったのは初めてだった。

立ち上がった私の視界の先で、中庭のガス灯が大きく揺らいだ。

部屋に戻ったが、ベティのおもい詰めたような表情はつづいていた。

冷蔵庫を開けると、缶ビールが入っていた。

「飲むかい？」

私は缶ビールを手に取って、ベティに訊いた。

ベティが無言でうなずく。

グラスにビールを注いで、窓際のテーブルに座っているベティの前に置いてやった。

バーから見えたガス灯が眼下の先で煌めいている。

「なんか、いつものベティとちがう気がする」

ビールを飲みながら、私はベティの表情をうかがった。

「ちょっと感傷的になってるだけよ。来月からアメリカに行くんだから……」

「まるで、もう二度と俺とは会えなくなるような口振りだな」

ベティが黙って、ビールの入ったグラスを口に運ぶ。

「しつこいようだけど……、なぜ、むこうじゃないと駄目なんだい？」

「話せない、と言ったじゃない」

「俺は、有村部長との裏のアルバイトまで打ち明けた。ベティには、なんでも話そう、とおもったからだよ。それなのに、ベティは俺に隠し事をしようとする。俺が信用できないのかい？」

「そういう問題じゃないの。わたしは、梨田クンには自由に生きてほしい、とおもっている。縛りたくないからよ」

「縛りたくない？　意味がわからないな」

しだいに私のなかに怒りのような感情が湧いてきた。

ビールを飲み干し、冷蔵庫の上の洋酒ケースから、ウィスキーのミニチュアボトルを持ってきた。

グラスに注いで、ストレートで飲んだ。生温かいストレートのウィスキーは、喉を焼くようだった。

「怒ったの？」

「ちょっとね。うじうじした口調のベティは、あまり好きじゃない」

見る間に、ベティの大きな目に涙が浮かんだ。

「なんだい。泣くぐらいなら、喋ったらいいじゃないか」

ベティが腰を上げて、私のそばに来た。そして、両手で私の頭を抱く。

「わかったわ。でも、今夜は駄目。あした、もう一泊するでしょ。だから、そのときに話すわ。それでいい？」

「わかった」

私はベティの手を解いて、身体を引き寄せた。

ベティの頬は濡れていた。

「意外と泣き虫なんだな」

ベティの唇にキスをした。まるで涙が唇を濡らしたかのように、すこししょっぱい味がした。

欲情に火が点き、ベティを抱いてベッドに運んだ。

もどかしい指先でベティの下着を剝《は》ぎ取り、胸の白い隆起に唇を這わせた。舌先で転がす乳首は、ツンと張っていた。

「梨田クン……、好きよ、大好き……」

ベティが喘《あえ》ぎながらつぶやく。

ベティを抱くのは、正月明けの姫始め以来だ。私の分身は痛いほどに固くなっていた。

私は服と下着を脱ぎ捨てて、ベティの上に覆い被さった。

ベティの下腹部に指先を這わせると、ベティが小さく首を振った。

「駄目なのよ……、梨田クン……」

「アレ……なのかい？」

なにも答えずに、ベティが身体のむきを変え、私の分身を唇で含んだ。

「ベティ……」

ベティのするがままに任せて、私は彼女の黒い髪を指先で梳《す》いた。

快感が押し寄せ、私はベティの口のなかで、あっという間に果ててしまった。ベティが小さく首を振りながら、私の射精をいつまでも受け止める。

しばらくじっとしていた。快感が潮が引くように鎮まってゆく。

もう一度、ベティの下腹部に指を這わせようとすると、やはり彼女は手で押しとどめた。

「ごめんな、久しぶりだったんで、我慢できなかったんだ」

「いいのよ、そんなこと。梨田クンが満足してくれたら、わたしはそれでいいの」

シャワーを浴びる、と言って、ベティが浴室に消えた。

激しかった欲望の火は消えたが、なんとなく虚《むな》しかった。

どうしてベティは拒んだのだろう。生理ではなかったような気がする。

ジャケットからたばこを取り出し、マッチの火を擦った。浴室からは、ベティの使うシャワーの音が聞こえた。

自由を奪いたくない、とはどういう意味だろう。さっきバーで言ったベティの言葉が、私の耳にこびりついている。

なぜか、香澄の顔が浮かんだ。その瞬間、私はおもった。やはり、ベティは妊娠しているのではないか。もしそうなら、今年に入ってからのベティの言動に納得がゆく。

香澄も、妊娠したことを私に伏せて、結局流産してしまった。ベティも、私にその事実を伏せようとしているのではないか。

たばこの灰が枕元に、ポトリと落ちた。

バスタオルで身体を包んだベティが、浴室から戻ってきた。

化粧を落としたベティの顔は、化粧をした顔よりも、はるかにきれいに見えた。私を見る、目も口元も笑みをたたえている。

「ベティ。訊きたいことがある。正直に答えてくれ」

私はベティに、私の横に来るよう、言った。

ベティがベッドの私の横に腰を下ろした。正直に答えてくれ、と私が言ったからか、ベティの顔から笑みは消えていた。

「ベティ、もしかして、妊娠してるんじゃないのか？」

私はズバリと切り出した。

瞬間、ベティの大きな目が瞬いた。顔には動揺の色が浮かんでいる。

「どうなんだ？　ベティ」

私はベティの顔をのぞき込むようにして、もう一度訊いた。

「そうよ……」

ベティがつぶやくように言って、私を見た。

「やっぱり……」

私はバスタオルで身体を包んだベティを引き寄せた。

シャワーで濡れたベティの黒髪が私の口元を湿らせた。その湿りけは、まるでベティの涙が染み込んでいるのではないかとおもえるほどに、酸いにおいがした。私の胸に、痛みを伴った、切ないような、痛いような感情が押し寄せた。

「どうして、すぐに話さなかった？　今、何ヶ月なんだ？」

ベティの濡れた髪を梳きながら、私は優しく訊いた。

「そろそろ、五ヶ月目に入るわ……」

疑いはしたが、いざ実際にベティの口から打ち明けられると、不思議な感情に襲われた。

香澄と同棲したときも、子供ができた。しかし私がそのことを知ったのは、香澄が流産して病院に運び込まれたからだ。したがって、妊娠という言葉がもうひとつ、私にはピンときていなかった。

しかし今は、ベティの胎内に自分の子供が息づいている。それも、毎日、成長しつづけているのだ。

「わたし、嫌よ」

私の腕のなかで、ベティが小さく首を振った。

「嫌、って、なにが嫌なんだ？」

私はベティを抱く腕の力を抜いて、彼女の顔を見た。

「堕《お》ろさないわよ。産むわ」

「堕ろせ、なんて、言ってないよ」

ベティの目が見開かれた。

「ベティは、もう決めてるんだろ？」

笑ったつもりだったが、私の口元はぎこちなかった。

「でも、わたし、梨田クンとは、結婚しない」

「結婚しない？　じゃ、未婚の母になるというのかい？」

「そう。だから、アメリカに行くことに決めたの」

私の頭のなかは混乱していた。

「むこうで、人知れずに、産むと……？」

「梨田クン、これから話すわたしの話をきちんと聞いてね」

ベティがベッドから下りて、窓際のテーブルに座った。

何度か疑っていたせいか、妊娠という事実を知っても、私は不思議な感情に襲われただけで、特にうろたえなかった。

バスローブを羽織り、ベティの前に座った。

打ち明けたからだろう、ベティの顔からは迷いの表情は消え失せて、どこか凛《りん》としているように見えた。

「なぜわたしが、梨田クンと結婚しないのか、その理由を話すわ」

ベティがそう言って、私をじっと見る。

「子供ができたからといって、今、梨田クンと結婚すれば、破局することが目に見えているからよ」

「俺に、父親になる資格がない、と……？」

「今は、ね」

ベティが小さく笑った。

「だって、梨田クンは、これまで好き放題に生きてきたでしょ。そしてたぶん、これからも、それは変わらないとおもう」

誤解しないでね、と言って、ベティが指先でテーブルをコンコンと、小さくつついた。

「わたしは、梨田クンに変わってほしいなんて、ちっとも望んでいないの。梨田クンは、まだ若いし、世の中のいろいろなことを経験すればいい。子供と奥さんのために、家庭を守るなんて、チッポケな生き方をしてほしくないわ。そんな梨田クンを見たら、わたしのほうの熱が冷めちゃう。梨田クンは、なににも縛られずに、これまでどおりに好きに生きたらいい。でも、人間なんて、好きに生きることに、いずれ飽きるわ」

「それで、か……」

留学を決めたと打ち明けたとき、日本に帰ってきて、私がまだ結婚していなくて恋人もいなかったときには結婚を考える、とベティは言っていた。

「そうよ。四、五年経てば、梨田クンも、もう三十に手が届く。いろいろな経験をして、きっとわたしの目から見ても、ほれぼれするような大人の男になっているとおもう」

「だからといって、留学して、むこうで子供を産むなんて、飛躍のしすぎだろう」

「そればかりじゃないわ。わたしには、わたしの考えがあるのよ」

ベティが立ち上がって、冷蔵庫からジュースを取り出す。お酒を飲む？　と私に訊いた。

「いいのよ。こんな真面目な話だからお酒はやめておくなんて、梨田クンらしくないわ」

ベティがグラスにミニチュアのウィスキーを注いで、私の前に置いた。

「なんか、ベティが急に大人の女性におもえてきた」

「そうよ。今の梨田クンよりは、ずっとね」

ベティが笑った。

私はウィスキーに口をつけ、それで、考えというのは？　とベティに訊いた。

「グリーンカードよ」

ジュースを飲み、ベティが言った。

「グリーンカードというのが、どういうものなのかは知ってるでしょ？」

ベティが訊いた。

「詳しくは知らない。アメリカでの永住権を証明するパスポートみたいなものだろ？」

「そうよ。わたしたちが永住権を取得するのは大変だけど、さすがにアメリカは人権を尊重する国でね。アメリカ国内で生まれた子供には、グリーンカードを発行して永住権を認めてくれるのよ」

「それで、むこうに留学して、産むというのかい？」

「そう」

うなずくベティの瞳は輝いていた。

「じゃ、生まれた子供は、日本人ではなく、アメリカ人にしようというのかい？」

「ちがうわ。それは親が決めることではなく、子供が決めればいいことよ」

グリーンカードを持った子供は、成人したときに、国籍を選ぶ権利があるのだという。

「日本なんて、ちっちゃな国だわ。それに比べて、アメリカには無限の可能性がある。わたしは、生まれてくる子供に、こぢんまりとした生き方なんてしてほしくないの。その子に、なんの、どんな才能があるかはわからないけど、その機会だけは与えてあげないと……。それが親としては、一番の責任だとおもっている」

ベティの話を聞くうちに、しだいに私は、どこか別の世界の出来事が今起こっているような気がした。

ベティと自分との間にできた子供がアメリカ人になる？　私は首を小さく振り、ウィスキーを飲み込んだ。

「それに、言ったように、わたしは今、梨田クンと結婚するつもりはない。でも、結婚しないで子供を産めば、今の日本では白い目で見られてしまう。わたしはどんな目で見られてもいいけれど、生まれてくる子供がかわいそうでしょ？」

「それなら、俺と結婚すればいい」

私は腹を括《くく》って、ベティに言った。

「うれしい言葉だけど、やはり駄目よ。最初は子供に優しくしてくれても、やがて、家庭なんか見向きもしなくなる……。梨田クンというのは、そういう男《ひと》よ」

私から目を逸らし、ベティがジュースの残りを飲み干した。そして、つけ足すように、言った。

「今、話したように、梨田クンには、こぢんまりとまとまった、ちっちゃな男になんてなってほしくないの。わたしは、わたしで、将来、会社を興そうという夢を持っている。だから、結婚なんて、今は現実的ではないの。四、五年も経ったら、梨田クンは、すてきな大人の男性になってる、と言ったけど、それはわたしも同じよ」

わたしの言ってることとわかってもらえる？

ベティが、私の目をのぞき込むようにして訊いた。

「ベティの言う理屈は、正直、わかるようで、もうひとつわからない。頭が混乱するよ」

私はたばこに火を点けて、ベティに訊いた。

「それで、生まれてくる子供は、当然、俺が認知するんだろ？」

「それは、梨田クンに任せるわ。認知してくれてもいいし、してくれなくたって、構わない」

「まるで、子供を物のように考えるんだな。それじゃ、生まれてくる子供がかわいそうだろ」

「もし、四、五年経って、梨田クンと結婚することになったら、そのときにはむろん、認知してもらうわ。だって、梨田クン――」

ベティが私の飲みかけのウィスキーに手を伸ばす。

「その間に、梨田クンは、他の別の女性と結婚するかもしれない。子供を認知していれば、足枷《あしかせ》になるのよ」

「よく、わからないな……」

それは私の正直な感想だった。

もし姫子に子供ができたら、彼女はベティと同じようなことを言う気がする。私と結婚することなど、まるで考えていないからだ。

水穂はどうだろう？　彼女は間違いなく、私との結婚を望むだろう。

私は——、といえば、女とは寝ても、これまで結婚なんてことは一度も考えなかった。香澄と同棲していたときに、すこしだけ頭によぎったことはある。しかし彼女に、結婚の二文字を口にしたことはない。

ともかく——、私は言った。

「突然のことで、俺の頭のなかは整理できていない。ベティがアメリカに行くまでには、まだ時間があるし、すこし考えさせてくれないか」

「いいわよ。でも、わたしの考えが変わることはないわ」

ウィスキーのミニチュアボトルをもう一本持ってきてグラスに注いだ。

「結局のところ、ベティが留学を考えはじめたのは、妊娠がわかったからなのか？」

「きっかけは、そうね。でも留学の件は、学生時代から考えていた。なにしろわたしの家庭が家庭だったから、わたしは独り立ちした女性として生きよう、とおもっていたから。子供ができたことで、踏ん切りがついたのよ。だから、梨田クンは、今までどおりの梨田クンでいて。つまり、これは、わたしの人生観の問題なのよ。でも……」

「でも……、なんだい？」

「梨田クンの子供でよかった。もし梨田クンの子供じゃなかったら、わたし、きっと産む決心はつかなかったとおもう」

話すベティの目に涙が浮かんでいる。

「ベティ……」

私はベティの横に行き、彼女の肩を抱いた。

「正直、どうしていいのか、わからない」

「いいのよ。梨田クンは、これまでどおりの梨田クンでいいの。だから、梨田クンには隠しておきたかったのよ」

ベティが初めて、私の胸のなかで嗚咽《おえつ》を洩らした。

万博見学に行ったのに、結局、私とベティは会場を観ることもなく、翌日の朝、帰路についた。

万博会場は混雑しているので、もし妊娠中のベティの身体に異変があったらいけないし、それに、こんな重い問題を抱えながら、お祭り騒ぎの万博を見学する気にもならなかったからだ。

ベティは若干、未練があったようだが、私の説得に渋々同意した。

56

新幹線の車中で、私は無言で流れゆく光景を見ながら考えつづけた。

ベティを説き伏せて、結婚すべきだろうか。

しかし、私には、家のなかでベティが赤ん坊を抱えて生活している図がどうにもしっくりとこなかった。

今、私の手元にはむこう十年ぐらいは困らないほどの金がある。いずれなにかやるにしても、それまでは今の会社勤めをして……。そう考えては、首を振った。

ベティが言うように、たぶん私はその生活に、すぐに耐えられなくなるだろう。それに、ベティの思考回路はふつうの女性とはちがっているから、将来の事業の夢を捨てて家庭に収まることなど、彼女の人生設計図とは相容《あいい》れないはずだ。

しかし……、生まれた子供を抱えながら留学して、勉強などできるのだろうか。現実的ではないような気がする。

「だから、打ち明けるの、嫌だったのよ」

黙って考えつづける私に、ベティが言った。

「梨田クンが、梨田クンらしくなくなるのがわかっていたから」

「しかたがないさ。いくら好き勝手に生きてきたとはいえ、これでも人間だし、人の子の親になろうとしてるんだからな」

私は笑って、ベティの手をそっと握った。

「気を遣った、そういう優しさも嫌なのよ」

「女ってのは、むつかしいな」

私はおもわず、苦笑してしまった。

「そうよ。でも、わたしを、女、とひとくくりにして考えないでくれる」

ベティが、握った私の手をそっとどけた。

東京駅には昼すぎに着いた。

「ベティの部屋には行ったけど、ベティのほうはまだ俺の部屋に来たことはないよな」

今夜は私の部屋に泊まるよう、ベティに言った。

「じゃ、そうするわ。きっと汚いんでしょうけど」

「汚いもなにも、殺風景だよ。だからベティの匂いを部屋の隅々に置いてってくれ」

「まるで、きょうにも日本を去るみたいな言い方ね。それに、わたし、猫じゃないわよ」

まるでマーキングみたいじゃない、と言ってベティが笑った。

今夜はベティを泊めて、あしたは一緒に銀行に行って、今ある貯金の大半を彼女に渡そうとおもっていた。車中で考えて出した、それが当面の私の結論だった。

六本木の1DKの私の部屋に入るなり、ベティが言った。

「ホント、殺風景。なにもないのね」

部屋のなかにはファンシーケースが二つと、小さな机しか置いていない。壁だって、カレンダーが貼られているだけで、絵画やポスターの類も皆無だ。

「いつでも、寝ぐらを替えられるように、というのが、モットーなのさ」

「根無し草生活が沁みついているというわけね」

ベティが笑った。学生時代は、寮、下宿、女の部屋、そしてちっぽけなアパートへと、ひとつ所に居ついたことがない。いつでも寝ぐらを替えられるように、というのは私の本音だった。

「家具や調度品はいいとしても、本だけはもっと読まなくては駄目よ」

ベッドの脇に積み重ねてある本の一冊を手に取って、ベティが言った。

「文学青年じゃないんだ。それで精いっぱいだよ」

「本だけでも駄目。社会経験だけでも駄目。一人前の男になるのには、その両方をちゃんとやらないと」

「まるで、家庭教師を部屋に招いたみたいな気分になってきた」

私はベティを抱き寄せて、額に軽くキスをした。

「麻布十番、って知ってるだろ？」

「聞いたことはあるけど、行ったことはないわ」

部屋から歩いても十五分とはかからない。ここに越してきて、休日にはたまにブラブラするのだが、とても気に入っている街だった。

「都会のなかのオアシスみたいな街でね。近くに外国の大使館があるせいか、休日には外国人の家族連れも多いんだ。それでいながら、古き良きむかしの日本の街の匂いも残っている。今度、越すとしたら、あの街だな」

散歩がてらブラブラしに行こう、とベティを誘った。

「夕食はそこで食べて、今夜はゆっくりと寝る」

私の提案にベティがうれしそうにうなずいた。

麻布十番には、水穂の姉の佳代がやっている秘密麻雀クラブがある。しかし昼の日なか、水穂や佳代と出っくわす惧れはないだろう。

神戸も良い天気だったが、東京の空も同じように青空が広がっている。

ベティと手を繋いでゆっくりと歩き、十五分ほどで麻布十番の商店街に着いた。

「自由が丘も好きだけど、この街もすてきね」

物珍しげに見回したベティが、小さな写真館の前で足を止めた。

「そうだ、梨田クン」

ベティが私を見て言った。

「梨田クンと二人で撮った写真、まだ一枚もないじゃない。ちゃんとしたのを一度、撮っておこうよ」

「なんの記念日にする、ってんだい？」

「それは、梨田クンが考えて」

笑ったベティが写真館のなかに入ってゆく。

写真館の主人は、七十すぎの人の良さそうな人物だった。

案内されて、白い衝立《ついたて》をバックにした小さなスタジオで、ベティと一緒に立った。

「どんな構図にしようかね？」

「カメラマンに任せますよ」

私は主人に言った。すこし照れ臭かった。

考えてみれば、私ほど過去の写真を持たない人間もいないのではないだろうか。

記憶にあるのは、高校時代の修学旅行での写真と、小学生のころに家族と一緒に撮ったものぐらいだ。

これまでつき合った女と撮った写真など、ただの一枚もない。

「失礼なことを訊くけど、ご夫婦？」

「いや」

私はベティを見て、苦笑した。

「恋人同士とか、ご兄妹とか……？」

いやね、それによってポーズを考えないと、と主人が言い訳がましく言った。

「恋人同士だけど、将来、結婚するかどうかはわからない二人」

主人の人の良さに警戒心を解き、ベティが、あっけらかんと言って笑った。

「ふ〜ん。今どきの若い人は、ワシらにはついていけんね」

苦笑した主人が、隅の椅子を持ってきて、それに座るよう、ベティに言った。

「アンタは、彼女の脇に立って、そっと肩に手を添える——、それでいいかな？」

「新婚ホヤホヤの、若夫婦みたいな構図ね」

ベティが白い歯を見せながら、それでいいよね？　と私に訊いた。

「お二人はお似合いだとおもうよ。これは、ワシの願望も入っとる」

「では、そういうことで」

椅子に座ったベティの肩に、私はそっと手を添えた。

「レンズをちゃんと見て」

主人の声に、私は口元を引き締めた。

フラッシュが焚《た》かれると同時に、シャッターが切られた。

「はい、もう一枚」

主人が私に、顔の表情が硬いよ、と言った。

ふたたびフラッシュの閃光《せんこう》が走り、シャッター音がした。

私は妙な気分だった。地に足が着いていないような気がした。

「じゃ、これで最後だよ」

都合、四回、主人はシャッターを切った。

「ありがとう」

主人に礼を言って、ベティが椅子から腰を上げた。

そのとき私は、ベティが涙ぐんでいることに気づいた。しかし、私はなにも言わずに、スタジオを出た。

写真はあしたの午後に出来上がっている、と主人が言った。

料金を払って写真館を出ると、ベティが腕を絡めてきた。

「万博に行かずに帰ってきてよかった。こんなすてきな一日が待っていたから」

その言葉に、私の胸は熱くなった。

夕食を終えて部屋に帰ってきたのは、八時すぎだった。

写真を撮ったからだろうか、食事の間も、帰り道でも、ベティは終始ご機嫌だった。その笑顔は、まるで子供が生まれてから待ち受ける、これからの人生のことなど忘れているかのように見えた。

「飲むかい？　大したウィスキーじゃないけど」

私は冷蔵庫の上のサントリーの角ビンを振ってみせた。

外で飲むときは、今やもっぱらバランタインになってしまったが、部屋でひとりで飲むときは、このウィスキーが妙に落ち着く。それはたぶん、学生時代に覚えた最初の酒がこれだったからだろう。

机に座っているベティが、じゃすこしだけ、と言って私に笑みをむける。

冷蔵庫の氷をグラスに放り込み、水割りを二つ作って、ひとつをベティの前に置いた。

食事をしているとき、何度か私は、自分の考えをベティに話そうとしたが、彼女の上機嫌な表情を目にして、口を閉ざしてしまった。

それは、生まれてくる子供への責任を金で処理しようとしている、とおもわれることへの惧れと、きっとベティは拒否するにちがいない、と考えたからだ。

人の耳を気にしながらそんな話をするのも嫌だったし、ベティの機嫌が損なわれるのは、もっと嫌だった。

水割りをひと口飲んで、私は机の引き出しから預金通帳を取り出した。

「梨田クン、こんな所に、預金通帳を収っているの？　通帳のなかには、大金が入ってるんでしょ？　物騒この上ないじゃない」

「通帳だけ盗んだってしょうがないだろ？　印鑑は、わからない場所に隠してるよ。それに泥棒だって、同じ前科になるのなら、もっと金のありそうな家を狙うさ」

私は笑って通帳を開き、ベティに見せた。

通帳の今の残高は、M乳業の株を売り払った金も入金されて、二千万ほどになっている。

「私に見せびらかしたいわけ？」

金額を見て、ベティが笑った。

「そんな趣味はないよ。なあ、ベティ。俺、いろいろと考えたんだ。今のご時世じゃ、この金額を持っている同世代の男はいないとおもう」

「それは、そうよ。家一軒が簡単に建つ金額だもの。知ったら、皆、腰を抜かすわ」

「本《もと》を正せば、大阪のやくざモンを相手に相場で勝った金だ。それに、俺がこれを持っていても、いずれはつまらないことで浪費してしまう。それなら、と考えたんだ」

ベティに渡すよ、と私は言った。

「渡す、って、これを全部？」

「俺には、端数が残ればいい。それでも多いぐらいだ」

「駄目よ。貰えないわ」

案の定、即座にベティが首を振った。

なあ、ベティ――、私は言った。

「俺は、今の会社に入ってからの自分のことを考えてみたんだ。正直なところ、俺が俺らしくない。不平や不満や退屈さで満ちているのに、その生活に甘んじている。それはたぶん、分不相応な額の、このお金があるからだとおもう。切羽詰まったような、ヒリヒリ感が失せてしまっているんだ……」

私はウィスキーの水割りを喉に流し込んだ。

「だから、自分がなにをやりたいのかが、いつまで経っても、見えてこないんだとおもう。ベティは賢いし、将来を見据えた考え方もしている。なにに、どう、このお金を遣ったらいいのか、ベティなら誤らないとおもう。それに、子供が生まれるのは、この十月だろう？」

でも誤解はしないでほしい、と私は言葉を足した。

「俺がこんなだから、お金で解決しよう、なんてことは、これっぽっちも考えていないということだ。生まれる子供の父親は俺なんだし、俺にできることは、これからもなんだってやるよ」

「梨田クン……」

ベティが涙ぐんだ。

「きのう、ベティから子供ができたことを打ち明けられて、正直、悩んだよ。でも、ベティの揺るぎのない考えを聞いて、俺の悩みも消えた。覚悟もできた。ベティに対する気持ちと、応援するおもいとで、ロスアンゼルスに送り出そう、と。でもな――」

私はベティの肩を、そっと抱いた。

「ベティが帰ってくるまで、俺は、やはり好き勝手に生きるとおもう。たった一度の人生だし、悔いを残したくないんだ」

「わかってるわよ。何度も言ったじゃない。梨田クンは、なににも縛られることなく、梨田クンらしく生きたらいいって。そういう梨田クンじゃなくては、わたしが嫌なの」

「じゃ、決まりだ」

私はベティの黒髪に、唇を寄せた。

すごく欲情したが、我慢した。ベティの身体は、今が一番大事なときだ。

「ありがとう、梨田クン……」

ベティが開いた通帳に、もう一度、目を落とす。

「でも、本当にいいのかしら。この前の一千万とで、三千万になるし、十分すぎるほどの金額だわ」

「気にしなくていいよ。あした、一緒に銀行に行こう」

ベティが小さくうなずいた。

「肝心なことを訊いてなかったけど、子供ができたことを、お母さんにいつ打ち明けるんだい？」

「今は教えない。子供が生まれてから報告するわ。今、話せば、ひと悶着《もんちゃく》どころか、アメリカに行く計画まで、台なしになってしまうもの」

「そうか……。ベティは強いな」

「強い女性《おんな》は嫌い？」

「ベティ以外は、な」

私はベティを抱き寄せて、今度は唇にキスをした。

58

私の取引銀行は、以前会社が渋谷だったせいで、渋谷にある。

会社の今の所在地の赤坂に移してもいいのだが、面倒臭かったことと、銀行の出入りを会社の人間に見られるのを嫌ったせいもある。なにしろ、麻雀をする折に引き出す金額は、百万、二百万の単位だからだ。

翌日、ベティと一緒に渋谷の銀行に行き、彼女の口座に二千万を振り込んだ。

「なんか、心なしか、通帳が軽くなった気がするよ」

「じゃ、送り返そうか？」

「金というのは、ブーメランとちがって、手元から放れたら、戻ってこない性質があるんだよ」

「それ、って、ギャンブルで得た実感？」

ベティが笑った。

「ともかく、これからは、できるだけ会うようにしよう」

ベティの部屋のある自由が丘は、渋谷から電車で一本だ。

東横線の渋谷駅までベティを送って、彼女とはそこで別れた。

近くの喫茶店に入って、残高がわずかになってしまった通帳をあらためて見直した。

ベティに渡した二千万は、ちっとも惜しくはなかったが、これからは、金に対してシビアにならなくてはいけないな、とおもった。

佳代ママの雀荘で麻雀を打てば、ひと晩で、三、四百の金が動く。いくら麻雀に自信があるとはいえ、しょせんはギャンブルだから、その日のツキに左右される。もしツキに見放されたら、こんな金など、あっという間になくなってしまう。

かといって、今更、安いレートの麻雀などやる気にもならない。時間の無駄というものだ。

あんたは、いずれ株をやるよ――。先日の了の言葉が頭に残っている。

金は寝かしていても能がない。

近々一度、了に電話して話を聞いてみようとおもった。

店の赤電話から、坂本に電話してみた。

――おう。万博、どうだった？　行ってきたんだろ？

「行ったが、見学はやめてしまった。すごい混雑らしいんでな」

――なんだ、そりゃあ。

いかにも、おまえらしいな、と言って坂本が笑った。

「ところで、話があるんだ」

――じゃ、これから顔を出せよ。有馬さんもいるぞ。

今は、正午前だ。

「じゃ一時ごろに行くよ」

電話を切り、席に戻って考えた。

異国の地で子供を生むベティには、なにかと相談相手が要る。しかも男ではなく、女のほうがいい。

和枝なら、事情を納得して、いろいろと手助けしてくれるのではないか。彼女とは、男と女の関係にピリオドを打ち、今後は友人としてつき合うとの約束をしたのだ。

昼食のために、うどん屋に入ろうとすると、隣のレコード店の前の、大きなＰＯＰ広告が目に入った。

「ビートルズ解散。最後のレコード、『レット・イット・ビー』」とある。

メンバーのひとり、ポール・マッカートニーの脱退で、この四月十日に、ビートルズが解散したことは、スポーツ新聞を読んで知っている。

人間というのは、どんなに仲が良くても、我に目覚めたら、それぞれが別の道に歩みだすのだ。

私は同世代の人間たちとはちがって、ビートルズファンというわけではない。しかし解散という二文字が、妙に心に残った。

ベティがアメリカに行ったら……、そう考えて、私は首を振った。

レコード店からは、ビートルズとは真逆の歌が流れ出ていた。

つい最近発売されて、ヒットしはじめている、藤圭子の歌う「圭子の夢は夜ひらく」だった。

時代は好景気の真っ盛り。薄幸を売りにしたこの歌手と歌の、いったいどこが良いのか。訳知り顔の評論家たちは、六〇年代後半の学園紛争や反戦運動などで挫折《ざせつ》感を味わった若者たちの共感を呼んだ、などと解説しているのだが、つまり、「脱落——ドロップアウト」の象徴らしい。

うどんを食べながら、さっき耳に入ってきた藤圭子の歌が、何度となく鼓膜に蘇ってきた。

赤く咲くのはけしの花、白く咲くのは百合の花……、どう咲きゃいいのさ、この私……。

まるで今の自分のようだな、と私はおもった。

虎ノ門の坂本の会社に、一時ちょうどに顔を出した。

応接室で、坂本と和枝にむかい合う。

「だから、言ったろう。万博なんて、おまえの柄じゃない、って」

坂本が電話したときと同じ笑い声を上げた。

「人間、誰しも気の迷い、ってのはある。ねえ、ママ」

「だから、もう、そのママというのはやめて、って言ったでしょ」

和枝が苦笑を洩らした。

「で、話というのは？」

坂本が切り出す。

「アメリカに行く予定日は、決まったのかい？」

「五月の二十日前後になるな」

和枝のパスポートが、五月の初めに下りるらしい。

「ひとり、連れて行ってほしい人間がいるんだ」

「連れて行く？　誰をだい？」

「この間紹介した藤沢めぐみだよ。聡明で、快活な子だ。性格もいいし」

「おまえが世話を焼かなければならない存在、と解釈したらいいのかな？」

たばこに火を点けながら、坂本が訊いた。

「まあ、そういうことだよ」

「なら、話は簡単だ。了解した。で、彼女、英語とかは？」

「訊いてはないが、留学を希望するぐらいだから、喋れるだろう。心配なのは、むこうに知り合いが、ひとりもいない、という点だ。だから、なにかあったときには、相談に乗ってやってほしい」

「その娘《こ》、どこに住むのかも決まってないの？」

和枝が私に訊いた。

「そうだよ。留学のための下知識や、住居などのために、行くわけさ」

「それなら、いっそのこと、わたしと一緒に住まないかしら。英語ができるのなら、わたしにとってもありがたいし」

「それは、いいかもな」

たばこの灰を払いながら、坂本も賛成の言葉を言う。

しばらく雑談したあと、すこしの間、和枝を貸してくれないか、と坂本に言った。

「女というのは微妙な生き物だから、ママと二人だけで話したいんだ」

「構わんよ、一向に」

坂本がうなずくのを見て、私は近くの喫茶店に和枝を誘った。

和枝と一緒に、応接室を出、二軒隣のビルにある喫茶店に腰を下ろした。

コーヒーを頼んだあと、私は訊いた。

「どうだい？　坂本の会社、慣れたかい？」

「まあね。でも彼、大阪で麻雀をしていたときの顔とはちがうわね。さすがに、自分で商売をしてきただけのことはあるわ。見直した」

そう言ってから、で、なんなの？　話は？　と和枝が訊いた。目が笑っている。ベティとの関係なんて、お見通しよ、とでも言っているようだった。

じつは、ママ——、と切り出してから、私は指先で頭をかいた。

「ごめん。ママと呼ばれるのは好きじゃないみたいだけど、俺は、有馬さん、と呼ぶと、どうにもシックリこないんだ。他人行儀みたいで。人前では、有馬さんにするけど、二人のときは、ママでいいかい？」

「好きにしたらいいわ。わたしも本当のことを言うと、そう呼ばれたほうが落ち着く」

笑った和枝が、話というのは、ベティという娘のことなんでしょ？　と言った。

「その娘、梨田さんの彼女？」

「ああ」

私はアッサリと認めて、コーヒーに口をつけた。

「そんな大切な娘を、なんで、アメリカになんて行かせちゃうの。男と女は、離れると、自然と別れるようになるわよ」

「それならそれで、しかたないさ。まさか、首に縄をつけておくわけにもいかない。人間、誰しも自分がおもったようにしか、生きられないもんだよ」

「貴方《あなた》は、恋愛する資格に欠けてるわね。女というのは、時としては、強引に縛りつけてくれることを欲するものなのよ」

「心に留めておくよ」

私は苦笑し、あらたまった顔で、和枝に言った。

「さっきママは、ベティと一緒に住んでもいいようなことを言ったけど、じつは俺もそうしてくれるとうれしい。ママの性格はよく知っているし、きっとベティとも気が合うとおもう。じつは、これから話すことは、二人だけの秘密にしてほしいんだが――」

「なんだか、穏やかじゃないわね」

和枝がたばこに火を点けた。

たばこは、姫子と同じ、メンソールたばこだった。

そういえば、和枝と姫子は、どこか似ている。顔ということではなく、性格や考え方、という点でだ。しかも、二人は年齢が近い。

「ママに、こんなことを話すのは、ベティも知らない。でも彼女が心を許せば、いずれ、彼女のほうからママに話すとおもう。だから、それまでは胸に収っておいてほしい」

「わかったから、話しなさいよ」

目元に笑みを浮かべ、和枝がメンソールの煙を小さく吐いた。

「じつは、ベティは――」

私はベティと仲良くなったキッカケ、恋仲になったこと、彼女が大明製菓の社長の義理の娘であること、彼女の家庭が複雑で、それが留学の遠因にもなっていることなどを筋道立てて語った。

「ふ〜ん。そんなお嬢なんだ……」

和枝はベティに興味を抱いたようだった。

「ここまでは、まだ話の序章だよ。肝心なのは、これから打ち明ける話だ」

「他に女がいて、三角関係で悩んでる？」

和枝が上目遣いで私を見て、笑った。

「三角関係か……。それもなくはない。でも、悩んじゃいないけど」

水穂のことは関係ないし、彼女についても話す気などなかった。冗談口調で言って笑ったのは、ベティの妊娠について、深刻な顔で話すのは嫌だったからだ。

「じつは、ベティは妊娠している」

「妊娠？」

指先のメンソールたばこを落としそうなほど驚いて、和枝は目を瞬かせた。

「貴方《あなた》の子なの？」

「そうだよ。今、四ヶ月目だ」

「信じられない……」

呆れ顔で、和枝は首を振った。

「そんな彼女を、アメリカに送り出すの？」

「誤解するなよ。俺はやめさせようとしたんだ。留学するのも、むこうで、子供を産むというのも、彼女の固い意志なんだ」

グリーンカードのことや、ベティが私に話したことなどを、私は丁寧に和枝に語った。むこうでベティの相談相手になってもらうには、和枝に対して隠し事をすべきではない、とおもったからだ。

「近ごろの若い人――なんて言うと、わたしがババ臭くなるけど、翔《と》んでるのね……」

和枝が嘆息混じりにつぶやく。

「それで、このわたしに、どうしてほしいわけ？」

「もし彼女に困ったことが起きたら、相談相手になってやってほしい。ママなら、安心だから」

「簡単に言うけど、子供を産む、って、大変なことなのよ。留学の費用もそうだけど、出産の費用や、生活費なんてのは、どうするの？　だって、ベティさん、両親にはすべてを内緒にしてるんでしょ？」

「それ相応の金額は、彼女に渡してあるし、もしそれで足りないようだったら、俺が送るよ」

「まったく、もう……。ホントに、貴方《あなた》はロクデナシね」

和枝がもう一度、大きく嘆息をついた。

「駄目かな？」

私は真剣な口調で、和枝に訊いた。

「貴方《あなた》には大きな借りがあるし、断れるわけないいじゃない。でも、彼女が拒絶したら、そのときは無理よ」

「大丈夫。その点は保証する。絶対にママとは気が合うよ。でも、俺がママにこんなことを打ち明けたり頼んだりしたことは、ベティには内緒だ。そのうちに、きっとベティのほうから、ママに打ち明けるとおもう」

「坂本社長にも秘密なのね」

「別に知られても構わないんだが、当分は黙っててほしい」

「わかったわ。貴方《あなた》に借りがある、と言ったけど、こっちのほうが大変。差し引き、今度は、わたしが貴方《あなた》に貸しを作るということだけは覚えておいて」

「了解した。返すときがきたら、きちんと返すよ」

私は、胸のつっかえが、すこしだけ取れたような気がした。

59

大阪から帰った翌日、ベティは所属の営業課長に、早速、退職願を提出した。

課長は慌てたらしい。なにしろベティは、うちの会社とも取引のある大明製菓の社長の娘なのだ。課長のベティへの扱い方になんらかの問題があったのだとすれば、自分の身が危ない。

しかし、一身上の都合であり、大明製菓との取引には、なんの影響もない、とのベティの説明で渋々と退職願を受理したとのことだった。

それからは約束どおり、ほぼ毎日、私はベティと会った。退職を受け入れた課長が、煩雑な仕事からベティを解放してくれたせいで、終業後の時間が自由になったためだ。私は、といえば、有村部長からの裏のアルバイト仕事もなくなり、松崎課長の補助的なデスクワークばかりで、ふんだんに時間がある。

これまでとはちがって、夕食はいろいろな店に顔を出した。どこも、一見の、行き当たりバッタリの店で、決めるのはいつもベティだった。

そして夕食を終えると、深夜映画を観ることもあったが、食事同様、一見のバーで酒を飲み、語り合った。

もうすぐベティがアメリカに行ってしまうという事実が、時として私の胸をしめつけ、そんなときは、彼女を私の部屋に泊めた。

部屋に泊めたときは、決まってベティは泣いたが、絶対に留学の意志を変えようとはしなかった。

天皇誕生日の休日の前日、つまりベティが退社する二日前、佐々木から呼び出しの社内電話がかかってきた。

会社の裏手の喫茶店に顔を出すと、不機嫌そうな佐々木の顔があった。

「藤沢が辞めるの、知ってるよな」

「らしいな」

私はサラリと答えた。

「彼女、同期で送別会をやってやる、と言っても、遠慮しとく、と拒否しやがるんだ。おまえが言えば、あいつも承諾するんじゃないか、ということで俺に任されてしまった。なにしろ藤沢は同期のなかでも、人気者だから、連中は是非とも送別会をやりたいんだそうだ」

おまえ、説得してくれよ、と佐々木が言った。

「なんで、俺なんだ？」

「とぼけやがって。おまえと藤沢はデキてるんじゃないか、というのが、俺たちの間ではもっぱらの噂だよ。おまえが藤沢と連れ立って歩いているのを見たというやつが大勢いるんだ」

「なるほど。デキてるか、デキてないかについては答える気なんてないが、その役目は御免だね。俺は個人主義者で、人に干渉を受けるのは嫌だし、その替わり、他人に対しても干渉しないんだ」

「そうかい」

シラッとした顔で佐々木が腰を上げ、おまえはやはり同期なんかじゃないな、とひと言捨て台詞を残して店から出て行った。

60

四月三十日付で、ベティが会社を辞めた。

あしたはメーデー、次の日は半ドンの土曜日。企業によっては両日とも休みにして、大型連休にしているところもあるらしい。

その日私は、退職の挨拶を終えたベティを連れて、虎ノ門の坂本の会社に顔を出した。坂本と和枝が渡米するのは、五月二十日ぐらいとのことなので、さほど時間に余裕があるともおもえなかったからだ。なにしろ、これから大型連休を控えている。

坂本は、私とベティをいつもの応接室に通した。

「あらためてですけど、どうぞよろしくお願いいたします」

「こちらこそよろしく。前も思ったけど、聡明で、快活、という話にうそはないようですね」

「そう、説明したんですか？」

顔を赤らめたベティが、大きな目で私を見る。

「まさか、阿呆で陰気な女の子を一緒に連れて行ってくれ、なんて頼めないじゃないか」

「酷い言い方ね」

ベティの笑みに、坂本の隣に座った和枝が小さく声を出して笑った。

「わたし、有馬和枝といいます。今度の坂本社長の新しい事業を手伝うために、むこうに行くことになりました」

「貴女《あなた》でしたか。社長同様、梨田さんからお話はうかがってました。でも、肝心なことは省かれて……」

「肝心なこと？」

「こんなに美人で、すてきな女性だということをです」

「合格」

ひと声発して、和枝が笑った。

「合格、って……？」

「いえ、ね。梨田さんから、貴女《あなた》にはむこうに知り合いがいないので、わたしと一緒に住んだらどうか？　という話があったのよ。わたしは、ひと目見て、貴女《あなた》が気に入ったわ。でも、貴女《あなた》がわたしを嫌ったら駄目よ、と釘を刺したの。それで、どう？　わたしと馬が合いそう？」

「そんな話までしたの？」

ベティが当惑顔を私にむけた。

「お節介だったかな。見てのとおり、有馬さんはサッパリとした性格だし、それに美人だから、ベティを妬《ねた》むこともない」

ねえ、有馬さん、と言って、私は和枝に笑ってみせた。

「大丈夫よ、わたしは。妬みもしないし、意地悪でもない。それに、女性版の梨田さんみたいに、人生の修羅場もくぐっているから、力強いお姐《ねえ》さんになるわよ」

「合格」

ベティが言うと、坂本は大笑いした。

「これなら、心配無用。じゃ、今後のことを相談しよう」

ベティの退職祝いに、近くの料理屋に一席設けてある、と坂本が言った。

坂本の行きつけだというその小料理屋は、なかなか洒落た店で、私たちは奥の小部屋に案内された。

「すみません。こんな配慮をしていただいて」

ベティが恐縮顔で、坂本に頭を下げた。

「貴女《あなた》に、というより、うちの出資者である梨田さんに気を遣っただけですから、気になさらずに」

坂本が女性従業員に、すべて任せるから適当に料理を運んでくれ、と言った。

「先に、ビールを」

うなずき、女性従業員が退《さ》がった。

「パスポートは、持ってきてくれました？」

坂本がベティに訊く。

「ええ。なにからなにまで、すみません」

ベティがバッグのなかからパスポートを出すと、受け取った坂本がそれを広げる。

「外国には、まだ一度も行ったことがないわけだ」

「はい。学生時代に何度か、友人に誘われたんですけど、親から費用を出してもらうのが嫌だったので」

「それは、見上げた心掛けだ。じゃ、これ。あとは頼んだよ」

坂本が和枝にパスポートを渡すと、わかりました、と和枝がうなずく。

どうやらすべての手はずは、和枝に任せているようだ。

坂本との会話を聞きながら、水穂とベティは、ものの考え方が対極にあるな、と私はおもった。

姉の佳代の生き方を目にしてきたせいだろう。水穂は人に援助してもらうことに、なんの抵抗も覚えない。それどころか、援助してほしい、と自分のほうからせがむ。

有村部長からの裏のアルバイト仕事もなくなったし、私の貯金残高も大幅に減った。そろそろ水穂への援助を切り上げる潮時のようにおもった。

運ばれてきたビールを、ベティと和枝が私と坂本のグラスに注いだ。

「じゃ、乾杯といこう。ひとつは、藤沢さんの留学計画がうまく運ぶことに。もうひとつは、今度のうちの仕事が成功することを願って」

坂本の乾杯の音頭で、ビールを飲んだ。

「考えたんだが――」

坂本が和枝に新しいビールを注いでもらいながら私に言った。

「藤沢さんを、とりあえず、うちの『ドリームトラベル』の社員にするというのはどうだい？　むろん、働くわけじゃない。そのほうが、病気や怪我のときにも安心だし、ビザだって、ビジネスビザを得ていたほうが、なにかと便利だとおもう」

どうする？　と私はベティに訊いた。

「そんなこと、いいんですか？」

恐縮するベティに、出資者である梨田さんに感謝したらいいよ、と坂本はアッサリと言った。

私を見る坂本の目は笑っていた。

料理の箸を動かしながら、坂本が旅行の段取りをベティに説明している。

坂本が本業の旅行の説明をするのを聞くのは初めてだったが、麻雀の手並み同様、隙のない説明ぶりだった。

「ロスは治安の悪い区域が多いから、アパートの選定には慎重にならないと。できるかぎりの協力はしますよ」

「なにからなにまで。本当にありがとうございます。わたしも、勉強の合間に、社長の仕事のお手伝いをさせてもらいます」

「わたしの仕事を奪わない程度にしてくださいな」

和枝が横から混ぜっ返す。

「そうだ――」

ふと気づいたように、坂本が言った。

「うちの社員に、六年ほどロスに住んでいた優秀な女の子がいる。この有馬さんも、彼女から、ロスのレクチャーを受けたんだよ。貴女《あなた》も彼女から事前知識を仕入れたらいい。彼女は今、ツアーの添乗員として香港に行ってるけど、数日後には帰ってくるから、紹介するよ」

それはいい案ね、と和枝も賛同する。

「でも、その女性《ひと》の仕事の邪魔になるのでは？」

ベティが恐縮顔をする。

「なに、旅行の仕事は、もう規模を半分ほどに縮小してしまったから、大丈夫さ。良い相談相手になるよ」

私の顔を見るベティに、そうしたらいい、と私はうなずいてみせた。

雑談をして、九時ごろに、坂本たちと別れた。

タクシーに乗ると、ベティが上気した顔で言った。

「梨田クンの周りにも、良い友だちがいるのね。わたし、正直なところ、あまり期待してなかったの。それに、あの有馬さんという女性、好きよ。とてもサッパリとした性格で。わたし、あの女性となら、うまくやっていけるとおもう」

「それはよかった。俺もひと安心だよ」

「有馬さん、梨田クンの大阪時代の麻雀屋のママだった、と言ってたけど、ただそれだけ？」

「どういう意味だい？」

内心の動揺を隠して、私はとぼけた。

「だって、あんなにきれいな女性だから」

「今はもう離婚しちゃったけど、当時は人妻だったんだぜ」

「ふ〜ん。梨田クンにも、そんな自制心が働くことがあるんだ」

「酷いな」

食事の席で、ベティはなにか感じ取ったのだろうか。私はベティの手をそっと握って誤魔化した。

今夜はこのまま部屋に帰る、とベティが言った。わかった、と言って、私は自分の部屋の近くで車を降りた。

若干、寂しさも覚えたが、ホッとしてもいた。今夜あたり、水穂から電話がありそうな気がしていたからだ。

五月の連休に入ると、ベティは久しぶりに田園調布の自宅に帰った。

月末にはアメリカに行く。たぶん一ヶ月ぐらいは滞在することになるだろう。会社を辞めたことや留学の件、ましてや妊娠の事実などを明かすはずもないが、ロスに旅行することぐらいは話すつもりなのだろう。そうしないと、要らぬ心配をされる惧れがある。

ベティと別れた最後の日の深夜、私の予想どおり、水穂から電話があった。

開口一番水穂は、会える時間がなかなか取れなくてゴメンね、と謝った。

しかし、その声には謝罪の気持ちなどより、現在の彼女の高揚した精神状態がよく表れていた。

この五月末に、芸能マスコミ向けのミニコンサートが開催されて、それが水穂たちの実質的なデビューになるとのことだった。そのためのレッスンに連日追われて、昨日、合宿先の蓼科《たてしな》から帰ってきたばかりだという。

三人組のユニット。グループ名も「ハニー・クィーン」と決まった。愛らしい学園の女王という意味なのよ、と水穂は若干誇らしげに言った。デビュー曲は猛特訓中だが、それまでは内緒よ、と笑う。

ベティと水穂。期せずして二人は、この月末からそれぞれの道への第一歩を歩みだす。私はとても妙な気がした。

水穂は、他にもいろいろと、立て板に水のように一方的に喋っていたが、じつのところ私は、その大半を聞き流していた。

芸能界のことに興味がなかったこともあるが、むかしから私は、女の一方的なお喋りを苦手としていたからだ。

電話を顎と肩で固定する私の指先には一枚の写真が挟まれていた。先日、麻布十番の写真館で撮ったベティとの写真だった。

私はその写真がとても気に入っていた。ベティもそのようで、アメリカに大切に持ってゆく、と言っていた。

写真のベティは、とても穏やかな表情で、いかにも良家で育ったことをおもわせる品も備わっていた。なにより、幸せそうなオーラが漂っている。私は、といえば、自分でも意外なほどに大人びた雰囲気があった。

見る人によっては新婚夫婦のように映るにちがいなかった。

私は水穂の口を塞ぐように、事情はよくわかったからミホのデビューまでは会わないようにしよう、しっかりレッスンをして頑張るように、と言って電話を切った。しかし、その直後から、酷い自己嫌悪に陥ってしまった。

ベティは、私と水穂が特殊な関係であることなど、露ほども知らない。水穂は水穂で、私に他に恋人がいることなど、まるで疑ってもいない。

私はその間に入って、なに食わぬ顔をしているだけなのだ。

その夜私は、ウィスキーのストレートを五杯立てつづけに飲んで眠った。

本作はフィクションです。

初出：「夕刊フジ」二〇一二年十月四日〜二〇一三年八月三日

JASRAC　出1315518-301

〈著者紹介〉
白川 道(しらかわ・とおる) 1945年北京生まれ。一橋大学卒業後、様々な職を経て、80年代バブル期に株の世界に飛び込み、大いなる栄光と挫折を味わう。94年、自身の体験を十二分に生かした『流星たちの宴』で衝撃のデビュー。2001年、『天国への階段』が大ベストセラーとなり、ドラマ化もされる。他の主な映像化作品に『海は涸いていた』(映画タイトル「絆」)、『病葉流れて』『最も遠い銀河』など。他の著書に『祈る時はいつもひとり』『竜の道』『冬の童話』などがある。

漂えど沈まず
新・病葉流れて
2013年12月20日 第1刷発行

著 者 白川 道
発行者 見城 徹

発行所 株式会社 幻冬舎
〒151-0051 東京都渋谷区千駄ヶ谷4-9-7

電話:03(5411)6211(編集)
03(5411)6222(営業)
振替:00120-8-767643
印刷・製本所:中央精版印刷株式会社

検印廃止

ISBN978-4-344-02509-7 C0093
幻冬舎ホームページアドレス http://www.gentosha.co.jp/

この本に関するご意見・ご感想をメールでお寄せいただく場合は、
comment@gentosha.co.jpまで。